Un été pourri

DU MÊME AUTEUR,
DANS LA COLLECTION « CHEMINS NOCTURNES »
AUX ÉDITIONS VIVIANE HAMY

La mort quelque part

Fin de parcours

Le festin de l'araignée

L'étoile du temple

Gémeaux

Maud
Tabachnik

Un été pourri

Éditions J'ai lu

Parfois c'est l'alibi qui constitue justement le crime.

STANISLAW JERCZY LECH

— Ce gouvernement de merde devrait bien s'occuper de cette foutue canicule ! grinça Mort en tordant sa bouche vers le barman qui ne releva pas la tête de son comptoir.

Ce genre de boniments il en avait les oreilles cassées depuis le début de la semaine.

Exactement depuis mardi où le thermomètre était monté à 98° Fahrenheit.

Comme si les gens n'avaient pas d'autres soucis que le climat.

Pour le moment celui du barman était ses pieds qu'il ne savait plus comment chausser.

Quatorze heures debout derrière son zinc à remplir les verres et à subir les plaisanteries éculées des assoiffés du quartier.

Mort Newman commanda une troisième bière que le loufiat lui servit en le regardant de travers.

Il détestait ce genre de crado en tricot de corps douteux qui faisait fuir les bons clients.

C'était la climatisation qui les attirait dans son bar. Faut dire qu'elle marchait à fond.

Mort Newman avala sa bière et rota en rigolant vers son voisin. Au moment où il glissait une pièce dans le distributeur de cacahuètes son œil fut attiré par une femme qui entrait.

Elle était fraîche et gracieuse et Mort la reconnut. Il

la croisait parfois le matin quand il venait chercher son camion de nettoiement.

Elle était toujours seule et regardait droit devant elle. Elle avait une démarche de danseuse qui aurait un problème à la colonne vertébrale.

Mort la trouvait à son goût mais n'avait jamais osé l'aborder.

Depuis deux ans qu'il était à Boston il s'était contenté d'étreintes tarifées avec des filles bon marché.

Il n'avait jamais emmené personne dans son taudis.

Elle commanda une eau minérale et un jeton de téléphone et s'enferma dans la cabine.

Elle paraissait totalement indifférente aux regards des hommes qui la reluquaient.

Elle parla un court moment et ressortit en refermant soigneusement la porte derrière elle.

Elle partit sans toucher à son verre et en ignorant ostensiblement l'assemblée.

Mort se leva et la suivit en lançant une remarque salace à son voisin qui ricana en hochant la tête.

En passant devant une glace il ramena en arrière ses cheveux collés par la sueur et remonta son pantalon en tentant d'effacer son ventre.

La fille se dirigea vers le centre. Elle avait un dos de nageuse et des fesses fermes dans sa robe de cotonnade. Sa légère claudication n'ôtait rien à son charme et Mort se sentit bander. Sa silhouette faisait se retourner les hommes, mais elle ne s'en préoccupait pas. Il y avait comme une tension dans tous ses gestes.

Mort la rattrapa à un feu rouge sur Berkeley Street et son regard s'attarda sans vergogne sur sa poitrine tendue et le creux de son ventre.

L'un suivant l'autre, ils atteignirent des petites rues calmes que Mort savait mener vers les jardins publics de Boston.

Ils marchaient à présent dans le quartier des grossistes qui à cette heure étaient tous fermés.

Des entrepôts aux façades de brique rouge terne où grimpaient des escaliers de secours bordaient les deux côtés de la rue.

Leurs pas décalés résonnaient sur le pavé et la fille avait déjà fait mine de jeter des coups d'œil derrière elle sans aller jusqu'au bout de son geste.

Mort s'amusait de sa nervosité et décida de l'aborder avant qu'elle ne soit trop inquiète.

Il accéléra, remontant encore une fois son pantalon, regrettant de ne pas avoir enfilé de chemise.

Il avait son baratin tout prêt.

— Excusez, mademoiselle, commença-t-il, mais je crois qu'on se connaît.

Elle continua de marcher sans le regarder, mais sans précipiter son pas.

— Hé, je vous parle ! Je vous croise le matin quand vous partez travailler.

Elle s'arrêta et le fixa, et Mort put voir le dégoût qu'il lui inspirait.

— Oui et alors ?

Elle avait une voix froide, dépourvue d'émotion, et Mort comprit qu'il s'était trompé. Elle n'avait pas peur de lui.

— Ben, rien. J'vous ai vue entrer dans le bar et j'me suis dit qu'j'pourrais bien vous faire un brin de causette. Vous travaillez où ? (Et comme elle ne répondait pas, il mentit.) Moi je suis chef électricien, je vous vois presque tous les matins, toujours toute seule, et j'me suis dit qu'c'était bien triste une jolie fille comme ça qu'avait pas de galant. Là vous me voyez en négligé parce que je rentre du travail, mais je sais aussi faire le beau.

Il souriait avantageusement, bien qu'il se sentît mal à l'aise. Pendant tout son discours la fille l'avait écouté sans paraître le voir, et Mort était décontenancé.

Il n'avait pas l'habitude de ce genre de fille et comprit qu'elle n'était pas sa pointure.

Cette frustration le mit en colère et il eut brusquement envie de la forcer. Il fit une dernière tentative.

— Alors, on va boire un verre quelque part ?

Mais en le proposant il sut que c'était fichu. Jamais la fille ne lui céderait.

Sa fureur monta d'autant plus vite qu'elle était alimentée par les litres de bière ingurgités depuis le matin.

Il lui attrapa le bras mais elle se dégagea aussitôt.

— Lâchez-moi, espèce d'ivrogne !

C'était une injonction, rien d'autre, et ce ton de mépris rendit Mort fou furieux.

Cette pétasse la ramenait vraiment trop. Pourtant il était certain que comme les autres elle adorerait se faire ramoner.

— Dis donc, toi, grogna-t-il, t'arrêtes de faire ta mijaurée ?

— Foutez-moi la paix, dit-elle la voix terne, vous puez ! Vous me rencontrez peut-être, mais ça ne vous donne aucun droit sur moi.

Mort rigola. Évidemment, le fait qu'elle travaille dans le coin, il s'en tapait ! Mais ça ne l'empêchait pas d'être bandante !

Il la colla brutalement contre le mur et ses mains s'accrochèrent à ses seins.

— Laisse-toi faire, ma jolie, y a personne dans c'te putain de rue, et t'as vraiment le plus joli cul qu'on puisse voir !

Elle se débattait en silence, l'expression tordue de dégoût, cherchant à échapper à la bouche malodorante, au sexe durci pressé contre le sien.

Elle le repoussa une fois, avec la seule force des bras, et Mort recula devant la haine qui défigurait le visage si joli de la fille.

— Ben toi, ma salope, va falloir te mater ! gronda-t-il en l'immobilisant.

Mais elle se dégagea et le frappa violemment à la base du nez. Il en vit trente-six chandelles et perdit la tête.

Il se jeta sur elle les bras levés, décidé à la tabasser de ses lourds poings d'homme habitué aux durs travaux.

Elle esquiva d'un brusque retrait du buste, mais trébucha sur ses talons.

Il l'empoigna en l'insultant salement, hors de lui qu'une fille le frappe, lui qui dans sa jeunesse faisait plier les jarrets des jeunes taureaux.

Ses mains se rapprochèrent de la gorge de la fille et il crocha ses doigts autour de son cou, s'appuyant de tout son poids sur elle pour l'empêcher de l'atteindre avec ses genoux.

Ils se battaient comme deux voyous, cherchant à se faire le plus mal possible mais Mort sentit qu'elle faiblissait sous l'étouffement.

Il accentuait sa pression quand il sentit sa tête tirée en arrière par les cheveux.

— La salope ! ragea-t-il. Je vais la tuer !

Soudain il ne pensa plus. Quelque chose venait de se passer dans sa gorge.

Un froid abominable, coupant et glacé qui le prit sous les mâchoires.

Il eut une fraction de seconde l'impression folle de tomber dans un vide si noir et si profond qu'il bascula sur le côté.

Il mourut sans savoir comment.

Sam Goodman écarta un peu plus son col de chemise et se rapprocha du ventilateur installé sur son bureau.

Tout collait. Les papiers sous les doigts, les fesses sur la moleskine du fauteuil, les chaussettes dans les chaussures.

Pompiers et flics étaient sur les dents à ramasser ceux que cette canicule faisait tourner dingues.

Son second entra et déposa une feuille sur son bureau.

Il s'appelait Johnson et aurait voulu faire croire qu'il était de la famille de l'ex-Président.

Sam ne l'aimait pas parce qu'il le soupçonnait d'être antisémite.

— C'est quoi ? demanda Sam.

Il avait trente-cinq ans et était lieutenant-détective de première classe à la Police criminelle de Boston.

Il ressemblait à Jerome Charyn quand celui-ci était jeune et beau.

— Un type retrouvé dans le quartier des grossistes, la gorge ouverte et les couilles dans la poche.

— Dans la poche ?

Johnson confirma de la tête.

— Mortimer Newman, continua-t-il, employé de mairie à la voirie. Éboueur, précisa-t-il.

— Des indices ?

— Il avait dans la poche...

— Là où il y avait les couilles ?

— Non, dans l'autre, répondit Johnson imperturbable, une boîte d'allumettes d'un bar du quartier. Le type y a descendu quelques bières avant que le barman s'aperçoive qu'il avait disparu.

— Et alors ?

— C'est tout.

— Bon. Qui est disponible en ce moment ?

— À part vous, personne.

— Ah ? Et que font les autres ?

— Ils se baladent en ville. On a déjà eu un mort et un blessé grave sur les docks ce matin. Le capitaine s'est réservé deux équipes pour les Blacks et les Hispaniques. Les Coréens se sont armés. Si cette putain de température ne tombe pas, je prévois un week-end animé.

— Bon, je vais aller à la mairie demander des renseignements sur le type. Sûrement une histoire de poivrots qui a mal tourné. À part que les couilles, c'est nouveau dans le genre. D'après le toubib, on les lui a coupées avant ou après ?

— Après.

— C'est déjà ça. Mais ça fait prémédité et ce genre de cinglé c'est toujours lourd. Allez cuisiner le barman pendant qu'il a encore sa mémoire.

Sam prit sa veste sur le fauteuil et sortit de son bureau.

Dans la rue, la chaleur lui fit ployer les épaules et il envoya à tous les diables le découpeur de virilité qui l'empêchait de rentrer prendre une douche et de passer une soirée à la fraîche dans son bout de jardin loué à prix d'or.

Sam habitait une petite maison sur la cour pavée de Louisburg Square avec cent mètres de pelouse qui faisaient baver d'envie ses amis au point que quand sa mère les entendait elle secouait la main en faisant

« pou ! pou ! pou ! » pour chasser le mauvais œil que ces jaloux auraient pu envoyer sur son fils.

— Laissez-le tranquille ! criait-elle. Il travaille assez dur, le malheureux ! Il ne le vole pas son argent !

Et elle secouait la main en roulant des yeux furieux.

Il arriva à la mairie et demanda à voir un des secrétaires. On l'introduisit auprès d'un jeune homme chauve à la main moite.

— Lieutenant Goodman, monsieur, je viens pour votre employé dont on a retrouvé le corps hier soir dans le quartier des grossistes.

— Bonjour, lieutenant, asseyez-vous. Vous voulez boire quelque chose ?

— Si vous avez quelque chose de froid. N'importe quoi.

— Coca ?

— Ma mère me l'interdit, mais va pour le Coca.

Ils attendirent d'être désaltérés pour attaquer le sujet.

— Ce Newman travaillait au service des poubelles depuis combien de temps ?

— Voilà son dossier, lieutenant, tout y est.

Sam parcourut rapidement les deux feuilles qui résumaient la vie de Newman.

— Il n'y a pas grand-chose à part qu'il venait du Kansas et était célibataire. Quelqu'un pourrait me parler de lui ?

Crâne d'œuf haussa les épaules.

— Il était assez solitaire d'après ce que j'ai pu apprendre. J'ai interrogé moi-même le chef du personnel d'entretien ; il n'était pas très bien vu des autres, parce que... parce qu'il n'était pas très propre. Vous voyez ce que je veux dire ?

— Vaguement.

— Eh bien, il n'allait jamais avec les autres à la douche quand ils revenaient de leur tournée.

— Il préférait peut-être la prendre chez lui.

Le secrétaire secoua la tête.

— Je ne crois pas, enfin tout ça n'explique pas qu'on lui ait tranché la gorge. La canicule, peut-être...

— Pour lui donner de l'air ?

— Pardon ?

— Rien. On ne lui connaît pas d'ennemi ? Personne ne l'a menacé ou ne s'est disputé récemment avec lui ?

— Je ne sais pas. Il faudrait demander au chef du personnel. Vous voulez que je l'appelle ?

— Non, merci. Je vais descendre dans le service. Je verrai peut-être d'autres collègues. Merci pour le Coca.

— Je vous en prie, bonne chance.

Sam n'apprit rien de plus auprès des collègues de Newman.

C'était effectivement un solitaire avec la tête près du bonnet et qui s'énervait pour un rien. Il se vantait de ses bonnes fortunes et de pouvoir tordre le cou d'un veau avec ses deux mains. Un crado en plus.

Sam ressortit avec l'espoir que d'autres affaires plus intéressantes que celle-ci lui permettent de la classer rapidement.

La mort de Newman, avec ou sans ses couilles, n'était pas une grosse perte pour la société.

Fanny Mitchell s'examina sans complaisance devant sa glace. Elle ne s'était jamais crue jolie et les compliments l'agaçaient.

Elle arrangea une ou deux mèches de cheveux noirs coupés court qui bouclaient naturellement.

Elle se leva, enfila un body et se mit à faire quelques mouvements de gymnastique. Elle prenait soin de son corps qu'elle voulait conserver jeune et ferme.

Fanny avait trente et un ans et craignait par-dessus tout la maladie. Elle se nourrissait de produits biologiques et observait une parfaite hygiène de vie.

Elle vivait seule après un essai lamentable de partage d'appartement qui lui avait permis de comprendre qu'elle ne supportait absolument pas la promiscuité.

Lors de cet essai elle avait divisé la cuisine en deux, interdisant à sa colocataire de se servir de sa vaisselle.

Si elle passait dans la salle de bains après l'autre, elle nettoyait chaque élément au détergent.

Un jour la fille avait laissé traîner du linge intime dans le salon et Fanny lui avait fait une scène abominable.

La fille était partie dans l'heure sans même payer son loyer, mais Fanny était tellement soulagée qu'elle ne l'avait pas réclamé.

Après son départ elle avait ouvert toutes les fenêtres

en grand et nettoyé l'appartement de fond en comble. Depuis, plus personne n'était monté chez elle.

Elle reprit une douche (elle en prenait au moins trois par jour) et entreprit de s'habiller.

Elle chercha en vain dans sa penderie une petite robe en cotonnade qu'elle aimait pour sa fraîcheur et enfila un pantalon large et une tunique qu'elle avait achetés dans une boutique pakistanaise et dont la couleur nuage s'accordait avec celle de ses yeux. Elle chaussa des sandales argentées, prit un petit sac de même couleur et descendit au parking.

Elle était invitée chez l'attorney, qui réunissait ses collaborateurs chez lui à la fin de chaque trimestre.

C'était sa façon de se croire un patron social.

Elle arriva alors que les côtelettes grillaient déjà sur le barbecue et que les verres circulaient.

Elle salua ses collègues et s'assit un peu à l'écart avec une assiette de salade.

Elle n'appréciait pas ces réunions où il lui fallait toucher tant de mains. Elle tentait de s'y soustraire en se munissant dès son arrivée d'un verre ou d'une assiette.

Certains collègues avaient remarqué la manie qu'elle avait de se laver les mains après qu'on les lui eut serrées. Et ils en rajoutaient.

Elle sentit qu'on s'asseyait à côté d'elle et tourna la tête. Un grand gaillard blond lui souriait avec sympathie.

— Bonjour, Fanny.

— Bonjour, Thomas.

Thomas Herman, journaliste au *Boston Chronicle,* alluma une cigarette. Elle se recula légèrement.

— C'est tout ce que vous mangez ? s'étonna-t-il en désignant son assiette de salade verte et de tomate.

— Avec cette chaleur je n'ai pas d'appétit.

— J'aimerais être comme vous, ça m'éviterait de

faire une heure de jogging chaque matin et deux saunas par semaine.

— Vous faites des saunas avec cette température ?

Il fit une grimace.

— C'est ça ou prendre deux kilos hebdomadaires. Alors voilà le secret de votre minceur ? Salade et tomates.

Elle se mit à rire.

— Non, rassurez-vous, je mange aussi des aubergines et des courgettes.

— Ah, je vois ce que c'est : végétarienne. Mon Dieu, moi qui voulais vous inviter chez *Francis.*

— Qui est Francis ?

— Vous ne savez pas ? *Francis* est LE restaurant français où il faut être allé une fois pour savoir ce que manger veut dire.

— Désolée, je ne vous y ferais pas honneur.

À ce moment un homme petit et rond s'approcha.

— Qu'est-ce que complotent la plus séduisante collaboratrice du procureur et le journaliste le plus venimeux du Massachusetts ? ricana-t-il.

— Nous parlions du restaurant *Francis,* répondit Thomas Herman, mais à voir votre tour de taille, capitaine, vous devez connaître.

— De nom. Le salaire d'un policier lui permet juste de regarder le menu. Fanny, est-ce que ce satyre vous aurait proposé de vous y amener ? Si c'est ça, je vous conseille d'en rester à la nourriture de lapin que j'aperçois dans votre assiette !

— Rassurez-vous, Carl, répondit la jeune femme, je ne suis pas vraiment amateur de cuisses de grenouille !

Ils continuèrent de plaisanter sur les régimes qu'il faudrait faire et que l'on commençait seulement la veille des vacances. Tout en parlant Thomas observait Fanny et la trouvait parfaitement séduisante. Ce n'était pas nouveau. Chaque fois qu'il se rendait dans son bureau pour discuter d'une affaire ou pour obtenir des renseignements, il s'arrangeait pour rester en tête à tête avec elle.

Il lui avait déjà proposé plusieurs fois de l'accompagner à son chalet de cap Cod, mais jusqu'ici elle avait refusé.

Herman se demandait si Fanny avait dans sa vie un secret, ou si simplement elle aimait les hommes. Il chassa aussitôt cette pensée déprimante.

Elle lui avait déclaré passer ses jours de repos chez elle à lire ou à faire du tai-chi. Elle lui avait dit aussi qu'elle allait souvent au cinéma, mais quand il lui avait proposé de l'accompagner elle s'était dérobée sous le prétexte qu'elle se décidait généralement au dernier moment et qu'elle avait horreur de faire des projets.

Elle riait avec le capitaine, mais Thomas remarqua que seule sa bouche souriait tandis que ses yeux restaient froids. C'était comme si deux visages différents étaient juxtaposés.

Thomas se dit qu'il en faisait vraiment trop, et que si cette femme lui plaisait, le plus simple était encore de le lui dire sans chercher à voir des mystères là où il n'y en avait pas.

La réalité était qu'elle l'intimidait et cette idée l'agaçait.

Enfin Carl fut appelé ailleurs et il resta seul avec Fanny. Il se jeta à l'eau.

— Qu'est-ce que vous faites ce week-end ? (Elle le regarda sans répondre.) Parce que, continua-t-il courageusement, j'ai des amis qui viennent dans ma maison du cap et je suis sûr qu'ils vous plairaient. C'est un vieux couple de dix ans aussi amoureux qu'au premier jour. Lui est prof et elle est avocate. On fera du bateau et on ne mangera que des légumes, ajouta-t-il en riant.

Il eut l'impression qu'elle venait juste d'entendre la

fin de la phrase car ses yeux papillonnèrent comme ceux de quelqu'un qui se réveille.

— Excusez-moi, Thomas, j'étais ailleurs. Qu'avez-vous dit ?

Il lui répéta sa proposition.

Elle sourit en hochant la tête.

— Pourquoi pas ? C'est une bonne idée. J'avoue que cette ville commence à me peser.

— Vrai ? Vous viendriez ?

— Mais oui, j'adore faire du bateau.

— Parfait. Je passe vous prendre demain matin à huit heures, ça vous va ?

— D'accord.

Tout le reste de la soirée Thomas tenta vainement de rester seul avec elle dix minutes d'affilée, mais les gens circulaient sans arrêt. Il se consola en se disant qu'il l'aurait deux jours entiers pour lui.

En la regardant arriver, Thomas Herman se dit qu'elle était bien jolie dans son jean qui la moulait sans la serrer.

Elle lui fit signe de la main avec un grand sourire.

— Hello, Thomas, bonjour.

— Hello, Fanny, bien dormi ? C'est rare, une femme ponctuelle.

Elle eut un vague sourire et attendit qu'il lui ouvre la portière de la voiture pour entrer s'asseoir.

— Donnez-moi votre sac, je le mets dans le coffre. Huit heures trois, dit-il en s'asseyant derrière le volant, dans deux heures vous serez en maillot de bain.

— Vous parlez toujours comme un horaire de chemin de fer ? demanda-t-elle sans le regarder.

Il eut un rire embarrassé.

— C'est l'habitude de devoir porter ses articles au marbre à une heure précise. Allons, en route.

Ils mirent un peu plus de trois heures à parcourir la distance qui les séparait de la station balnéaire. Ils n'étaient pas les seuls à vouloir fuir la canicule.

Pendant le trajet Thomas s'efforça d'alléger l'atmosphère. Sa passagère resta le plus souvent muette et le journaliste se reprochait de bavarder comme une pie.

La jeune femme se tenait loin de lui, à ce point collée contre la portière qu'il vérifia par deux fois que celle-ci était bien fermée.

Il se demandait s'il pourrait l'emmener dans son lit.

En même temps, comme s'il pressentait un échec, il se persuada que si ça ne se faisait pas c'était sans importance car il était pratiquement décidé à l'épouser.

L'idée lui en était venue dans la nuit. Tout à coup il s'était réveillé et avait dit tout haut : « J'aime Fanny et je veux qu'elle soit ma femme. » Puis il avait ri et s'était demandé s'il n'avait pas rêvé. Mais l'idée était restée coincée et elle était toujours là.

Ils s'arrêtèrent au village et firent des emplettes pour les deux jours. La rue principale était noire de monde et Fanny fit la grimace.

— Ne vous en faites pas, dit Thomas qui avait remarqué, mon chalet est sur le lac intérieur, il n'y a que des écolos. Ces ploucs vont aller s'entasser sur le sable en mangeant des glaces. Vous verrez, chez nous c'est le paradis.

Effectivement le chalet de Thomas s'ouvrait sur les bords d'un lac perdu dans la verdure.

Le lac n'était pas très grand et l'on voyait la rive opposée des fenêtres du premier. Le chalet lui-même jouissait d'un confort relatif.

C'était davantage une résidence d'été pour célibataire qu'un douillet nid d'amour.

Thomas mena Fanny à sa chambre dont le lambris occupait tout un mur, la réduisant à une cabine de bateau.

— Ma chambre est à côté, dit Thomas ; nous n'avons qu'une seule salle de bains. Ron et Augusta occuperont la chambre matrimoniale avec cabinet de toilette. Vous êtes d'accord ?

— Ça ira, merci.

Il resta planté sur le seuil alors qu'elle refermait la porte de la chambre sur elle. Dépité, il cria derrière le battant :

— Mettez-vous à l'aise, je vais décharger les paquets

et nous préparer un bon déjeuner. Les autres ne vont pas tarder.

Il s'affaira sans pouvoir se débarrasser d'un sentiment de gêne.

Il était incapable de dire si Fanny était contente ou non d'être là.

Il composa une salade de crudités et de tofu et mit au four deux belles soles bien qu'il ignorât si Fanny mangeait du poisson.

Il avait presque fini de dresser le couvert quand il vit descendre la jeune femme.

— Vous ne vous êtes pas déshabillée ? s'étonna-t-il. Si vous n'avez rien apporté de léger, je peux vous passer une grande chemise.

— J'ai ce qu'il faut, merci, mais j'aime bien être habillée.

Il n'insista pas et ils passèrent à table.

Fanny mangea la sole et une grande assiette de salade, puis des fraises que Thomas avait préparées. Il était ravi de la voir manger comme une mère se réjouit de l'appétit retrouvé de son rejeton.

Fanny lui dit aimer le cadre et le calme de l'endroit, ce qui eut pour effet de déclencher une logorrhée chez son compagnon qui entreprit de faire l'historique du lieu.

L'arrivée des amis de Thomas interrompit l'histoire de la famille Herman.

Le journaliste fit les présentations et Ron et Augusta Magnusson se déclarèrent enchantés de connaître Fanny.

Augusta était séduisante dans le genre distingué, et Fanny la trouva ravissante. Ron lui parut plein de charme, quoique plus terne que son épouse. C'était visiblement Augusta le moteur du couple.

L'avocate s'excusa de leur retard en expliquant qu'elle avait été chargée par une famille de Portoricains de les représenter contre le violeur de leur fille âgée de dix ans.

Thomas retrouva aussitôt sa curiosité professionnelle et questionna son amie, mais Fanny resta en dehors de la discussion jusqu'à ce qu'Augusta l'interroge sur l'action de l'attorney dans cette affaire.

— Je l'ignore, répondit Fanny, nous n'avons pas encore été saisis du dossier. Ou alors c'est un autre bureau. Vous avez une idée sur l'identité du violeur ?

— Pratiquement. La police a arrêté un type de soixante ans, un forain, père de trois enfants, qui n'en est pas à son premier coup. La malheureuse a été retrouvée dans un hangar proche du manège du type. Elle a été vraisemblablement assommée et on a abusé d'elle au point qu'elle a dû être opérée et recousue. On pense que le violeur s'est servi entre autres d'une bouteille de soda. Mais la jeune fille est tellement traumatisée qu'elle refuse de parler. D'après les médecins elle souffre d'une amnésie hystérique.

Le récit de l'agression glaça l'atmosphère que Thomas tenta de réchauffer en proposant une virée en bateau.

Ils s'entassèrent avec leur attirail de pêche dans l'embarcation de Thomas, un cotre à fond plat propulsé par un moteur d'une vingtaine de chevaux, mais se baladèrent jusqu'au soir sans attraper un seul poisson, naviguant dans des chenaux connus seulement de leur hôte.

Ron voulut prendre des photos d'un couple de hérons cendrés qui les laissèrent s'approcher avant de s'envoler juste au moment où Ron les cadrait, une famille de ratons laveurs plongea précipitamment dans la rivière dans un grand éclaboussement d'écume tandis que des poules d'eau s'enfuyaient en caquetant bruyamment.

— Comme photographe animalier, tu te poses là !

se moqua Thomas. Tu serais tout juste capable de prendre une vache dans un pré !

Arrivés à la côte ils se baignèrent et se reposèrent sur le sable, puis décidèrent de gagner cap Cod en longeant la plage où ils dînèrent dans un petit bistrot que Thomas connaissait et où l'on servait de délicieuses sardines grillées.

La soirée était lumineuse et douce et le journaliste se sentait du vague à l'âme.

Il observa ses amis. Ron était plein d'attentions pour Augusta qui le couvait d'un regard amoureux.

Herman voulait croire qu'il pourrait former avec Fanny un couple de cette qualité. Il avait vu ses parents se déchirer tout le long de leur vie et il crevait d'envie de créer une vraie famille.

Il se rendait compte que Fanny était fragile, mais il se sentait capable de toutes les patiences. Elle lui plaisait suffisamment pour ça.

Il saurait la rendre heureuse, même si la jeune femme ne semblait pas encore l'avoir compris.

Après dîner ils reprirent le bateau et se promenèrent le long de la côte. Ron et Augusta étaient assis à l'avant, la tête d'Augusta reposant sur l'épaule de Ron, et tous deux contemplaient le ciel en silence.

Thomas maintenait d'une main légère la barre du gouvernail, et Fanny, assise devant lui, une main sur le plat-bord, regardait fixement la mer.

Thomas s'enhardit à lui poser la main sur l'épaule qu'il sentit immédiatement se raidir. Il se rapprocha d'elle jusqu'à poser les lèvres sur sa nuque, mais elle se retira si brusquement qu'il faillit perdre l'équilibre.

Riant, Ron pria les autres passagers d'éviter de faire chavirer le bateau.

Fanny avait changé de place, évitant de regarder Thomas, comme si son brusque recul avait été involontaire et seulement provoqué par son intention de se déplacer.

Thomas relança rageusement le moteur et le bateau prit de la vitesse.

Il le conduisit d'une main sûre à travers les méandres des marais jusqu'au chalet, en se reprochant son impatience.

Rien dans l'attitude de la jeune femme n'indiquait qu'elle était désireuse de flirter avec lui.

Il s'était comporté comme un adolescent boutonneux de drive-in.

Ils débarquèrent avec la sensation de quelque chose de vaguement raté.

Fanny s'excusa de vouloir se coucher immédiatement et s'esquiva après un vague souhait de bonne nuit.

Thomas et les Magnusson la regardèrent s'éloigner avec l'impression d'être mis en quarantaine.

Quand Thomas descendit le lendemain matin il eut la surprise de trouver Fanny prête et s'occupant à faire griller le pain du petit déjeuner. Une bonne odeur de café le fit saliver et il apprécia les jus de fruits déjà pressés.

— Holà ! mais vous êtes tombée du lit, Fanny ! s'exclama-t-il joyeusement. Vous n'avez pas bien dormi ?

— Magnifiquement, mais ça sentait si bon dehors que j'ai eu envie de me lever.

Elle était rayonnante, et rien dans son attitude ne laissait supposer qu'elle se souvenait de l'incident de la veille.

Son visage s'était transformé comme si une bienheureuse fée en avait effacé les tourments.

Thomas, qui avait passé une nuit plutôt agitée en imaginant Fanny dans le lit voisin, remarqua d'un ton léger :

— On dirait que vous avez oublié tous vos soucis. Êtes-vous contente d'être ici ?

— Ravie, Thomas. Il y a longtemps que je ne me suis sentie aussi bien. Vous faites un ami délicieux.

— Ami ? releva le jeune homme.

Elle parut ne pas comprendre.

— J'ai dit une incongruité ?

— Noon... mais « ami »... me semble un terme un peu vague, non ?

L'arrivée de Ron et Augusta interrompit leur badinage.

— Bonjour, tout le monde ! s'écria Ron, j'ai cru que je ne me réveillerais pas !

Ils déjeunèrent en préparant l'emploi du temps du jour.

Fanny n'était pas la moins enthousiaste, et Ron et Augusta lancèrent un coup d'œil ironique à Thomas.

Ils firent du bateau, nagèrent, déjeunèrent, se reposèrent et refirent une partie du monde pendant la sieste.

Les deux femmes reparlèrent de l'affaire des Portoricains et Fanny s'efforça de trouver un angle d'attaque pour l'avocate.

— Ma crainte, dit Augusta, c'est que la jeune fille ne puisse parler. Nous n'avons aucune preuve à part son témoignage. Nous en sommes réduits aux présomptions, et vous savez ce que ça vaut devant un jury. Ces imbéciles de l'hôpital n'ont rien trouvé de mieux lorsqu'elle est arrivée que de lui faire un lavement intime au Dakin avant de la recoudre. Résultat, on n'a retrouvé aucune trace de sperme dans l'anus.

— Pourquoi l'anus ?

— Parce que c'est par là qu'il l'a violée.

Le frisson qu'eut Fanny n'échappa pas à Augusta.

— Ça me fait le même effet qu'à vous. Ce genre de type devrait être abattu sans jugement, et ma trouille, c'est qu'il ressorte libre du tribunal, dit l'avocate d'une voix âpre.

Thomas et Ron intervinrent pour qu'elles parlent de choses plus gaies. Mais Thomas remarqua que Fanny restait sombre.

Il en voulut à Augusta et se promit de ne jamais parler travail avec la jeune femme. Il était persuadé qu'elle était beaucoup trop sensible pour évoluer au milieu de ces assassins. C'était probablement la cause de son instabilité d'humeur.

Quand elle oubliait, tout allait bien, mais la moindre chose l'y ramenait.

S'il parvenait à l'épouser il ferait tout au monde pour qu'elle quitte le bureau de l'attorney.

Vers quatre heures de l'après-midi ils commencèrent à ranger et fermèrent le chalet.

À cinq heures trente chaque couple monta dans sa voiture, et Ron et Augusta firent promettre à Fanny de se revoir.

Durant le trajet Thomas élabora une stratégie pour que Fanny l'invite à monter chez elle en arrivant. L'idée de la quitter après ces deux jours lui était insupportable.

Il tenta de la séduire avec des projets de cinéma précédé d'un hamburger mexicain. Puis proposa une pièce à succès de Broadway qui se jouait au *Grand Théâtre.* Mais Fanny déclina les invitations en se déclarant fatiguée.

— Mais on s'est reposés deux jours ! protesta Thomas.

— Je travaille tôt demain matin. Nous avons une confrontation à huit heures et je dois revoir le dossier.

— Alors, vous m'invitez à prendre un verre chez vous ? demanda-t-il en arrêtant la voiture devant sa porte.

Elle secoua la tête.

— Désolée, une autre fois. Merci, Thomas, j'ai passé un très bon moment grâce à vous et à vos amis. J'ai oublié de demander à Augusta où elle travaillait.

— Chez *Brond et Frères,* dans Donaghut Avenue. Pour me remercier du renseignement, vous m'offrez un whisky ?

Elle sortit sans attendre qu'il lui ouvre la portière, une moue réprobatrice au coin des lèvres.

— Désolée, Thomas, ou dois-je absolument payer mon week-end ?

Ils se toisèrent, et Thomas fut surpris de la dureté de son regard.

— Je... je plaisantais, dit-il.

Sans rien ajouter elle attrapa son sac et monta les marches du perron.

— Fanny ?

Elle tourna la tête au moment où elle glissait sa clé dans la serrure.

— Oui ?

— Vous... vous pensez vous faire aimer avec une pareille attitude ?

Il se mordit les lèvres trop tard.

— Je ne cherche pas spécialement à me faire aimer, répondit-elle d'un ton glacial.

Il courut vers elle et monta les marches du perron à la volée. Elle se retourna vers lui dans un brusque mouvement défensif.

Il ricana :

— Oh, ne craignez rien, je ne vais pas vous frapper ! Quoique vous le méritiez !

Elle détourna brusquement la tête, et Thomas vit des larmes monter à ses yeux. Impulsivement il la serra contre lui.

— Je ne suis qu'un pauvre idiot ! Mais... mais je crois que je suis... que je suis amoureux de vous.

Elle se dégagea sans répondre.

— Laissez-moi vous téléphoner demain, insista-t-il.

— C'est moi qui vous appellerai, Thomas... Il y a des choses que je dois mettre au point.

— Un autre homme ?

Elle ne répondit pas.

— J'ai un peu d'espoir ? reprit-il.

Elle soupira légèrement et ouvrit sa porte.

— Bonsoir, Thomas, dit-elle en lui caressant furtivement la joue avant de disparaître.

Augusta Magnusson se demandait ce qui la pressait tellement de s'entendre signifier sa défaite.

Elle répondit distraitement au salut d'un collègue et ouvrit la porte du cabinet du juge après avoir frappé.

Quand elle entra, les têtes se tournèrent vers elle.

— Excusez mon retard, Votre Honneur, attaqua-t-elle, il y avait un accident sur le pont Lincoln.

Le juge, cheveux blancs et yeux bleus comme dans les feuilletons, l'invita à s'asseoir à côté de ses adversaires.

— Je vous en prie, la partie adverse était en avance, mais je vous ai attendue pour répéter ce que vous savez déjà.

Le juge se carra confortablement dans son fauteuil et lui sourit avec une indifférence courtoise.

— Vous savez, maître Magnusson, et vous, maître Davidoff, puisque vous étiez tous deux hier au tribunal, que dans l'état actuel du dossier présenté après enquête préliminaire de la police je n'ai rien pu retenir contre Frederick Latimer accusé par la famille de la victime d'être l'agresseur de leur fille, et que par conséquent nous ne pouvons demander qu'il soit présenté devant le grand jury aux fins d'inculpation.

Augusta évita de regarder le prévenu, certaine de ne pouvoir supporter son air triomphant.

Elle savait en effet depuis la veille que le juge avait repoussé ses conclusions. C'était couru. On ne peut accuser un homme d'un tel crime sur de simples présomptions, même si chacun, et son défenseur en premier, sait à quoi s'en tenir.

— Votre Honneur, tenta-t-elle, laissez-nous la possibilité d'apporter la preuve de ce que nous avançons.

— Et quelle est cette preuve, maître ?

— L'enfant violée saura reconnaître son agresseur.

— C'est possible, mais en est-elle actuellement capable ?

— Non, elle est encore sous le choc, mais les médecins pensent que son état ira en s'améliorant.

— Dans quels délais ?

— Ils... ils ne peuvent pas se prononcer. Carmen Verena Sanchez se trouve dans ce qu'ils nomment un coma d'éveil. Ce n'est pas organique, seulement psychologique.

— Je vous entends bien. Mais je ne peux pas poursuivre Latimer sans l'inculper. Et dans l'état actuel du dossier cela m'est impossible.

— Vous allez le remettre en liberté ?

— Vous voyez une autre possibilité ?

— Nous ne pouvons pas classer ce dossier, protesta Augusta.

— J'entends bien, maître. La police va continuer ses investigations pour rechercher le coupable.

— Le coupable est devant vous, Votre Honneur !

— Je proteste ! bondit le défenseur du forain.

— Et vous avez raison, répondit le juge avec un geste navré vers Augusta. Maître, je suis surpris de votre réaction. Rien dans votre dossier ne me permet d'inculper Frederick Latimer, et vous le savez comme moi. Même si cet homme jouit d'une réputation déplorable, vous n'avez pas pu prouver qu'il se trouvait à l'heure du crime dans le hangar avec la victime. Tant que votre cliente ne pourra pas témoigner, Latimer est un suspect parmi d'autres.

— Votre Honneur, Latimer a reconnu avoir parlé à

l'enfant. D'autres témoins l'ont vu s'éloigner avec elle... La jeune Sanchez avant de perdre la raison a murmuré le nom de Latimer au jeune homme qui l'a découverte.

— Aurait murmuré, rectifia le juge. Le jeune homme en question s'est rétracté par la suite. Il a déclaré que l'enfant avait effectivement prononcé un mot, ou un nom, mais qu'il était incapable de dire quoi. De plus, personne n'a vu entrer Latimer avec elle dans le hangar. Nous n'allons pas refaire la comparution d'hier, maître Magnusson.

— Évidemment ! L'entrée se trouve dissimulée par la tente d'un manège, personne ne peut voir quoi que ce soit !

— Précisément, et Me Davidoff ici présent se fera un plaisir de démonter votre accusation devant n'importe quel jury. Croyez-moi, maître, laissez le temps au temps. Quand votre cliente se réveillera, et si elle accuse comme vous le pensez ce Latimer, les jurés l'enverront en prison jusqu'à la fin de ses jours. Mais en attendant je dois procéder à son élargissement. Me Davidoff m'a informé qu'il ne porterait pas plainte pour suspicion abusive... (Et comme Augusta faisait mine de protester :) Je vous rappelle, continua-t-il en levant une main soignée, que son client est resté deux semaines à la disposition de la justice sans être officiellement inculpé.

— Me Davidoff est trop bon, persifla Augusta. Deux semaines de suspicion pour un tel crime, vraiment le prix est très abordable.

— Je ferai comme si je n'avais rien entendu, maître Magnusson, dit le juge en fronçant ses si beaux sourcils, et je vous engage à étayer votre dossier si vous voulez obtenir un jugement. Ce sera tout, madame, monsieur, dit le juge en se levant de derrière son bureau.

— Votre Honneur, intervint Davidoff, signerez-vous le non-lieu aujourd'hui ?

— Pas de non-lieu. Latimer est relaxé, faute de preuves. Nous lui demanderons seulement de ne pas quitter la ville, tant que l'enquête n'est pas achevée.

— Mais ça laisse planer le doute sur sa personne... nous ne pouvons pas accepter de ne pas sortir blanchis de votre cabinet, Votre Honneur...

— Il ne peut y avoir de non-lieu puisqu'il n'y a pas eu de jugement, Davidoff. Vous jouez les idiots exprès ?

— Votre Honneur, la réputation de mon client va souffrir indiscutablement de ce qui vient de se passer. S'il ne peut bénéficier d'un abandon définitif de suspicion, nous demanderons un dédommagement que nous obtiendrons.

— Préparez votre dossier, Davidoff, nous l'examinerons.

— Merci, Votre Honneur.

— Votre Honneur... (Augusta tenta de maîtriser sa colère.) Votre Honneur, vous allez accepter que mon adversaire obtienne un dédommagement pour ce... pour ce... Avez-vous vu l'enfant de dix ans que ce détraqué a envoyée à l'hôpital peut-être pour la vie ? Avez-vous entendu ses parents hurler de douleur ? Que vont penser ces gens de notre justice si vous laissez sortir ce criminel ? cria-t-elle avec rage.

— Maître Magnusson...

— Quelle sera votre réaction si ce malade attaque une autre petite fille ? Cet homme a déjà été condamné pour agression sexuelle à cinq ans de prison !

— Maître Magnusson, je suis chargé d'appliquer la loi, pas de la faire. Latimer a payé pour son crime ; il a fait ses cinq ans sans bénéficier d'aucune remise de peine. Dans l'affaire que vous évoquez, la police avait apporté les éléments permettant de conclure à sa culpabilité, la justice a suivi. Donnez-moi la preuve que cet homme est bien l'agresseur de la petite Sanchez, et je me ferai un plaisir de l'envoyer à l'ombre jusqu'à la fin de ses jours. Jusque-là je vous demanderai de modérer vos paroles, sinon je serai obligé de vous inculper pour injures à magistrat.

Davidoff fit sortir son client. Avant de refermer la porte il se tourna vers sa consœur.

— Vous gagnerez une autre fois, Augusta. Si vous faites une affaire personnelle de chaque cas, vous y laisserez votre peau.

— Jamais je n'aurais accepté de défendre un tel criminel ! Et vous le savez !

— Alors vous n'auriez pas respecté notre déontologie.

— Nous ne sommes pas forcés de défendre n'importe quel salaud !

— Sauf si vous croyez à son innocence.

Les avocats se toisèrent. Davidoff n'ignorait pas qu'il possédait la triste réputation d'être capable de défendre n'importe qui dès l'instant où ça pouvait lui rapporter quelque chose. Son credo était de gagner.

À cet instant Augusta eut pour son confrère le même dégoût qu'elle ressentait pour Latimer.

Elle se demanda si c'était celui-ci qui avait chargé Davidoff de le défendre, ou si l'avocat était venu de lui-même proposer ses services.

Le forain était un homme très riche, même si son apparence était celle d'un clochard.

Pendant leur échange le juge était sorti par une porte à l'arrière de son cabinet. Il ne voulait en aucun cas être mêlé à une querelle où il n'avait rien à faire.

Le beau juge de feuilleton était à quatre mois de sa retraite.

Freddy Latimer et son défenseur se séparèrent sur les marches du palais.

— Je passerai demain à votre cabinet vous régler la fin de vos honoraires, maître. Je vous remercie de votre bon travail.

Davidoff le fixa avec mépris.

— J'espère que j'ai défendu un innocent. Dans le cas contraire je ne ferai rien pour vous.

— Évidemment. Cette gosse n'a jamais prononcé mon nom. Vous avez évité une grave erreur judiciaire.

— Latimer... (Davidoff respira profondément.) Latimer, je n'ai aucune sympathie pour vous. Je pense que vous vous en moquez, mais je souhaite que vous ayez dit la vérité. J'ai la réputation de ne pas refuser un dossier, mais si vous étiez coupable ce serait un plaisir pour moi de vous enfoncer.

Latimer eut un sourire faux et agita la main.

— Je vous paie pour un certain travail, tenez-vous-en là, mon cher maître. J'ai toujours entendu la Justice déclarer qu'elle préférait remettre en liberté un coupable que punir un innocent. Et moi je suis innocent.

Davidoff le regarda et sans ajouter un mot s'éloigna.

Latimer le vit se fondre dans la foule et secoua la tête avec un petit sourire.

Latimer était dans son milieu un homme riche et important.

Il possédait deux très beaux manèges, un double-huit qu'il tenait avec sa femme, et une grande roue de quinze mètres de haut dont s'occupaient sa fille et son gendre.

Latimer avait apporté à ses manèges des améliorations qui le faisaient considérer comme un caïd par ses pairs.

Avant d'être condamné pour abus sexuels sur deux adolescentes, crimes pour lesquels il avait passé cinq ans de sa vie en prison, il avait même été le président du puissant syndicat des forains.

À présent les gens se méfiaient de lui, mais il conservait au sein de la profession un avis autorisé.

Latimer employait deux Noirs qu'il soupçonnait de le voler. Pendant ces quinze jours où il avait été si occupé à se défendre, il était certain que ces feignants en avaient profité pour tirer au flanc et piquer dans la caisse.

Latimer ne faisait jamais confiance à personne. Il passait ses jours de repos, peu nombreux, à vérifier et revérifier les comptes de sa fille et de son gendre, et n'était heureux que lorsqu'il trouvait une erreur.

— On va partir pour l'Ouest, dit-il une semaine plus tard à sa femme à l'heure de la fermeture.

— Pourquoi ?

— Parce que.

Elle haussa les épaules, mais n'insista pas. Latimer pouvait facilement se montrer violent.

— T'as peur de quelque chose ? reprit-elle au bout d'un moment alors que Latimer était plongé dans ses comptes.

— De quoi tu veux qu'j'aie peur ? Tu sais très bien que je n'ai rien fait à cette gosse. J'ai pas quitté le manège ce soir-là.

Elle le regarda par en dessous, puis comme elle se glissait au lit répliqua :

— Comment tu veux que je le sache, le soir où ça s'est passé j'étais couchée avec une angine.

Il tira un trait sous son addition.

— Justement, j'suis pas assez cinglé pour laisser le manège à ces deux négros ! Et puis, fous-moi la paix, sinon j'te cogne !

Elle n'insista pas, et dormait quand Latimer la rejoignit.

Cependant, malgré sa hâte, Latimer ne pouvait pas quitter la foire sans une bonne raison. Ce départ précipité aurait éveillé les soupçons.

Il savait également qu'avant de partir il devrait

demander l'autorisation au juge. On l'avait relâché, mais l'enquête continuait. Cette pétasse d'avocate ne desserrerait pas comme ça les dents.

Latimer avait déjà téléphoné par deux fois à l'hôpital pour demander des nouvelles de Carmen Verena Sanchez. Mais bien qu'il se soit fait passer pour un membre de la famille on avait refusé de lui répondre.

Décidé à agir il s'était rendu à l'hôpital pour constater avec rage que la chambre de la fillette était gardée jour et nuit par un policier armé.

Latimer savait que sa vie était liée à celle de la gosse. Si celle-ci recouvrait la raison, c'en était fait de lui.

Il n'avait pas voulu lui faire du mal. Juste la bousculer un peu, tripoter son petit corps nubile déjà bien formé pour ses dix ans.

Ces chicanos étaient des femmes avant que les Blanches sortent seulement de l'enfance. Était-ce sa faute si elle s'était mise à gueuler comme une perdue ? Il l'avait frappée, et puis pendant qu'il la sodomisait elle avait repris connaissance et s'était remise à hurler. Alors il l'avait encore cognée, et cette fois avec une bouteille de soda trouvée par terre.

Et parce qu'il avait eu peur, il la lui avait enfoncée dans le fondement.

Latimer rendit la monnaie et tendit la main pour recevoir les pièces du client suivant.

Comme rien ne venait, il leva les yeux et rencontra le regard noir d'un Portoricain. Latimer frissonna et balbutia :

— Vous voulez quoi, m'sieur, un ou deux tours ?

L'homme porta brusquement la main à sa poche revolver, et Latimer se recroquevilla sur sa chaise.

— Un tour, dit l'homme en tendant deux dollars, pour deux.

Latimer prit les billets en tremblant.

— Voilà, m'sieur, bredouilla-t-il.

L'homme rafla les tickets et se mit dans la queue

avec sa compagne, une femme d'une trentaine d'années au corps abîmé par les grossesses.

Latimer les observa par en dessous. Pour lui tous les chicanos se ressemblaient, et il serait incapable de reconnaître les parents de la fillette bien qu'il les ait vus au moment de son arrestation dans le cabinet du juge.

Il avait fallu deux policiers pour empêcher la mère de se jeter sur lui, et le père, approuvé tacitement par les flics, lui avait promis clairement de lui faire la peau.

Depuis, il vivait dans la terreur de rencontrer un membre de la famille Sanchez ou d'une famille alliée.

Ces métèques étaient solidaires et n'importe lequel d'entre eux pouvait lui planter un couteau dans le ventre.

À cause de ça il devait filer le plus vite possible loin de cette région, disparaître, changer de nom.

À San Diego il connaissait d'habiles faussaires qui lui referaient une nouvelle identité, mais sa cupidité l'empêchait d'abandonner ses manèges à sa famille.

Les deux Cubains montèrent dans un wagonnet et le manège s'ébranla. Latimer soupira, mais son regard accrocha un autre chicano qui le fixait.

Fébrilement, il ouvrit discrètement le tiroir de la caisse où se trouvait un vingt-deux.

Ces fumiers ne l'avaient pas encore !

Il appela sa femme pour qu'elle le remplace, et retourna à la roulotte.

Son idiote de fille et son crétin de gendre renâclaient à partir. Ils avaient une « royale » à la foire permanente de Lynn et ne voulaient pas la lâcher ! Mais c'était lui le tôlier !

Il irait les trouver et leur donnerait deux jours pour plier bagage. Sa femme les rejoindrait avec l'autre manège.

Lui prendrait l'avion dès le lendemain et les attendrait à San Diego.

Un peu rasséréné, il fourra quelques affaires dans un sac, rafla des dollars dans la cache sous le four et retourna au manège expliquer à sa femme qu'il ne couchait pas là cette nuit et partait prévenir leur fille de les rejoindre à la foire de San Diego.

— Mais qu'est-ce t'as, t'as le feu ? s'étonna-t-elle.

— T'occupe ! Fais ce que je te dis et commence à remballer demain. Vous descendrez en une semaine à peu près. Si on t'interroge, tu dis que je suis parti au Canada parce qu'un de mes frangins était en train de mourir et que j'ai plus pensé dans mon affolement à prévenir le juge. Tu dis rien d'autre. Je vous attendrai chez Tim à Diego. C'est là qu'j'serai si t'as besoin de m'dire quelque chose. Mais bouche cousue pour tous. T'as compris, j'suis au Canada !

— Non, j'comprends pas. Qu'est-ce que tu fuis ? Si t'es innocent comme tu le dis, qu'est-ce que tu crains ?

— T'es vraiment bouchée ! Les Portos ça les intéresse pas de savoir si j'suis innocent ou pas, eux ils veulent venger leur gosse, et j'fais aussi bien l'affaire qu'un autre. Tant qu'ils n'auront pas retrouvé le vrai coupable, j'suis en danger !

Elle haussa les épaules. Elle n'était vraiment pas sûre de l'innocence de son mari, mais elle s'en foutait. Chez elle, en Louisiane, c'étaient son oncle et ses deux frères qui l'avaient violée. Les hommes étaient tous des malades, et de toute façon elle blairait pas les Portoricains.

Il attendit que la nuit soit complète pour quitter la foire et se diriger vers la station de taxis.

En fin de compte il irait voir sa fille ce soir et dormirait chez elle. Ce serait toujours une chambre d'hôtel d'économisée.

Il profita d'un flux vers la sortie et se mêla à un groupe de jeunes gens bruyants.

Il ne trouva pas de taxi et fut tenté de demander à un des jeunes de le prendre avec eux, mais une curieuse timidité l'en empêcha.

Il se dit qu'il continuerait à pied vers la prochaine station, et s'enfonça dans la nuit.

La fille marchait le long du trottoir en évitant de mettre le pied sur la séparation des blocs de béton. Ce jeu l'absorbait au point qu'elle ne quittait pratiquement pas le sol des yeux.

La nuit était sombre après l'extraordinaire luminosité du parc, mais le flonflon des cuivres flottait encore dans l'air comme les franges d'une écharpe.

La rue s'étendait, déserte, et à part un homme qui marchait à une centaine de mètres devant elle d'un pas pressé, elle était seule.

L'homme se retournait chaque fois que le bruit d'un moteur se rapprochait, mais au fur et à mesure qu'ils s'enfonçaient dans la nuit, il y avait de moins en moins de voitures.

Le centre commercial de Cambridge ne vivait que le jour.

La nuit, seul le quartier qui entourait l'université résonnait jusqu'au matin des pétarades des motos, des boîtes de rap et du chahut des jeunes.

Ce quartier-là ne dormait jamais, contrairement au reste de la ville qui restait très provincial.

Arrivée au carrefour de Roslindale, la fille releva la tête et jeta furtivement un coup d'œil de chaque côté de l'avenue.

Devant elle, l'homme s'était arrêté à une station de bus et regardait dans sa direction.

Une voiture de police et un taxi occupé passèrent de

l'autre côté de l'avenue, et la fille tourna la tête vers une vitrine. Arrivée à sa hauteur, la voiture de police ralentit.

— Hé, mademoiselle, héla un policier, qu'est-ce que vous faites dans cette rue à cette heure ?

— Je rentre chez moi, répondit-elle aimablement. J'habite au prochain bloc.

— On va attendre que vous rentriez, dit le flic.

— Vous êtes très gentils, mais ce n'est vraiment pas la peine, il n'y a personne.

Le flic hocha la tête et parla avec son collègue.

— Vous êtes sûre, vous voulez pas qu'on attende ?

— Non, vraiment, merci. (Puis désignant une fenêtre :) D'ailleurs je vois mon mari qui m'attend à la fenêtre.

Le policier hocha la tête, mais ne vit personne. Enfin, si elle le disait...

— Comme vous voudrez, bonne nuit.

— Bonne nuit, messieurs, et encore merci.

La voiture s'éloigna et la jeune femme se remit en marche.

À l'arrêt du bus l'homme avait entendu la conversation.

Il regarda arriver la jeune femme et la trouva très séduisante. Pourquoi n'était-elle pas rentrée chez elle ?

Il prit un petit air avantageux. Peut-être avait-elle raconté des histoires aux flics pour le rejoindre.

— Vous allez dans le centre ? vers Harvard ? lui demanda-t-il avec un clin d'œil entendu.

— Non... à vrai dire j'essaie de trouver un peu de fraîcheur.

Il l'examina d'un air vicieux.

— J'peux vous offrir quelque chose ?

— Pourquoi pas ?

Il eut un ricanement silencieux. La vie avait des sacrés retournements ! Y avait pas une heure il chiait dans son froc de trouille, et à présent cette sauteuse lui proposait carrément la botte ! Il regarda si un taxi ou un bus arrivait, mais l'avenue était décidément déserte.

— J'vous aurais bien emmenée boire quelque chose au frais, mais y a pas plus de taxis que de politiciens honnêtes !

Elle eut un joli rire.

— Ça ne fait rien, je n'habite pas loin et j'ai toujours quelques bières au réfrigérateur. Ça me ferait plaisir de vous en offrir une.

Décidément cette gonzesse avait le feu au cul ! C'est elle qui l'invitait ! Un petit tendron d'à peine trente berges !

— Alors c'est pas de refus, si vous insistez... dit-il avec un sourire faraud.

— Mais vous alliez quelque part...

— C'est pas grave, ça peut attendre.

Elle lui prit le bras et Latimer se dit que celle-là, il n'allait pas la louper.

Ils s'enfoncèrent dans une ruelle peu éclairée.

Depuis le week-end à cap Cod, Thomas et Fanny étaient souvent sortis ensemble.

Ils étaient allés plusieurs fois dîner et il l'avait emmenée au cinéma.

Thomas parlait de lui et de ses projets. Il avait bon espoir de devenir dans peu de temps chef de l'information, et à ce moment-là ses émoluments seraient suffisants pour entretenir une famille.

Fanny l'écoutait avec intérêt, mais Thomas se demandait si elle comprenait où il voulait en venir.

Elle parlait très peu d'elle, insistant seulement sur le fait qu'elle aimait être seule le plus souvent, parce que les gens lui apparaissaient vite ennuyeux.

Un soir Thomas lui demanda si elle comptait encore longtemps sortir avec lui « en camarades ».

Elle tenait absolument à payer sa part de leurs sorties et Thomas n'y voyait pas un bon présage.

Mais plus elle se dérobait, plus il tenait à elle.

Elle n'avait pas pu, ou pas voulu retourner au chalet, en revanche elle accepta de revoir Ron et Augusta chez eux.

Ils passèrent une excellente soirée et Thomas se reprit à rêver. Alors que les femmes bavardaient sur la terrasse et que Thomas aidait Ron à faire la vaisselle, son ami lui demanda où il en était avec Fanny.

Thomas reconnut ne pas être beaucoup plus avancé.

C'était comme si Fanny après un pas en avant en faisait deux en arrière.

— À ce train, s'était moqué Ron, vous serez assez vieux pour vous retrouver ensemble en maison de retraite.

Thomas s'était forcé à rire. En fait, il se désespérait.

Ron lui demanda aussi s'ils avaient couché ensemble et Thomas avoua piteusement que non.

Il dit que Fanny semblait appréhender ce moment et Ron conseilla d'en parler franchement avec elle. Peut-être la jeune femme avait-elle subi une expérience traumatisante, ou peut-être était-elle encore amoureuse de quelqu'un, mais Thomas déclara ne pas savoir comment aborder le sujet.

— Un soir, raconta-t-il à son ami, en rentrant d'un dîner particulièrement réussi je l'ai embrassée et elle s'est d'abord laissé faire, puis elle s'est brusquement reculée et m'a quitté précipitamment, et je suis resté comme un idiot sur le perron. Arrivé chez moi je lui ai téléphoné, mais elle a refusé d'en parler et a raccroché sèchement. La fois d'après on s'est retrouvés au cinéma avec une certaine froideur.

Ron mit Thomas en garde. À son avis Fanny le considérait comme un bon camarade, et rien d'autre. Elle n'osait peut-être pas le lui dire, mais celui-ci devait comprendre.

— Mais je l'aime ! avait protesté Thomas.

— Peut-être, avait répliqué Ron, mais ça ne suffit pas pour former un couple.

Depuis, Thomas tentait de se persuader que son ami avait raison, mais chaque fois qu'il revoyait Fanny il se reprenait à espérer.

Il avait décidé d'être patient et de se rendre indispensable à la jeune femme.

Sam Goodman regarda la civière qu'embarquaient les flics de la Criminelle.

Ce qui était en dessous de la bâche n'était pas beau à voir, et pourtant le gars en question était une sombre fripouille.

Frederick Latimer, soupçonné puis relaxé dans l'affaire Carmen Sanchez, faute de preuves.

Pour une fois, se dit Sam, l'enquête sera courte.

Le père de la fillette avait promis de lui faire la peau devant des policiers et un juge, et de la manière dont Latimer était mort, verge et testicules tranchés, le crime était signé.

— Qu'est-ce que vous en pensez, lieutenant ? demanda Johnson en mâchant une gomme.

Sam haussa les épaules.

— Affaire bouclée avant même de démarrer. C'est le père Sanchez selon toute vraisemblance qui lui a fait la peau. De vous à moi je le comprends parfaitement, et ça me fait mal à l'os de l'arrêter. Mais on n'a pas le choix.

— Ouais.

— Chargez-vous de prévenir la veuve, reprit Sam, elle travaille à la foire de Cambridge. Je crois qu'ils ont un grand huit, vous ne devriez pas avoir de mal à le repérer. Amenez-la pour identification.

Johnson s'éloigna avec nonchalance, et Sam se dit

que décidément il avait du mal à le supporter. Ce type faisait son métier sans états d'âme.

Si dégueulasse que soit le spectacle, il ne l'avait jamais vu broncher.

Sam demanda par radio l'adresse des Sanchez et s'y rendit aussitôt.

La famille Sanchez tenait une épicerie dans le quartier espagnol, mais quand il arriva il ne trouva que des cousins.

Les parents de la petite Carmen étaient près d'elle à l'hôpital.

Il les interrogea sur l'emploi du temps du père de la fillette, mais ils arrivaient du matin de Chicago et n'étaient au courant de rien.

Sam se balada dans le quartier en se demandant si un homme qui tue le bourreau de son enfant passerait tranquillement la journée près d'elle en compagnie de sa femme.

Il renonça à répondre et repartit pour l'hôpital Bellevue.

M. et Mme Sanchez étaient assis de chaque côté du lit de leur fille.

Mme Sanchez avait le visage ruiné d'une femme qui n'a pas dormi depuis des lustres, et celui de son mari avait la couleur cendrée des grands malades. En fait, une barbe noire mangeait son visage ravagé.

Sam s'appuya des deux mains au rebord du lit, et ils levèrent les yeux vers lui.

— Monsieur et madame Sanchez ? Je suis le détective Goodman de la Criminelle. Vous savez pourquoi je suis là ?

Ils se contentèrent de le regarder sans répondre.

— Non ? reprit Sam. Vraiment ? (Et comme ils ne répondaient toujours pas :) Nous avons retrouvé ce matin le cadavre de Frederick Latimer, l'homme que vous aviez accusé d'avoir... vio... d'avoir agressé votre fillette.

La mère ferma les yeux avec un grand soupir et un sourire joua sur ses lèvres serrées. Mais il s'effaça aussitôt. Son mari n'avait pas réagi.

Sam s'adressa à lui.

— Vous l'ignoriez vraiment, monsieur Sanchez ?

Il regarda sa femme.

— Comment je le saurais ? murmura-t-il.

Ses épaules s'affaissèrent comme s'il venait de produire un grand effort.

— Parce que vous aviez menacé de le tuer devant témoins.

— Je n'ai pas eu cette chance, murmura l'homme de la même voix éteinte. Et je maudis Dieu de m'avoir retiré ma vengeance !

On mourait de chaleur dans la chambre, mais Sam n'osait pas ouvrir la fenêtre.

Sur son lit, la fillette fixait le plafond comme elle le faisait depuis qu'elle était arrivée un mois auparavant. Ses deux bras étaient percés de tuyaux.

— Je vais néanmoins vous demander de me suivre, monsieur Sanchez, poursuivit Sam.

— Je ne partirai pas d'ici, murmura Sanchez.

Sa femme lui mit la main sur le bras et lui parla rapidement en espagnol.

Sam n'aurait pu dire s'ils étaient heureux de la nouvelle qu'il leur avait annoncée. Ces gens étaient déjà plus loin, et à cet instant Sam sut que le père de l'enfant était innocent.

— Monsieur Sanchez... Je vous en prie, ce n'est qu'une formalité de routine, vous repartirez chez vous tout de suite après.

L'homme refusa de la tête, et sa femme parla encore. Elle se tourna vers Sam.

— Mon mari n'a rien fait, dit-elle.

— Peut-être, dit Sam. Où était votre mari hier soir vers onze heures, madame Sanchez ?

— Ici, répondit-elle. Je dors dans la chambre et mon mari sur un banc dans le couloir.

— Est-ce qu'il y avait quelqu'un d'autre avec vous ?

Elle haussa les épaules.

— Un ami, quelqu'un de la famille ? insista Sam.

Elle secoua la tête.

— Je ne sais pas, je ne crois pas. Ma sœur est venue mais est repartie plus tôt, je crois.

— Qui tient votre boutique ?

— On se relaie avec mon mari et la famille. Il faut qu'il y ait toujours quelqu'un près de Carmen, depuis que le policier a été retiré.

— Je comprends. Monsieur Sanchez, quelqu'un peut-il témoigner que vous n'avez pas quitté l'hôpital de la nuit ?

Et en même temps il se demanda pourquoi le procureur avait cru bon de supprimer le policier de garde.

L'homme tourna vers lui ses yeux vides. Il marmonna d'une voix pâteuse :

— Pourquoi vous acharnez-vous contre nous alors que vous avez laissé ressortir l'assassin de notre fille ? Il est crevé comme une charogne, mais Dieu me rendra compte d'avoir écarté mon bras de lui. Si moi je l'avais tué, il aurait mis des heures à mourir. Je l'aurais découpé, je lui aurais arraché les yeux des orbites. Vous ne savez pas ce qu'est la vraie vengeance, monsieur.

— Il a été découpé, répondit Sam d'une voix douce. On lui a tranché les parties génitales.

Alors seulement Mme et M. Sanchez se regardèrent en souriant.

Sam rentra chez lui, partagé par un double sentiment. Il était content de pressentir que Sanchez n'était pour rien dans le meurtre de Latimer.

Arrêter cet homme qui avait toutes les raisons d'abattre Latimer aurait été pénible, mais d'un autre côté l'enquête repartait de zéro.

Qui s'amusait à découper ainsi les génitoires des messieurs ?

L'affaire Newman avait tourné court. On avait prévenu la famille, un ramassis de presque dégénérés, avait dit le shérif du coin, et l'État avait pris à sa charge les frais de transport du corps. Mais voilà qu'un second individu se faisait châtrer sans que ceux qui auraient eu un mobile semblent y être pour quelque chose.

Sam ferait le lendemain une enquête approfondie pour déterminer l'emploi du temps de M. Sanchez, mais il ne se faisait aucune illusion. Coupable ou non, Sanchez aurait un alibi en béton, et faute de témoin, l'inculper serait impossible.

Il fallait aussi compter avec la politique. Le maire ne verrait pas d'un bon œil une possible erreur judiciaire concernant un membre de la remuante communauté portoricaine si près des élections.

Sam prit une longue douche tiède, revêtit une djellaba, et s'installa avec une bière et le téléphone dans un transat sur sa fameuse pelouse. Il forma le numéro de sa mère.

— Allô, maman, c'est moi.

— Samy ? Où es-tu ?

— Chez moi. Je viens de rentrer. Comment vas-tu ?

— Oïe, comment tu veux que j'aille dans cette fournaise ! Aujourd'hui j'ai cru que j'allais mourir !

— Pourquoi ?

— Pourquoi ? Qu'est-ce que tu demandes ? Tu veux voir mes jambes ? Des pattes d'éléphant à côté ressemblent à celles d'une gazelle ! Je passe ma vie dans l'eau, et quand je ressors c'est encore pire !

— T'as été voir un médecin ?

— Quel médecin ? Tu crois que je passe ma vie chez ces charlatans ? Dieu merci j'ai autre chose à faire que de m'occuper de moi ! Tu sais, Mme Weintraub est passée aujourd'hui, elle avait envie de se baigner un peu dans la piscine, la pauvre. Tu sais qui est Mme Weintraub ? Mais si... tu l'as vue à la maison...

— Oui, je sais, la marieuse.

— Quelle marieuse ? La pauvre, elle fait ça pour rendre service. Et justement elle me parlait d'une petite cousine...

Sam posa le récepteur à côté de lui, dans l'herbe, et ferma les yeux.

La voix de sa mère lui parvenait suffisamment inaudible pour que ça ne le gêne pas. De temps en temps il reprenait l'appareil et grognait dedans pour indiquer qu'il écoutait.

Enfin il n'entendit plus rien et dit au revoir à sa mère sans savoir si elle était encore au bout du fil.

Sam ne parlait jamais à sa mère de son métier.

Dix ans après, elle lui en voulait encore d'être devenu policier alors qu'il « devait » être avocat.

Le problème de son mariage était aussi épineux. Elle disait qu'il était grand temps qu'il se case pour qu'elle ait des petits-enfants.

Sam n'était pas contre. Il n'avait tout simplement pas encore rencontré la mère de ses futurs enfants.

Augusta relut pour la troisième fois le rapport du légiste concernant la mort de Freddy Latimer.

Elle se surprit à s'attarder avec une certaine complaisance sur les détails sexuels évoqués par le médecin.

On lui avait tranché la verge à deux centimètres du pubis et ouvert les testicules comme des rognons.

Consciencieux.

S'il n'avait eu la gorge proprement décollée avant, il serait mort vidé de son sang.

Augusta avait été troublée par Latimer dès qu'elle l'avait rencontré.

Ce genre d'homme brutal et fruste représentait le mal, le danger. Un danger excitant.

Le regard qu'il posait sur les femmes était celui d'un chasseur. Pire, d'un prédateur.

L'imaginer violentant la fragile fillette de son lourd corps agressif l'avait bouleversée.

Cet homme n'était qu'instinct. Un barbare pour qui la force était moyen, et son désir, justification.

Au tribunal elle l'avait provoqué, traîné dans la boue de ses crimes, employant des mots précis et crus sans souci de pudeur, mais toujours il avait su retourner la situation avec un air d'innocence vaguement étonnée, s'adressant poliment au juge en demandant s'il devrait toute sa vie payer pour un crime de jeunesse, odieux, il le reconnaissait, mais pour lequel il avait déjà subi un juste châtiment. À présent qu'il était père de famille et travailleur honnête, la seule évocation de cette accusation le remplissait d'horreur.

Ils avaient été obligés de le relaxer.

Augusta avait jusque-là refusé de requérir contre un violeur, sûre de ne pas supporter les affreux détails étalés.

Elle était née dans une vieille famille bostonienne, puritaine et sévère, où l'on ne parlait jamais de sexe.

Son mari était le premier homme qu'elle ait jamais connu et aimé. Elle l'avait rencontré à l'université de Cornell et les deux jeunes gens étaient aussitôt tombés amoureux l'un de l'autre. Après un délai raisonnable, Ron Magnusson avait demandé la main d'Augusta Lodge.

Ils devinrent ce couple qui de l'avis de tous était le plus harmonieux que l'on pût trouver.

On s'étonna bien un peu qu'un couple aussi uni n'ait pas d'enfants, mais par discrétion aucun de leurs proches, à part la famille d'Augusta, n'osa évoquer le sujet.

En fait Augusta et Ron vivaient depuis longtemps des moments extrêmement difficiles.

Les deux premières années de leur mariage, et bien qu'inexpérimentés, ils connurent ensemble une entente physique parfaite.

Augusta adorait son mari et estimait normal d'avoir envie de lui. Mais bientôt, sans qu'elle sache exactement pourquoi, peut-être parce que parfois Ron s'était étonné de cette fièvre qui la précipitait vers lui, elle craignit son mépris pour ce qu'elle en vint à considérer peu à peu comme une maladie.

Elle consulta un sexologue qui ne sut pas la rassurer, et lui parla davantage de la différence de sexualité des hommes et des femmes, de l'emprise probable de la pesante éducation familiale qu'elle rejetait peut-être à présent de cette façon, que de sa libido, certes excessive, mais somme toute normale pour une femme jeune et amoureuse.

Elle se confia à Ron qui se moqua d'elle, et lui assura que son propre désir était toujours aussi fort.

Cependant, elle crut découvrir chez son mari des réactions négatives qui lui firent prendre en horreur les exigences de son corps. Le comble fut atteint une nuit où, après une étreinte, elle lui avait demandé aussitôt de lui refaire l'amour. Il l'avait regardée d'une telle manière qu'elle aurait voulu se dissoudre immédiatement dans l'éther.

À partir de ce moment elle se mit à haïr son corps et à considérer ses désirs avec répugnance.

Leur couple continua de s'affronter dans des corps à corps amoureux qui laissaient Ron ébloui d'amour, tandis qu'Augusta enrageait de ne pouvoir résister.

Le destin se chargea de modifier leur vie.

Alors qu'il participait à une reprise de manège, et bien qu'excellent cavalier, Ron fut précipité par sa monture à califourchon sur une grossière barrière de bois.

Le choc fut tel que son appareil génital fut endommagé au point qu'il dut subir deux délicates opérations, qui, si elles lui rendirent dans un premier temps ses fonctions physiologiques, lui laissèrent une crainte générée par le fait que chaque rapport lui causait de très vives douleurs.

Et bien que les médecins lui aient certifié que ces douleurs étaient créées par sa peur, rien n'y fit.

Ron et Augusta cessèrent de faire l'amour.

Augusta le supporta d'autant plus mal qu'elle se figura être responsable de l'accident.

Le matin du drame, Ron et elle s'étaient violemment disputés.

Ron reprochait à sa femme son manque évident de tendresse alors que la nuit précédente ils avaient connu, croyait-il, une totale harmonie.

Devant la mauvaise humeur d'Augusta, Ron partit furieux à sa reprise, et son cheval, ressentant son malaise, se cabra et le désarçonna.

Ce fut en tout cas ce qu'imagina Augusta.

Néanmoins Ron et Augusta continuèrent de s'aimer et personne ne connut jamais le secret du couple.

Sam Goodman fut introduit dans le bureau précédant celui de l'attorney.

Deux jeunes femmes y travaillaient, une brune et une blonde. À cause des yeux gris de la brune il se dirigea vers son bureau.

— Bonjour, mademoiselle Mitchell, dit-il en lisant son nom sur le badge posé sur son bureau.

Elle lui sourit.

— À qui ai-je l'honneur ?

Sam lui montra sa plaque.

— J'ai rendez-vous avec l'attorney.

— Ah ! oui... M. Murphy est désolé, il a dû partir à la mairie. Mais je sais pourquoi vous êtes là, et si je peux vous être utile...

— Pourquoi pas ? Je peux m'asseoir ?

— Je vous en prie.

Sam apprécia l'attitude de la jeune femme. Compétence et amabilité. Deux qualités qu'on ne rencontrait pas souvent chez les fonctionnaires municipaux.

— Je parie que vous êtes le bras droit de Murphy.

— Son bras gauche, rectifia-t-elle. Son bras droit est toujours un homme et le restera sûrement longtemps. M. Murphy est droitier, acheva-t-elle avec un sourire ironique.

Sam fit une grimace.

— Trop d'hommes le sont, moi je suis ambidextre.

Ils rirent ensemble, et l'autre jeune femme, qui était

restée jusque-là plantée devant son ordinateur, releva la tête d'un air surpris.

— Que puis-je pour vous, inspecteur ? demanda Fanny Mitchell.

— Ah, soupira Sam, je suis chargé de l'enquête sur l'assassinat de Frederick Latimer. L'action judiciaire contre lui est évidemment éteinte en raison de sa mort, mais il faut à présent rechercher son assassin.

— J'imagine que les parents de la petite qu'il a à moitié tuée disent « justicier ».

— À peu près. Au point que ma première idée était que le père de la fillette était l'assassin, ou que quelqu'un d'autre de la famille s'en était chargé. Mais j'ai interrogé M. Sanchez, il a une demi-douzaine de témoins crédibles à l'heure du crime ; et il n'aurait laissé à personne d'autre le soin de tuer Latimer. Quand je lui ai annoncé sa mort, il a eu la même expression qu'un fumeur à qui on retire sa dernière cigarette.

— Oui, nous savons. Les services de l'attorney ont pensé relier les deux meurtres, celui de Latimer et de Newman, à cause de la similitude de l'exécution.

— Quelle drôle d'expression !

— Quoi donc ?

— « Exécution ». Pourquoi pas « meurtre » ?

Fanny sourit.

— C'est vrai. Mais vous avouerez que les deux victimes n'étaient guère sympathiques.

— Tant mieux ! S'il n'y avait que les braves gens à se faire tuer, ce serait à désespérer. Hélas, poursuivit Sam, celui qui a fait le ou les coups n'est pas non plus un rigolo. Vous avez vu les photos ?

— Oui. Le même genre de mutilation qu'on trouve en temps de guerre. Vietnam, Afghanistan...

— À part que nous ne sommes pas en guerre, souligna Sam. Qu'est-ce que vous pouvez me donner comme piste dans cette affaire ?

— Vous êtes aussi sur celle de Newman ?

— Elle avait été classée faute d'indices, et vu la personnalité de la victime c'est vrai que nos services ne se sont pas défoncés. Mais il se pourrait très bien qu'elle refasse surface.

— De toute manière pour l'État du Massachusetts, représenté par Augusta Magnusson, il s'agissait d'établir la culpabilité de Latimer dans l'agression contre la jeune Sanchez. Me Magnusson était persuadée que dès que la fillette reprendrait ses esprits elle désignerait Latimer comme son agresseur. Me Magnusson craignait que Latimer ne disparaisse puisque le juge, compte tenu du dossier, n'avait pas fixé de caution. Il semblerait d'ailleurs, d'après le témoignage de sa femme, que Latimer ait été tué alors qu'il partait se cacher à San Diego. En voilà encore une qui ne regrette pas ce Latimer. Une fois qu'elle a été sûre qu'il était bien mort, on ne pouvait plus l'arrêter de parler.

— Alors qu'est-ce qu'on fait, chère mademoiselle Mitchell ? Au fait, madame ou mademoiselle ?

— C'est important pour votre enquête ?

Sam gloussa de rire. Quinze-zéro pour la jolie brune.

— Pas pour l'enquête, pour moi. Je veux être certain de votre titre.

— Mon titre ? Bravo, monsieur l'inspecteur Macho !

Sam gloussa encore. Elle était décidément irrésistible !

— Je rends les armes ! dit-il en levant les mains. Que puis-je faire pour que vous oubliiez mes écarts de langage ?

— Me ficeler une bonne enquête de façon que nous puissions inculper l'assassin de Latimer et éventuellement de Newman. Mon patron serait ravi, et quand il l'est, ses esclaves le sont aussi.

— Je vais faire de mon mieux. Mais vous savez qu'on marche sur des œufs avec ces fichues élections.

Le maire adorerait récolter les voix de l'importante communauté hispanique, mais je n'ai pas d'autre piste pour Latimer.

— Et pour Newman ?

— Le barman s'est souvenu que ce type était sorti brusquement derrière une femme qui n'était restée que quelques minutes... Il a même abandonné la moitié de sa bière, et ça l'a vraiment étonné. Newman était un écluseur de première !

— Le barman sait qui Newman voulait suivre ?

— Il se rappelle vaguement parce que Newman, toujours délicat, a lancé en partant une plaisanterie sur le... postérieur de la fille. Mais ça ne prouve rien. Et ce n'est pas un crime de femme.

— Pourquoi ?

— Parce que. Les femmes ne se baladent pas avec un couteau capable de trancher la gorge et la bi... oh ! pardon. Je veux dire qu'une femme quand elle tue attrape ce qui lui tombe sous la main. Je ne vois pas une femme trimbaler une lame dans son sac. Et même, pourquoi Latimer ? Si on suppose que Newman était un sadique et qu'il a suivi une femme qui a dû se défendre, ce n'était pas le cas de Latimer.

— Il avait violé une fillette. Et de quelle manière !

— O.K. Alors un Rambo femelle poursuivant les violeurs et les satyres ? Excusez-moi, mais malgré la libération des femmes nous n'en sommes pas encore là !

— Peut-être faut-il le déplorer, rétorqua Fanny.

— Ce que je déplore c'est qu'il est presque midi, que j'ai faim, et que lorsque ça m'arrive je ne pense qu'à ça. Que diriez-vous d'échanger nos points de vue devant un steak ?

— Je suis végétarienne.

— Ah, eh bien je connais une excellente écurie où l'on sert la meilleure avoine de Boston, ça vous va ?

Fanny regarda sa montre, Sam, et enfin sa collègue.

— Joyce, il est juste l'heure de mon picotin, vous fermerez le bureau, s'il vous plaît ? Je serai là dans une heure.

— Picotin ? s'étonna Joyce.

— Mais avant, mon cavalier me passera mon licol.

Sam quitta Fanny avec la sensation d'avoir passé un des plus agréables moments de ces dernières semaines.

La jeune femme était pleine d'esprit et connaissait un tas d'anecdotes sur la bonne société bostonienne.

À l'en croire, chaque grande famille cachait un cadavre dans ses placards.

Elle était enjouée, et malgré ce qu'elle avait déclaré elle se régala d'un poulet grillé aux morilles.

Sam apprit qu'elle vivait seule mais qu'elle voyait beaucoup d'amis. À une question un peu plus directe elle répondit être presque fiancée.

Sam poussa un grand soupir de déconvenue qui la fit rire aux éclats.

Ils se quittèrent sans avoir vu le temps passer et elle courut jusqu'à son bureau tandis que, cavalant à ses côtés, Sam tentait de lui arracher un rendez-vous.

Elle consentit à lui donner son numéro de téléphone, et il la quitta seulement au pied de l'ascenseur.

En revenant vers le siège de la police, Sam se dit que cette enquête qui commençait si mal prenait une tournure plaisante. S'il devait travailler avec Fanny, la police n'avait pas besoin de le payer.

Chemin faisant il décida de parler à l'avocate de la petite Sanchez. Représentant la partie civile, elle avait dû enquêter sur Latimer.

Il héla un taxi et se fit conduire au cabinet d'avocats où il dut attendre une bonne demi-heure avant d'être introduit dans le bureau d'Augusta Magnusson.

Elle l'invita à s'asseoir et le pria d'exposer l'objet de sa visite.

— Je suis chargé d'enquêter sur le meurtre de Latimer, et je vous avoue que je n'ai pas jusqu'ici l'ombre d'une piste.

— Et en quoi puis-je vous être utile ?

Tout en parlant, Sam se dit que c'était aujourd'hui son jour de chance.

Cette Augusta Magnusson était ravissante et dégageait une sensualité perceptible malgré la sévérité de son tailleur et son expression légèrement distante.

Ça venait de ses yeux. Sam sentait l'effort qu'elle faisait pour en cacher l'éclat. En lui parlant, elle regardait ses lèvres, et les siennes, pleines et soulignées d'un rose légèrement brillant, frémissaient imperceptiblement.

— J'ai imaginé que vous aviez pu enquêter sur l'entourage de Latimer.

— C'est exact, mais nous n'avons pas obtenu grand-chose. Ce Latimer était une véritable ordure, et je vous avouerai ne pas pleurer sa mort.

— Vous êtes la deuxième aujourd'hui à me dire ça. Je peux comprendre la réaction des femmes.

— Qui était la première ?

— Fanny Mitchell, du bureau du procureur.

— Ah ! Fanny... elle a été bouleversée par cette histoire.

— Vous la connaissez ?

— Oui, nous avons passé un week-end ensemble. C'est l'amie d'un ami.

— Son fiancé ?

— Fiancé ? Non, ils ne sont pas fiancés. Ce n'est pas que notre ami ne le voudrait pas, mais c'est Fanny qui semble ne pas y tenir.

— Ah ? elle m'a dit... oh, ça n'a pas d'importance. Alors ce Latimer, que pouvez-vous m'en dire ?

— Pas plus je pense que ce que vous savez déjà. C'était le pervers authentique. Il ne résistait pas aux petites filles. Sa femme m'a avoué qu'elle a dû batailler avec lui pour défendre sa propre fille jusqu'à l'âge de douze ans. Par chance les deux autres étaient des garçons.

— Donc, d'après vous, la façon dont il est mort pourrait être une vengeance ?

— Probablement.

— Mais ce n'est pas Sanchez.

— Vous avez vérifié ?

— Oui.

— Ces individus me rendent malade, dit Augusta en se levant et en s'approchant de la fenêtre.

— Ce sont eux, les malades, répondit Sam en se levant à son tour et en la rejoignant.

Il avait le visage près de ses cheveux, et il fut troublé par leur odeur vanillée.

Elle fixait l'extérieur, les toits, le ciel, la rivière, et Sam eut soudain la certitude qu'elle espérait qu'il la prenne dans ses bras.

Il ébaucha le geste, mais elle se retourna au même moment et ils restèrent à se fixer.

— Le désir rend les hommes fous, dit Augusta.

— Pas tous. Le désir est aussi la première manifestation de l'amour.

— Quand les hommes pensent à l'amour, en réalité ils pensent au sexe.

— Pas les femmes ? dit Sam en souriant. C'est peut-être de là que viennent nos incompréhensions mutuelles. Mais pourquoi mettre en parallèle la folie dont souffrait ce Latimer et ce qui pousse un homme vers une femme ? C'est comme si vous compariez un glouton ou un boulimique à un gourmet, et je suis très modeste.

Augusta s'écarta légèrement, et Sam vit qu'elle s'efforçait de contrôler sa respiration. Elle ne portait pas de blouse sous son tailleur léger, et Sam apprécia les globes nacrés qu'il apercevait par l'échancrure de la veste.

— Je... je suis désolée, inspecteur, mais je vais avoir un rendez-vous dans cinq minutes, dit soudain Augusta.

— C'est moi qui m'excuse de vous avoir pris du temps, mais il était nécessaire que nous nous rencontrions sur cette affaire.

— Je comprends.

— Voici mon adresse personnelle, dit Sam, je suis rarement au bureau, mais je rentre généralement chez moi vers huit heures, à moins que je ne sois pris par une enquête. Laissez-moi un message s'il vous revient un détail qui pourrait m'aider. Ou simplement, ajouta-t-il, si vous avez envie de manger un homard grillé.

Elle prit la carte entre deux doigts parfaitement manucurés, et Sam remarqua qu'elle avait les ongles longs et forts.

— Je... je n'y manquerai pas.

— Au revoir, maître, et merci de m'avoir accordé du temps.

— Au revoir, lieutenant.

Augusta resta un moment à fixer la porte que l'inspecteur avait refermée sur lui.

Ce n'était pas la première fois qu'elle éprouvait pour un homme ce qu'elle avait ressenti pour lui, mais c'était la première fois qu'elle laissait vivre ces sensations.

Jusque-là, et pendant toutes ces années où Ron et elle avaient vécu comme frère et sœur, elle avait pu repousser le désir parfois violent que certains lui avaient inspiré. Il lui suffisait de se revoir dans les bras de Ron au temps de leur entente, ou d'imaginer le chagrin de Ron s'il apprenait qu'elle le trompe, pour que son désir s'estompe.

C'était héroïque, les hommes ne se privaient pas de lui faire comprendre combien elle était séduisante, mais la culpabilité qu'elle traînait depuis l'accident de Ron l'empêchait de donner suite.

Elle aimait aller le plus loin possible dans le flirt, se réjouissant de la fièvre de ses partenaires, se complaisant à une abstinence insupportable qui la grandissait à ses yeux comme ces flagellants pascals de Séville.

Elle ne punirait jamais assez son corps de ses envies.

Elle se masturbait pour calmer la fièvre qui la faisait gémir et se tordre dans son coucher solitaire, mais jamais elle n'avait consenti à se revoir dans ces positions bestiales, réentendre ces cris qu'elle détestait et retrouver sur sa peau cette sueur malsaine de plaisir et de volupté qui dévastait les draps.

Jamais jusqu'à ce qu'elle croise Sam Goodman.

Fanny Mitchell prit un taxi à huit heures du matin pour se rendre à l'Hôpital Grant, centre départemental de médecine psychiatrique, où une infirmière la conduisit, bien qu'elle connût parfaitement le chemin, à la chambre 235 du service Robert Ardrey.

Elle entra, et trouva sa mère assise à sa place habituelle devant la fenêtre.

Margaret Mitchell était internée là depuis dix-sept ans.

Et Fanny lui rendait visite chaque semaine.

Elle s'asseyait à ses côtés, lui prenait la main et lui parlait de sa vie, de ses espoirs, de ses projets, ou simplement des spectacles qu'elle avait vus.

Sa mère tournait à peine la tête, mais par un frémissement de ses doigts Fanny savait qu'elle était contente de sa présence.

Parfois Fanny évoquait son enfance et les merveilleux moments vécus ensemble, mais s'arrêtait à une certaine soirée de novembre où la raison de sa mère avait basculé et où sa propre vie était devenue un enfer.

Elle avait douze ans quand sa mère, à la quarantaine dépassée, s'était mariée avec Floyd Paterson, travailleur courageux, mais ivrogne et brutal.

Fanny avait bien essayé de le supporter, mais lorsqu'il se montra violent avec sa mère elle la supplia de le quitter, d'autant qu'elle-même devait fuir devant ses propositions grossières.

Mais il était déjà trop tard. En un peu moins d'un an Paterson dilapida les maigres économies de Margaret et en fit son souffre-douleur.

Avant la venue de Paterson, sa mère s'était efforcée de donner à sa fille tout le bonheur possible, et Fanny adorait sa mère.

Margaret Mitchell, engrossée à vingt-huit ans par un chanteur de passage, pensait sûrement que l'avenir de Fanny dans ce patelin des alentours de Des Moines serait facilité par la présence d'un beau-père. Mais elle ne supporta pas sa nouvelle vie et sombra dans une profonde neurasthénie.

Chaque fin de semaine devint un calvaire pour les deux femmes. Paterson, supporter de l'équipe locale de football, fêtait avec ses copains les résultats de l'équipe, qu'elle soit victorieuse ou non, et chaque samedi et dimanche Paterson revenait fin saoul à la maison.

Un samedi soir de novembre, Fanny, enfermée dans sa chambre en train de faire ses devoirs, entendit s'ouvrir violemment la porte de la maison.

Elle sortit et regarda par-dessus la rambarde de l'escalier son beau-père et un ami mener grand tapage. Ils étaient ivres et chantaient à tue-tête.

Sa mère ouvrit à son tour la porte de sa chambre et les deux femmes regardèrent du premier étage les deux ivrognes commencer à tout bousculer dans le salon.

Paterson, relevant la tête, les vit et, flanquant un grand coup de coude à son camarade, s'exclama :

— Vingt dieux, Morris ! R'garde donc ces deux sauterelles là-haut !

Morris, un sale type qui travaillait à la cimenterie avec Paterson, leva sa bouteille en direction de Fanny et de sa mère.

— Comment tu les trouves, mes femmes ? continua de hurler Paterson. Sais-tu, mon gars, que ma propre femme me refuse sa couche ? Qu'est-ce t'en dis ?

Pour toute réponse Morris eut un rire gras qui mit Paterson en fureur.

— Ah, ça te fait rire ! Ben, tu vas voir c'que j'lui fais, à ma bonne femme !

Il s'élança dans l'escalier, attrapa sa femme et la fit dégringoler les marches avec lui. Et là, devant son ami et sa belle-fille, il la viola.

Quand son beau-père avait entraîné sa mère, Fanny s'était précipitée sur lui en hurlant, mais Morris l'avait happée au passage, et, pendant que Paterson violentait sa propre femme, il maintint la fillette qui sanglotait et suppliait son beau-père. Puis les deux hommes violèrent Fanny sous les yeux de sa mère.

Ce fut à ce moment que Margaret devint folle.

— Tu veux quelque chose, maman ?

La démente tourna lentement la tête vers sa fille. La voyait-elle ? Qui pouvait le croire en regardant ces yeux vides d'où un soir la vie était partie ? Avait-elle su que sa fille bien-aimée placée par l'État à l'Assistance durant six longues années avait hurlé le même cauchemar chaque nuit ? Que son cœur d'enfant s'était desséché de haine ?

— Je t'ai apporté tes bonbons. Je les ai donnés à Mme Rilley. Il faut les prendre pour ta salive.

Elles restaient toutes deux à regarder par la fenêtre grillagée le jardin de l'hôpital, et parfois Fanny croyait voir sa mère suivre du regard le vol d'un oiseau. Vrai, faux ? Dans le chaos où s'était réfugiée la raison de Margaret comment savoir qui abordait ses rives ?

Fanny restait jusqu'à ce que le jardin de l'hôpital se vide de ses promeneurs ou que le soleil le déserte. Elle remettait au lit sa mère qui attendait alors la fade pitance du soir. Quand le bruit du chariot résonnait dans le couloir, elle lui baisait la main avant de la poser sur le drap. Regardait une dernière fois ce visage qui n'avait pas pris une ride, lisse comme cette partie du cerveau qui s'était effacée, et reculait vers la porte en agitant la main et en répétant qu'elle revenait bientôt.

Floyd Paterson mourut dans d'étranges conditions deux mois après que Fanny eut quitté l'institution.

Alors qu'il était resté sur le chantier, chargé par le contremaître de vérifier la bétonnière, celle-ci se remit à tourner alors que Paterson se trouvait dans le cylindre.

Il tenta de remonter, mais la trappe hydraulique s'ouvrit au-dessus de sa tête en même temps que dégringolait la poudre.

En moins d'une minute et malgré ses efforts il eut du ciment liquide jusqu'aux genoux. Il était seul sur le chantier et personne ne put venir à son secours.

Le lendemain matin la première équipe retrouva une coulée de ciment avec le corps de Paterson à l'intérieur.

L'enquête fut incapable de démontrer comment l'accident avait pu se produire.

Tous les interrupteurs de sécurité étaient en place.

La boîte était séparée de la rue par un long couloir tapissé d'une lourde et riche draperie et sur chaque mur s'accrochait une rangée de photos de femmes.

Sur la gauche les photos des filles « cuir », avec leurs regards durs et leurs bouches agressives, chevauchant des motos ou se livrant à des jeux sadomaso.

Sur la droite, des filles en déshabillé, sophistiquées et offertes, cheveux platine et gorge profonde, faux col et huit-reflets sur des guêpières de dentelle.

Il y en avait pour tous les goûts.

Je poussai la porte qui s'ouvrait sur la salle aux tapisseries irisées et aux boules de lumière orientale.

La salle était bourrée, les filles dansaient partout, s'embrassaient, se caressaient.

Je me faufilai vers le bar, humant les riches parfums, frôlée par des mains aventureuses, accompagnée de regards effrontés.

J'agitai en direction de la barmaid, maquillée rose et mauve, les cheveux punk délavés, un billet de dix dollars et criai ma commande. Je reçus mon verre et la monnaie.

Joan me disait que cette façon n'était pas « classe », que je me figurais ainsi acheter les gens.

Nous nous étions rencontrées à un séminaire « politique et femmes » organisé par un groupe radical.

Nous nous étions tout de suite engueulées. Joan

était de gauche, presque à l'extrême, et craquait pour les Noirs, les pauvres et les drogués.

C'était une fille de lumière, irréelle et âpre comme un chardon.

À la fin de la première journée je l'ai emmenée faire un tour dans le parc de cette somptueuse propriété prêtée par une des dirigeantes du mouvement.

J'ai passé un bras autour de ses épaules et nous nous sommes enfoncées sous les arbres.

Comme on entendait encore trop la musique et les rires je l'ai attirée derrière des buissons.

Je l'ai déshabillée sans la quitter des yeux, ai sucé ses seins au goût de mangue et pris ses lèvres d'églantine. Je suis descendue le long de son ventre en modelant ses fesses de mes mains et en sentant son souffle qui se perdait. J'ai enfoncé ma langue dans son vagin et aspiré sa source en suffoquant d'ivresse.

Nous sommes tombées et je l'ai prise alors que le même sanglot de plaisir nous secouait.

Nous ne nous sommes plus séparées. Pendant sept cent cinquante jours. Recréant infiniment nos caresses et nos plaisirs, terrassant le monde.

Temps immortel de désirs, de joies et de rires, en nous léchant comme des chiots.

Jusqu'en mars de cette année.

Un flic gras aux dents cariées sentant le suint et la laine mouillée sonne chez nous à neuf heures du soir et m'annonce que le corps de ma colocataire Joan Shimutz a été retrouvé dans un terrain vague jouxtant la Foire de Lynn. Violée et mutilée. Morte, avec l'horreur au fond des yeux.

J'ai répondu au flic infâme que Joan n'était pas ma colocataire, mais la femme de ma vie.

Je l'ai vu lancer un regard au freluquet en uniforme qui l'accompagnait et hocher la tête d'un air entendu. Pauvre mec qui avait du mal à ne pas sourire.

L'enquête a été bâclée en deux mois à peine.

Deux types interrogés, dont l'un fortement soupçonné, mais aussitôt relâché faute de preuves. Un grand costaud d'une soixantaine d'années à tête de fouine qui tenait un manège.

Quand il a quitté le commissariat avec sa fille qui était venue le chercher, il m'a lancé un sale regard de défi et d'ironie.

J'étais certaine que c'était lui qui avait tué Joan.

Les flics m'ont envoyée promener, surtout celui aux dents cariées qui m'avait dit ne pas comprendre pourquoi deux belles filles comme nous restaient entre elles.

J'aurais pu le tuer lui aussi.

Sam releva la tête à l'entrée de Johnson.

— Je ne vous ai pas entendu frapper.

— Normal, je n'ai pas frappé. La journaliste du *Chronicle* est arrivée.

— Quelle journaliste ?

— Elle a téléphoné hier pour un rendez-vous.

— Ah, oui, faites-la entrer.

Johnson fit demi-tour, et Sam se demanda vraiment ce qui le retenait de lui cogner dessus.

Sa carrure sûrement. Johnson n'était pas grand mais bâti comme une barrique. La brosse courte de ses cheveux et son nez légèrement aplati achevaient de lui donner une apparence de cogneur mauvais.

Pourtant Sam ne l'avait vu qu'une seule fois se foutre en boule. Contre trois dealers noirs qui avaient installé leur petit commerce aux portes d'une école secondaire.

Il s'était fait les trois dans la foulée et après son passage il y avait trois steaks hachés sur le trottoir.

La porte s'ouvrit et livra passage à une jeune femme portant une salopette en jean retenue par de larges bretelles.

— Bonjour, dit-elle avec un sourire.

— Bonjour, répondit Sam.

Elle lui tendit la main.

— Sandra Khan, du *Chronicle*.

— Enchanté.

Elle était grande et mince, pas maigre, pleine au contraire, mais avec les creux où il fallait. Elle ressemblait comme deux pois à Barbra Streisand et Sam imagina le ravissement de sa mère s'il la lui présentait.

— Asseyez-vous, je vous en prie, que puis-je faire pour vous ?

— C'est vous qui vous êtes occupé de l'enquête sur Newman et ensuite sur Latimer ?

— Oui.

— Nos lecteurs seraient intéressés de savoir, compte tenu de la similitude des deux morts, si un même tueur en serait à l'origine.

Sam prit son attitude « Bogey ».

— Ça a été envisagé, lâcha-t-il. Mais ça ne va pas plus loin.

— Pourtant il existe des ressemblances troublantes.

— C'est vrai, mais le meurtre de Newman a été largement commenté dans les journaux et ce genre d'assassinat suscite souvent des émules.

— Donc pour vous le fait que ces deux types aient été pareillement mutilés ne signifie rien.

— Si vous saviez le nombre de mutilations *post-*, et même *ante-mortem* que nous découvrons sur les cadavres, vous seriez étonnée.

— Par exemple ?

— Par exemple ? À la fin de l'an dernier, mi-novembre, fin décembre, deux femmes ont été retrouvées ouvertes du pubis au diaphragme, les organes génitaux lacérés, et pour l'une les yeux exorbités. Ça vous suffit ?

Sandra Khan avala sa salive sans quitter Sam des yeux.

— Vous me racontez des blagues, articula-t-elle.

— Je voudrais bien. Quand on est dans la police on aurait besoin de prendre un bain rituel chaque jour pour se purifier la mémoire et les yeux.

La jeune femme hocha la tête.

— Je vous demande si vous les avez retrouvés.

— Qui ?

— L'assassin ou les assassins de ces femmes.

Sam hocha la tête à son tour.

— Non, mais j'aimerais que vous n'en parliez pas dans votre journal. Je ne veux pas encourager les cinglés.

— Où en est votre enquête sur le meurtre de Latimer ?

— Je vais vous poser une question pour mes statistiques, répliqua Sam, vous voulez bien ?

— Si je peux y répondre.

— Vous connaissez l'histoire de ce Latimer ? (Et, comme la journaliste acquiesçait :) Pensez-vous que son assassin ait eu tort ? Ou, plus précisément, souhaiteriez-vous qu'on le retrouve ?

— Pourquoi cette question ?

— Je vous l'ai dit, pour mes statistiques. Je ne la pose qu'aux femmes.

La journaliste regarda pensivement Sam. Elle haussa les épaules.

— Qu'est-ce que je dois répondre ?

— Ce que vous pensez.

— Alors moi je dirai que ce genre de types c'est à la naissance qu'on devrait les noyer. Pas après qu'ils ont fait tant de mal.

— Cent pour cent de réponses féminines identiques.

— Et la même question posée aux hommes ?

— Pas posée.

— Pourtant c'est là que c'est intéressant. Ce n'est pas aux victimes de s'expliquer, mais aux bourreaux.

— Touché. Mais de grâce ne me rangez pas dans la même case que ces dingues !

— Et avec un uniforme sur le dos ?

— Comment ?

— Rien. Revenons à votre enquête si vous voulez bien. Vous avez un suspect ? Plusieurs ?

Sam haussa les épaules en s'étirant. Il sortit de son fauteuil.

— Non, rien. Ce qu'on a, vous l'avez. Attention, il ne faut pas tourner à la hantise. À Boston on a un meurtre ou assimilé toutes les heures...

— Je ne parle pas de ça, lieutenant. Je veux parler des gens qui auraient eu un motif pour exécuter ces types.

— Vous avez dit « exécuter » ?

— Pardon ?

— Cent dix pour cent. Dans mes statistiques, les femmes interrogées ont prononcé le mot « exécution » à la place d'« assassinat ».

— Et alors ?

— Alors la suggestion de l'une d'elles que ce soit une femme qui ait fait le coup m'apparaît moins improbable.

— À cause d'un mot ?

— À cause d'un état d'esprit. Pour les femmes, ce Latimer méritait de mourir.

— Ce n'est pas votre opinion ?

— Je suis policier, pas justicier. Je me serais contenté d'arrêter Latimer si j'avais pu trouver quelque chose contre lui. Quant à ce pauvre Newman il n'était apparemment coupable de rien. À moins que d'être un homme ne suffise à vous condamner.

Sandra Khan se leva.

— Excusez-moi, lieutenant, je ne suis pas venue pour philosopher sur la dure condition masculine. Puis-je vous demander l'autorisation de revenir de temps en temps dans le cas où vous auriez du nouveau ?

— Si j'en ai. Je pourrai même vous faire profiter de mes renseignements devant un plat de carpe farcie. Vous connaissez celle de chez *Albert* ?

— Non. J'ai été élevée au hamburger. Pas vous ?

— À moitié. Carpe en hamburger. Mais je plaisante, rassurez-vous. Ce n'est pas l'odieux chantage phallique, style donnant-donnant. C'est juste un badinage pour alléger l'atmosphère.

— Merci, lieutenant, j'avais rectifié de moi-même. Il est bien entendu que ceux qui usent du harcèlement sexuel sont des pue-de-la-gueule primaires, et jamais de charmants jeunes gens comme vous. Voici mon numéro de poste au *Chronicle.* Je sais renvoyer les ascenseurs.

— Avant on envoyait des roses, enfin, les temps changent. Je penserai à vous, mademoiselle Réponse-à-tout. J'ai été ravi, dit Sam en lui tendant la main.

— Moi de même, lieutenant, répondit la jeune femme.

Quand elle fut partie, Sam se demanda si toutes les femmes avaient juré d'avoir la peau de leur ennemi numéro un : le détective Sam Goodman.

Thomas Herman était fermement décidé ce soir à franchir le Rubicon.

.Pour ce faire il rangea un peu plus soigneusement son appartement de célibataire, c'est-à-dire qu'il fourra pêle-mêle dans les tiroirs de sa commode le linge qui traînait un peu partout, rafla la montagne de journaux périmés qui se prélassaient sur le divan et la moquette, changea les draps de son lit, aéra l'air parfaitement confiné, et après un dernier regard satisfait descendit de chez lui.

Il avait rendez-vous avec Fanny au *Blue-bar* ; de là il l'emmènerait dîner chez *Tomy le Jardinier*, roi de la salade composée et du crustacé.

Il était en avance et sirotait son deuxième Martini quand elle fit son entrée.

Fraîche, sérieuse, si séduisante dans sa petite robe de toile à bretelles, et feignant de l'ignorer.

— Fanny, votre entrée est une bouffée d'air pur dans le cloaque qu'est ce boui-boui, lui déclara-t-il en l'embrassant au coin des lèvres.

Elle prit un jus de tomate et grignota une branche de céleri avec l'air gourmand de quelqu'un qui déguste un toast de caviar gris.

Après un troisième Martini et un autre jus de tomate ils partirent chez *Tomy*.

Dans la voiture Thomas conduisit une main sur le volant et l'autre sur la cuisse de sa passagère.

Elle laissa faire.

Chez *Tomy*, bien que le journaliste ait réservé, ils n'eurent droit qu'à un guéridon près du mur.

Il commanda des crabes et du vin blanc, puis des steaks de thon et encore du vin blanc, et ils terminèrent avec des îles flottantes et un rosé d'Anjou.

Thomas se sentait léger comme une bulle et beau comme un dieu.

Il passa sa soirée à éviter les conversations graves et se montra drôle et entreprenant. Fanny, bien qu'elle ait moins bu, riait avec lui, et Thomas raffola de ses yeux brillants.

Ils partirent vers dix heures dans une nuit étoilée comme le ciel d'une comédie de Capra.

Dans le parking, avant de monter en voiture, il l'embrassa. Et elle lui rendit son baiser.

— Fanny, je suis très amoureux de toi, lui murmura-t-il dans l'oreille.

Elle se recula légèrement pour le regarder.

— Avec ce que vous avez bu vous seriez amoureux de Reagan, répliqua-t-elle.

— Je ne sais pas, mais ce dont je suis sûr c'est que je n'aurais pas envie de faire l'amour avec lui.

Ils s'embrassèrent encore et montèrent en voiture où ils continuèrent.

Essoufflée, Fanny se recula.

— Thomas, nous avons beaucoup bu, peut-être devrions-nous rentrer maintenant.

— Oui, répondit-il en embrayant.

Il sortit prudemment du parking et roula doucement jusqu'à l'entrée de la ville.

Si un flic l'arrêtait ce soir, il ferait exploser l'Alcootest.

— Je veux rentrer avant de m'endormir sur votre épaule, Thomas, bredouilla Fanny qui déjà avait les yeux fermés.

— D'accord, dit Thomas en prenant le chemin de son appartement.

Il ne se sentait guère plus vaillant, mais c'était ce soir ou jamais.

Il avait bu pour se désinhiber, juste un peu trop.

Quand il s'arrêta devant chez lui, Fanny dormait et il la prit par les épaules pour la faire monter dans l'ascenseur, bécotant ses lèvres sans qu'elle réagisse.

La soutenant toujours, il ouvrit sa porte et la conduisit jusqu'au divan où il l'allongea.

Elle lui sourit les yeux fermés et il se laissa tomber près d'elle. Elle continua de sourire et il se pencha pour l'embrasser à la naissance des seins.

Malgré son ivresse et sa fatigue, le désir arriva très fort et en gémissant il se coula sur elle.

Elle voulut se redresser, mais il s'alourdit et lui plaqua les bras contre le dossier du divan en cherchant à lui soulever sa robe. Elle se cabra, totalement réveillée à présent.

Il l'embrassa avec fureur, l'écrasant de tout son poids, trop ivre pour se maîtriser, trop excité pour vouloir le faire. Ils luttèrent en silence, presque avec rage.

Elle dégagea un bras et lui tordit l'oreille. Il gémit mais continua de la caresser au travers de ses vêtements.

— Thomas ! cria-t-elle.

Il la regarda de ses yeux d'homme ivre, feignant de l'être plus encore à cause de la honte qui maintenant le submergeait.

Ils tombèrent du divan, bras et jambes mêlés, roulèrent, se séparèrent, et Thomas resta à terre pendant que Fanny se relevait.

Il la regarda en grognant comme un homme qui se réveille d'un cauchemar.

Elle était appuyée contre le mur. Son visage avait la dureté d'un granit, ses lèvres étaient réduites à un fil. Elle le fixait comme on regarde se tordre d'agonie une bête malfaisante.

— Fanny... dit-il en tendant une main vers elle.

Elle ne bougea pas, continuant de le fixer de son étrange regard sans vie.

— Fanny...

Mais c'était crier vers une muraille dont la crête se perdait dans l'infini, c'était chercher l'écho d'un abysse sans fond.

Elle bougea, enfin, une de ses mains bougea. Vers son sac.

Elle l'attira vers elle. Thomas suivait ses mouvements qui avaient la lenteur d'un film passé à mauvaise vitesse.

Elle fouilla à l'intérieur sans le lâcher des yeux. Comme un aveugle qui sait exactement où trouver ce qu'il cherche.

Thomas se releva sur un genou. Il ne pouvait plus feindre l'ivresse. L'expression de la jeune femme était trop horrible.

— Fanny, pardonnez-moi. J'étais ivre. Je ne sais pas ce qui m'a pris. Mais... c'est de vous voir là... allongée... je vous désire depuis des temps et des temps. Jamais je ne me pardonnerai une telle attitude. Il faut me croire, Fanny. Ce soir j'ai bu pour me donner du courage et je me suis comporté comme le pire des lâches. Fanny... je vous en supplie...

Il aurait voulu la toucher, la prendre dans ses bras pour effacer la douleur atroce qui tendait son regard.

Il savait intuitivement qu'il venait de la perdre, là, ce soir, sur son divan, définitivement. Et il avait envie de sangloter comme un gosse, et il aurait voulu s'évanouir pour ne plus voir ce regard glacé qui ne renvoyait rien.

Elle sortit enfin la main de son sac et le referma sèchement.

Il eut le temps de se dire que pour les femmes un sac représente plus qu'une pochette où elles enferment tant de choses inutiles. Un sac pour une femme est une partie de son territoire, un avatar d'elle-même.

Il ne tourna pas la tête quand elle claqua la porte.

Ron Magnusson était professeur de sciences économiques à l'université du Massachusetts.

Il avait suffisamment publié pour jouir d'un statut de professeur à part entière et savait que l'année suivante le verrait chef de son département.

Ses élèves l'appréciaient, les filles surtout, à cause de l'aimable distinction de son maintien et de son regard brun et terriblement doux. Ses collègues le respectaient à cause de sa grande honnêteté intellectuelle et de sa loyauté.

Ceux qui étaient venus à une occasion ou une autre chez les Magnusson estimaient que Ron et Augusta étaient nés coiffés.

Ron acheva de corriger la pile de devoirs des étudiants de première année, et jeta un œil sur le campus.

Les habituels groupes d'oisifs s'étalaient sur la pelouse, et il entendait leurs bavardages et leurs rires par sa fenêtre ouverte.

Il se souvenait quand Augusta et lui étudiaient à Cornell. Eux ne se mêlaient pas aux autres. Ils restaient tous les deux à se parler, à travailler, à se regarder.

Il se rappelait aussi la première fois où Augusta était arrivée dans sa classe. C'était au cours d'anglais.

Elle était en retard, mais avait traversé comme une reine la salle silencieuse.

Leur professeur avait la réputation de posséder un

caractère exécrable et de détester par-dessus tout les « glandeurs ».

Terme qui englobait les feignants, les retardataires et tous ceux qui ne lui plaisaient pas.

Pourtant, quand Augusta Lodge gagna sa place, il lui adressa un sourire qui fit s'entre-regarder de stupéfaction les étudiants qui s'attendaient à une remarque aigre.

Mais Augusta était ainsi. On ne pouvait que l'aimer.

C'est ce qu'il fit. Dès la première seconde. Dès leur premier dialogue. Style : « Salut, je m'appelle Ron, j'habite Newton. Je vais en sémiologie avec Alter. Pas vous ? »

C'était parti. Et depuis toutes ces années Ron se demandait encore pourquoi la merveilleuse Augusta l'avait choisi entre tous ces rejetons de bonne famille bardés de diplômes qui lui auraient fait une existence de princesse.

Mais elle leur avait préféré en s'opposant à sa famille, ce qui représentait pour elle l'équivalent des douze travaux d'Hercule, le petit Ron Magnusson, fils d'employé de banque, tout juste promis à un poste de professeur à quatre-vingt mille dollars par an en fin de carrière.

Ron releva de son geste habituel la mèche qui lui couvrait le front. Il aurait dû se méfier, la vie n'est jamais aussi généreuse qu'elle le dit.

Avec Augusta il avait connu, aussi fort et en même temps, l'enfer et le paradis, le bonheur total et le plus noir désespoir.

Elle était trop pour lui. Trop belle, trop talentueuse, trop riche, trop amoureuse. Il avait su très vite qu'il la perdrait. Et cet affreux accident.

Il grimaça, comme chaque fois qu'il revivait ce moment. Impuissant. À trente-deux ans. Avec une femme comme Augusta. Avec ces moments de folie qu'ils avaient connus.

Les premières années de leur mariage ils furent incapables de rester dehors très longtemps. Il leur fallait rentrer ou trouver une chambre dans un hôtel.

Quand ils avaient de l'argent ils choisissaient des palaces, sinon n'importe quel hôtel faisait l'affaire dès l'instant où ils pouvaient coller l'un contre l'autre leurs corps affamés.

Mon Dieu, que ce temps était loin.

Et bien sûr, quand il était devenu... quand il était devenu ce qu'il était maintenant, Augusta avait refusé de le quitter. Pouvait-il s'attendre à autre chose d'une femme aussi exceptionnelle ?

Quand il s'était avéré qu'il ne pourrait jamais plus lui faire l'amour comme elle aimait, il lui avait proposé de divorcer.

Elle avait refusé.

— On ne divorce pas chez les Lodge, avait-elle répondu. Et plus que tout, je t'aime, Ron, et t'aimerai toute ma vie.

Mais que voulait dire aimer dans leur cas ? Croyait-elle qu'il ignorait ses tourments ?

Ils avaient décidé de garder la même chambre mais dormaient à présent dans des lits jumeaux. Et souvent la nuit, quand elle croyait qu'il dormait profondément, il l'entendait tenter d'apaiser le feu qui la brûlait.

Il savait qu'elle était allée voir un psychiatre. Sans lui dire. Il avait retrouvé le praticien et à force de prières et de menaces l'homme de l'art avait consenti à lui livrer une partie de son diagnostic dans l'espoir qu'il pourrait les aider.

— Mon cher monsieur, votre femme souffre d'un mal qui était assez courant à une époque et qui perdure dans certaines sociétés. Par exemple, j'ai un confrère psychiatre à Jérusalem qui a une clientèle de Juifs très pratiquants, bourrés d'interdits, sexuels en particulier, et qui souffrent, les femmes principalement, d'une névrose qui les conduit à une détestation d'eux-mêmes.

— Quel rapport avec ma femme ?

Le médecin l'avait regardé par-dessus ses verres ronds.

— Sans aller jusque-là, votre femme a subi assez tard dans sa vie une forte contrainte morale de la part de son entourage. Vous êtes un homme cultivé et n'êtes pas sans savoir ce qu'une éducation répressive peut causer de dégâts sur un jeune psychisme. Pour encore beaucoup d'entre nous la sexualité est quelque chose de sale.

Ron s'appuya au dossier de sa chaise en croisant ses mains derrière la nuque. Il avait été lâche d'accepter qu'Augusta et lui restent ensemble. Il faisait leur malheur à tous les deux. Mais il ne pouvait pas vivre sans Augusta.

Ils s'étaient peu à peu séparés de leurs amis, à part Thomas.

Il ne supportait pas de voir les hommes rôder autour d'Augusta comme des chiens en rut. Il préférait qu'elle sorte seule.

Il détestait ces hommes arrogants et sûrs d'eux qui faisaient la roue devant les femmes en leur murmurant des propos dégoûtants.

Elles devaient sans cesse subir leurs assauts répugnants, et même Augusta devait s'en défendre. Une femme mariée !

Il sentait immédiatement quand un de ces types avait une sale idée derrière la tête. Leurs sourires changeaient, leurs mains devenaient collantes, ils se mettaient en valeur au détriment des autres. Ils se vantaient sans vergogne de leurs prouesses sexuelles. Ils roucoulaient comme de stupides tourterelles.

Et les malheureuses qui devaient subir ces assauts révoltants se réfugiaient dans des silences embarrassés ou roulaient des regards éperdus vers ceux qui pourraient les délivrer de ces odieuses agressions.

Non, vraiment, il n'y avait pas de quoi être fier d'appartenir à ce stupide et agressif sexe masculin.

Ron Magnusson serra les mâchoires et son regard se perdit au loin.

Augusta se déshabilla entièrement et entra dans la douche.

L'eau fraîche gicla et elle tourna les robinets pour la refroidir encore.

Elle tendit son visage et ses seins vers ces aiguilles acérées qui la firent trembler de froid et firent se hérisser de douleur ses aréoles.

Elle augmenta la force du jet.

C'était maintenant une pression glaciale à la limite du supportable. Ses lèvres laissaient échapper des gémissements qu'elle n'entendait pas. Elle avança son ventre qui se contracta sous la violence des coups. Tout son corps frissonnait et des larmes de douleur se mêlèrent à l'eau.

Elle orienta le jet pour n'en faire qu'un fuseau dru et aigu et s'assit le dos au mur, jambes ouvertes.

Quand la lame liquide s'écrasa sur son sexe, le fouillant frénétiquement, l'écrasant sous sa force rigide, elle poussa un long cri de douleur et de plaisir, le corps secoué de sanglots convulsifs, tandis que ses ongles accrochés à ses épaules les déchiraient.

— Qu'est-ce qui se passe ?

Le rideau fut brutalement arraché en même temps que le jet s'arrêtait.

Augusta tourna la tête.

Ron, le visage bouleversé, contemplait avec une expression d'horreur sa femme recroquevillée dans un coin de la douche, la peau blanchie de froid, les cheveux trempés, emmêlés, retombant sur son visage convulsé, son corps agité de tremblements frénétiques.

— Qu'est-ce qui se passe ? hurla-t-il de nouveau.

— Oh, Ron... gémit Augusta. Oh, Ron...

Il se baissa, l'aida à se relever et sans souci de l'eau qui dégoulinait la serra contre lui.

— Augusta, Augusta, murmura-t-il la bouche collée à ses cheveux plaqués.

Mais elle se mit à trembler si fort qu'il dut la porter jusqu'à son lit où il l'enveloppa dans une grande serviette de bain en la frottant énergiquement.

Elle pleurait, se laissait faire comme un enfant, se contentant de répéter telle une litanie le nom de son mari, tandis que penché sur elle il faisait revenir la chaleur dans son corps exsangue.

Quand elle fut réchauffée et que son corps s'apaisa, il s'assit sur le lit et la prit dans ses bras.

— Augusta, Augusta... que s'est-il passé ?

La tête blottie contre lui, les yeux fixes, Augusta ne répondit pas.

— Quelqu'un t'a fait du mal, mon amour ? s'inquiéta-t-il. Dis-moi que je le punisse. Dis-moi que je lui fasse du mal à mon tour.

Elle releva la tête et l'embrassa partout sur le visage.

— Non, non, personne, murmura-t-elle, c'est moi qui dois me faire du mal, c'est moi la coupable !

Ils restèrent enlacés comme deux gosses qu'effraierait une menace atroce et inconnue.

Ils s'embrassaient à travers leurs larmes, tordant leurs mains nouées, cherchant à se couler l'un dans l'autre pour mieux se protéger de ce monde avide et cynique.

C'était cramponnés ainsi qu'ils étaient forts et solidaires.

Ils devaient lutter contre le monde entier.

Fanny Mitchell reposa le téléphone et ferma les yeux sur son chagrin.

Sa mère venait d'être enfermée au pavillon des agités.

La crise l'avait prise dans la nuit, lui avait expliqué le médecin, au moment de sa piqûre de neuroleptique.

Elle avait arraché la seringue des mains de l'infirmière et l'avait violemment frappée jusqu'à ce qu'une de ses collègues se porte à son secours. Depuis, elle était à l'isolement.

Fanny se leva, enleva ses vêtements de ville, enfila un body, et commença des mouvements de tai-chi.

Ses gestes gracieux dessinaient des arabesques lentes où se concentrait son énergie. Elle se vidait l'esprit, cherchant au milieu de son front et de son diaphragme le pivot autour duquel elle s'enroulerait.

Lorsqu'elle cessa, elle était presque apaisée. Presque.

Elle se prépara un cocktail de jus de légumes qu'elle but lentement en respirant profondément.

Il fallait que sa mère craque maintenant, après l'odieuse nuit avec Thomas Herman. Sa vie ne seraitelle jamais qu'une longue suite de désespoirs ?

Avec lui elle avait cru découvrir un être humain en même temps qu'un homme.

Un être de confiance et de tendresse qui lui avait fait baisser sa garde ; cette garde levée depuis un certain soir de novembre dans cette sinistre maison de l'Iowa.

Et puis il l'avait fait boire, s'était lui-même saoulé comme les deux autres, ces salauds qui avaient atomisé sa vie et celle de sa mère.

Elle respira profondément, comme on le lui avait appris. En alterné, en apnée, rejetant violemment l'air dans un cri qui ferait fondre cette boule de plomb fondu qui phagocytait le creux de son corps.

Mais aucune méthode ne viendrait à bout de sa haine.

Elle devrait vivre avec, s'en servir pour se défendre, une arme que les hommes, ces pourceaux, lui avaient mise entre les mains.

Une sorte de rictus qui n'avait rien d'un sourire étira ses lèvres. Ses yeux couleur de nuage parurent se pétrifier, se rétrécir autour d'une image.

La même qui la hantait depuis des milliers de jours et de nuits.

Sa mère écartelée sous son mari ; sa mère hurlant la honte de son corps livré aux yeux de sa fille ; sa mère et sa douleur de mère devant celui pourfendu de sa fille ; sa mère...

La nuit était tombée depuis un temps déjà quand les yeux de Fanny semblèrent reprendre vie.

Elle se changea encore une fois, enfila une robe de cotonnade qu'elle aimait, une paire de sandales plates, prit son sac après en avoir vérifié le contenu, et sortit dans la nuit moite de Boston.

Par ces temps de canicule et malgré les prières de la police, le maire avait décidé de laisser ouvertes les grilles du jardin public.

Sur ses pelouses, près de ses jets d'eau, le bon peuple pourrait trouver un peu de cette fraîcheur réservée aux appartements à air conditionné et, reconnaissant, remercierait cette initiative de leur élu en choisissant le bon bulletin de vote.

Du moins le maire l'espérait.

Le chef de la police, quant à lui, avait décidé de voter, à cause de cette initiative, pour son adversaire.

Chaque buisson, et il y en avait, chaque taillis, et ils étaient légion, pouvait devenir la cache secrète de quelque dealer, le repaire mystérieux d'un sadique, la base opérationnelle d'un maniaque.

Ses longues avenues ombragées, ses prairies aux douces pentes herbeuses, ses jolis bois d'acacias devenaient la nuit le repaire de l'ogre.

Dothy le savait. Jimmy s'en moquait. Dothy aimait Jimmy qui devait épouser Dothy.

Jimmy avait décidé ce soir-là d'emmener sa Dothy se promener au parc.

Il avait sa petite idée derrière la tête.

Non que Dothy fût un bas-bleu, Dieu merci ! Il y avait beau temps que Jimmy et elle s'étaient connus intimement. Mais toujours dans la petite chambre de Jimmy, où Dothy, après son travail de caissière chez

McDonald's, venait le retrouver avant de rejoindre la demeure familiale.

Jimmy était un imaginatif, c'est-à-dire qu'il avait besoin de stimulant pour être au mieux de sa forme.

Et le stimulant ce soir-là était de faire l'amour dans le parc avec sa Dothy, cachés derrière un épais buisson, tremblant qu'un garde ne les découvre où qu'un enfant maladroit ne récupère son ballon à un moment délicat.

Dothy ignorait tout des intentions de son Jimmy. L'aurait-elle su qu'elle aurait tenté de le convaincre de renoncer à cette idée saugrenue, puis devant la presque certaine inanité de ses efforts se serait mise à glousser.

Comme à présent où Jimmy essayait à l'aide de ses bras tendres et musclés de maçon de la pousser derrière une haute haie.

L'endroit était désert, mais Dothy résistait.

Autant pour jouer à l'éternel jeu de la stratégie amoureuse que parce que la peur l'empêcherait, croyait-elle, d'aborder ces rivages divins où l'entraînait habituellement la fougue de Jimmy.

Riant et trébuchant, l'un poussant, et l'autre tirant, les deux amoureux disparurent derrière le buisson qui s'agita bientôt.

Ce fut comme Dothy l'appréhendait. Un fiasco.

Jimmy avait beau jouer les affranchis, la peur de se faire découvrir lui avait ôté tous ses moyens, mais en macho d'Italie il en accusa la froideur de sa Dothy, qui, ulcérée, piquée au vif et ne gardant pas le triomphe modeste, l'envoya proprement promener.

Las ! Cette querelle d'amoureux aurait dû vite finir si les 100 °F de cette journée de plomb n'avaient échauffé les esprits les plus pacifiques.

Des mots on en vint aux rebuffades, puis aux claques, que Dothy reçut sans comprendre, et surtout sans les rendre.

Affreusement malheureuse elle s'enfuit en sanglotant par les allées de ce si joli parc, laissant l'impossible Jimmy cuver honte et colère.

Quand il eut fini de vitupérer contre Dothy et les femelles en général, Jimmy reprit son souffle, ce qui l'amena à constater que le parc était singulièrement désert et qu'il avait laissé Dothy s'enfuir sans aucune protection.

Angoissé, il regarda autour de lui.

L'allée qu'ils avaient empruntée remontait vers les sorties, mais hors des flaques de lumière pâlottes dispensées par les hauts réverbères, les alentours étaient plongés dans la profonde obscurité d'une nuit sans lune encore assombrie par des roulements de nuages d'orage.

Il appela plusieurs fois la jeune femme, courut dans la direction qu'elle avait prise, mais rien ni personne ne répondit à ses appels.

Il remonta l'allée, cherchant en vain des points de repère.

Il croisa deux hommes et leur demanda s'il était dans la bonne direction, mais ils le toisèrent sans répondre.

À mi-voix, Jimmy mit en doute la pureté de leurs mères.

Tout en marchant Jimmy lançait des coups d'œil vers les bois qui lui paraissaient à présent fort menaçants.

L'air avait cette texture pétrifiée qui précède les tempêtes et immobilise les feuilles des arbres au point qu'elles semblent en lévitation.

Il s'en voulut d'avoir imposé cette frayeur à Dothy et présuma que leurs retrouvailles ne seraient pas aisées.

S'il était italien, Dothy était irlandaise, et leurs caractères se valaient.

Il trouvait que la route n'en finissait pas et que les

limites du parc qu'il apercevait en levant la tête ne se rapprochaient pas.

Au loin il y eut un roulement de tonnerre et Jimmy allongea sa foulée.

À un moment il se retourna, croyant entendre des pas. Mais il était seul.

Il se remit en marche, l'oreille attentive.

Le bruit de pas recommença, étouffé comme si l'on marchait sur l'herbe.

Ses yeux fouillaient l'obscurité et il eut un accès de frayeur enfantine.

Il s'insulta à voix haute. Il cria vers les arbres :

— Hé ! tu sors de ton trou, toi !

Mais rien ne répondit.

Il rigola d'une manière forcée et repartit en sifflant faux et à tue-tête.

Il aperçut enfin devant lui une des voûtes qui formaient un pont bossu, et respira. Il n'était plus loin de la sortie.

Sa frayeur s'effaça et il repensa à Dothy. Si elle avait eu aussi peur que lui, elle ne serait pas près de lui pardonner.

Il s'engagea sous la voûte et soudain s'immobilisa, les cheveux dressés sur la nuque.

Les pas étaient de nouveau derrière lui, tellement près qu'il entendit une respiration.

Le cœur battant à tout rompre, il jeta un regard circulaire vers les murs noircis de crasse du tunnel. Ici nulle lumière. Les lampadaires attendaient à l'extérieur.

Il jura contre le maire qui n'avait pas cru bon d'éclairer ce passage dangereux. N'importe qui pouvait se cacher là sans qu'on le voie.

— Y a quelqu'un ? dit-il d'une voix hésitante.

Devant lui l'allée remontait tout droit vers les grilles du parc.

Il se remit à respirer lentement. Quelque chose bougea derrière lui et il fit volte-face.

— Y a quelqu'un ? redemanda-t-il. (Et la faiblesse de sa propre voix lui fit peur.) Y a quelqu'un ?

Il sursauta si violemment quand il entendit la réponse crachée dans son dos qu'il poussa un cri.

— C'est plus facile de jouer les durs avec une pauvre femme sans défense, hein, salaud !

Il eut le temps de s'étonner du timbre artificiel de la voix avant que sa tête soit brusquement tirée en arrière par les cheveux et qu'il sente sur sa gorge tendue s'enfoncer une atroce lame glacée.

Thomas Herman et Sandra Khan pénétrèrent dans le bureau de Sam Goodman.

— Asseyez-vous, dit aimablement Sam.

Même quand il ne s'occupait pas d'une enquête, c'était lui en général qui recevait la presse. Le capitaine en avait décidé ainsi. Goodman était le plus présentable de ses détectives.

— Que puis-je pour vous ?

— Je suis le chef de la rédaction du *Chronicle*, dit Thomas, et je crois que vous connaissez Mlle Khan, qui est chargée de la chronique judiciaire.

— J'ai déjà eu le plaisir de la rencontrer, répondit Sam, souriant.

— Vous avez retrouvé le cadavre d'un homme dans le parc public, continua Thomas, et d'après ce qui a filtré de vos services il a été tué de la même manière que les deux autres, est-ce exact ?

Sam se carra dans son fauteuil. Au travers de la vitre de son bureau il pouvait voir s'agiter le commissariat. Ils étaient dans la merde, ça c'était exact. Trois meurtres très particuliers et pas l'ombre d'une piste.

— Effectivement, des gardiens du parc lors d'une ronde ont retrouvé le corps de Jameson Di Maggio sous la voûte d'un petit pont.

— Des indices ? demanda Sandra Khan.

— Vous êtes des rapides dans la presse, reprocha

gentiment Sam, dans la police c'est un peu différent. Une enquête, ça se construit à partir de faits précis.

— Ça veut dire que vous n'en avez pas ? intervint Thomas.

— Je n'ai pas dit ça. Mais, voyez-vous, le corps a été retrouvé hier matin... vous voulez déjà que je vous livre le coupable ?

— Ce n'est pas le premier, insista la jeune femme.

— Sûr. Rien que la semaine passée nous avons eu à déplorer quatre meurtres, deux tentatives avortées, quatre viols...

— Vous savez très bien de quoi je veux parler, coupa Sandra Khan.

— Ce que veut dire ma collaboratrice, intervint Thomas Herman, c'est que c'est le troisième meurtre de ce genre en un peu plus de trois mois, et que vous ne semblez posséder aucune piste. Nos lecteurs s'inquiètent et voudraient être sûrs que leur police est efficace. Nous avons déjà eu à Boston un étrangleur qui a fait trembler la ville trop longtemps. La population ne veut pas que ça recommence.

— Nous non plus, monsieur Herman, nous non plus. Nous avons plusieurs brigades sur l'affaire. Mais vous comprenez bien qu'à ce stade de l'enquête il nous soit impossible de fournir des faits précis à la presse. Nous devons garder toutes nos chances de coincer l'assassin, si tant est que ces meurtres aient un lien entre eux, ce dont nous ne sommes pas du tout certains.

— L'égorgement, les mutilations sexuelles ne vous paraissent pas procéder de la même volonté de... de signer... Enfin, inspecteur, intervint la journaliste, vous avez combien d'hommes tués de cette manière dans une année ? Vous nous prenez pour des enfants ?

Thomas posa la main sur le bras de Sandra pour la calmer.

— Êtes-vous dans la même impasse que pour les

meurtres de ces femmes de l'hiver dernier ? insista-t-elle.

— Quels meurtres ? demanda Thomas.

— J'ai évoqué avec Mlle Khan la possibilité que ces meurtres, même s'ils semblent identiques à première vue, n'aient pas été perpétrés par le même assassin. Les cadavres mutilés ne sont pas rares. À cet effet je lui ai donné l'exemple de deux assassinats de femmes l'hiver dernier.

— Et les assassins étaient différents ? s'enquit Thomas.

— La police l'ignore, coupa Sandra, elle n'a jamais retrouvé les meurtriers de deux femmes tuées le ventre ouvert et les organes génitaux sur le trottoir.

— C'est vrai ? s'étonna Thomas.

— Qu'est-ce que vous croyez, monsieur le journaliste ? Que nous sommes tous des inspecteurs Kojak ?

— Savez-vous ce qu'allait faire ce Di Maggio dans le parc ? demanda Sandra.

Sam eut un sourire ironique.

— Vous savez quoi ? On manque de bons éléments dans la police, vous ne voulez pas postuler ? Évidemment que nous savons ce qu'il allait faire. J'ai moi-même interrogé sa fiancée. Ils étaient allés se rafraîchir comme 90 % des habitants de cette ville.

— Pouvez-vous nous dire à quelle heure a eu lieu le meurtre ? demanda Thomas.

— Aux alentours d'une heure du matin.

— Et où était la fiancée ?

— D'après ce qu'elle m'a dit, ils s'étaient disputés et elle avait quitté le parc avant lui.

— À une heure du matin ? À une heure du matin un couple se promène au clair de lune dans un endroit où les gens de bon sens ne vont pas après huit heures ? Ça ne vous semble pas curieux, inspecteur ? s'étonna Sandra.

— Il y a toujours eu des inconscients. Et puis il ne

faut pas exagérer, le jardin public n'est pas le Combat Zone. On peut se promener dans notre ville le soir sans se faire obligatoirement assassiner.

— Vous iriez vous balader dans ce parc en pleine nuit ? insista la journaliste.

Sam haussa les épaules.

— Moi je ne suis courageux qu'en service commandé. Et je n'aime pas la campagne.

— Pourquoi s'étaient-ils disputés ? demanda Thomas.

— Querelle d'amoureux, d'après ce que j'ai pu comprendre. Je n'ai pas pu interroger la jeune fille seule, sa mère était là. Et elle était très secouée.

— Avons-nous affaire à un maniaque ? demanda encore Herman.

Sam sursauta. Surtout que la presse n'aille pas colporter ce genre de foutaise ! C'était panique assurée dans les vingt-quatre heures ! Il se pencha vers les journalistes.

— Écoutez, je sais que vous devez faire du tirage, mais soyez sympa, laissez-nous bosser à notre manière. Ces meurtres n'ont peut-être aucun lien entre eux.

— Et nous on bosse comment ? intervint Sandra. Dans ma chronique je mets quoi ? Que les pompiers ont récupéré le chat de Miss Smith dans un platane ?

— Vous mettez ce que vous voulez dans votre chronique, mais pas des ragots qui arrangeraient votre rédacteur. Nous possédons plusieurs pistes que nous vérifions ; vous serez informés des progrès de l'enquête au fur et à mesure, mademoiselle, je vous le promets.

— Et s'il y a d'autres meurtres ?

— On les mettra dans l'ordinateur et on les traitera avec les autres. Que voulez-vous que je vous dise ? Nous espérons aboutir rapidement. Voilà, je vous remercie de votre visite.

Sam se leva avec un grand sourire, mais les deux journalistes ne bronchèrent pas.

— Je peux encore quelque chose pour vous ?

— Nous ne savons rien de plus qu'en entrant ici, à part que le meurtre a eu lieu à une heure du matin et que la victime s'était disputée avec sa fiancée. Au fait, et la fiancée, vous y avez pensé ?

— Écoutez, chère Sandra, vous permettez que je vous appelle Sandra ? C'est sous ce nom que j'ai parlé de vous à ma mère ; si les fiancées après une dispute se mettent à découper leur petit ami, la démographie va lourdement chuter, vous ne croyez pas ?

— Vous avez parlé de moi à votre mère ? souffla Sandra.

— C'était une blague. Je suis sûr que ma mère adorerait vous avoir comme bru.

— Comme bru ?

Thomas se leva en riant.

— Je crois que le lieutenant n'a plus rien à nous dire, Sandra, mais on reviendra. D'accord, lieutenant ? Même si vous ne parlez pas de moi à votre mère ?

— Mais bien sûr. Je ne parle pas de tout le monde à ma mère.

— Vous donnez dans l'humour seulement quand vous êtes emmerdé ou tout le temps ? s'enquit Sandra.

Sam haussa les épaules.

— Comme vous savez, puisque nos parents ont dû manger le même fish, je fais partie d'une population à haut risque et à fort taux d'emmerdements. Alors si vous me demandez si je fais de l'humour tout le temps, je vous répondrai oui, parce que nous sommes toujours emmerdés.

Sandra éclata de rire, et Sam mourut d'envie de lui demander de chanter *Memory*.

C'est fou ce qu'elle ressemblait à Barbra Streisand.

Sa tombe, j'aurais pu y aller les yeux fermés.

Elle était minuscule, coincée entre deux monuments hideux et prétentieux, mais je ne voyais qu'elle.

Ses parents avaient placé sur la pierre une photo où elle souriait. Je me souvenais de cette photo. C'est moi qui l'avais prise chez nous après que nous eûmes passé tout un après-midi au lit.

Par jeu, Joan l'avait envoyée à ses parents.

En regardant la photo je pouvais entendre les mots qu'elle avait dû prononcer. « Chérie, fais-moi encore l'amour », ou « chérie, apporte-moi vite quelque chose à manger ; baiser m'affame ».

J'entendais aussi son rire. C'est fou ce que l'on se souvient du rire de ceux qu'on a aimés. Le sien était fulgurance. Il était le matin du monde. Pour le créer j'aurais modelé les étoiles. Il se glissait dans ses soupirs, se mêlait à ses sanglots, triomphait de mes peurs, terrassait mes angoisses. Il m'enfantait la vie.

Depuis sa mort je n'avais connu aucune femme. Elle était encore trop présente. J'aurais craint de tromper la nouvelle.

Sa mort était passée par pertes et profits. Ça n'empêchait pas les flics de dormir, la mort d'une gouine.

Moi, oui.

J'ai cru être apaisée par la mort de son bourreau, mais je me trompais.

Parce qu'il y a autant de bourreaux que d'hommes, ou presque.

Sam téléphona à Augusta le jour où les journalistes lui rendirent visite.

— Allô, bonjour, c'est Sam Goodman, je suis venu vous voir l'autre jour pour l'affaire...

— Je sais, coupa Augusta.

— J'aurais aimé savoir si vous aviez du nouveau sur ce Latimer ?

C'était super idiot. Le flic demandant à une avocate si elle avait du nouveau sur une affaire dont il s'occupait !

Mais c'est tout ce que Sam avait trouvé pour renouer le dialogue.

Habituellement il ne faisait pas dans le fantasme, mais cette femme avait fait sauter ses fusibles !

Sinon il aurait pu faire la cour à cette journaliste qu'il trouvait si séduisante et qui aurait tellement plu à sa mère ! Mais non, il ne pensait qu'à l'avocate.

— Je... nous n'avons rien de nouveau, et vous ?

— Rien, non... nous sommes très embêtés. Heu... est-ce qu'on pourrait se voir pour en discuter ?

— De vos embêtements ?

Sam se força à rire.

— Oh ! non, on en aurait pour une vie, mais de ce Latimer... peut-être qu'un détail vous reviendrait et...

— On peut se voir ce soir à sept heures, ça vous irait ? coupa-t-elle.

Sam se figea. Ou elle voulait se débarrasser de lui, ou elle allait vite en besogne.

— D'accord, où ?

— Chez vous ?

— Chez moi ? Bien sûr, chez moi. Nous serons plus à l'aise.

Il allait partir, pour cacher son embarras, dans un flot d'explications, style : « Vous avez parfaitement raison, j'ai l'air conditionné, un jardin... » Mais elle avait aussitôt raccroché.

Il regarda sa montre. Six heures. Il devait voler jusque chez lui vérifier si l'appartement était présentable et mettre au frais une bouteille de vin blanc.

Il était sûr qu'elle aimait le vin blanc.

Il héla un taxi et se fit déposer devant chez *Sage* où il acheta une bouteille de sauvignon, et rentra rapidement chez lui.

Par chance la femme de ménage invisible depuis deux semaines était passée et avait transformé l'île de Vendredi en un confortable appartement.

Il se rua sous la douche et en sortait dégoulinant quand le téléphone sonna.

— C'est moi, dit la voix.

— Bonjour, maman, répondit Sam les yeux rivés sur la pendule.

— Tu sais qui c'est ?

Sam respira doucement.

— Bien sûr, vous êtes Golda Meir.

— Très drôle. Depuis combien de temps je n'ai pas de tes nouvelles ?

— Trois jours, répondit Sam au hasard.

— Quatre ! glapit la voix. Si je ne lisais pas le journal je ne saurais même pas si tu es encore en vie !

— On parle de moi dans le journal ?

— On parle de toi, oui. Ça me fait une belle jambe ! Comme ça je peux donner de tes nouvelles à mes amies. Je leur réponds quand elles me demandent comment tu vas : « Mais regardez donc l'article du *Chronicle*, il y a même une photo. »

— Une photo ? Écoute, maman, je ne vais pas te retenir plus longtemps, j'attends quelqu'un et je ne suis pas habillé.

— Pas habillé, pourquoi ?

— Parce que je sors de la douche ! Ça te paraît logique ?

— Rien de ce que tu fais ne me paraît logique. Tu viens quand ?

— Bientôt. Bon, maman, faut que je te laisse.

— Laisse-moi, laisse-moi, ce que tu fais est beaucoup plus intéressant que ta mère.

— Maman, je vais raccrocher et tu vas faire la gueule. Alors dis-moi au revoir.

Mais elle avait raccroché.

Sam courut dans la salle de bains et s'inonda de diverses eaux de toilette avant d'enfiler un pantalon à fermeture Éclair et une chemise dont il laissa les pans sortis.

Augusta arriva à sept heures un quart.

Sam vit tout de suite qu'elle avait bu.

— Entrez, mettez-vous à l'aise. Il fait toujours aussi chaud, n'est-ce pas ?

Sam se mordit les lèvres de ses niaiseries, mais Augusta ne l'écoutait pas.

Elle était plantée au milieu de la pièce et regardait autour d'elle.

— Ainsi, c'est ici que vous vivez.

— Heu... oui.

— Je n'arrivais pas à imaginer votre lieu.

Sam battit des paupières.

— Vous avez... pensé à moi ?

Sans répondre elle se dirigea vers la porte-fenêtre ouverte qui donnait sur le jardin.

— Ça sent l'herbe coupée, dit-elle.

— C'est pas chez moi, c'est à côté. Le jardinier vient demain.

Elle le regarda enfin et lui sourit.

— J'ai soif.

— Ça tombe bien, j'ai du vin blanc au frais.

— Je préférerais un double Jack sur de la glace, vous avez ?

— Bien sûr.

Elle continua de lui sourire et se laissa tomber sur le divan. Son regard était trouble et Sam se demanda s'il devait vraiment lui apporter un grand verre de Jack Daniel's.

Mais il n'était pas sa mère.

Quand il revint elle avait fermé la fenêtre et s'était installée en ôtant ses escarpins et en ramenant les jambes sous elle.

— Alors, Sam, vous avez vraiment des ennuis avec votre enquête ?

— Vraiment. On en a retrouvé un troisième, vous savez ?

— Je sais. Ce qui innocente complètement Sanchez pour le meurtre de Latimer.

— Oh, j'avais laissé tomber cette piste. Comment va la fillette ?

— Toujours pareil. C'est un légume. La mère est en cure de sommeil.

— Hmm, hmm, grommela Sam qui s'insulta dans sa tête d'avoir posé la question.

Au poil, ce genre de détails pour se mettre en forme ! Pourquoi ne pas parler maintenant de la Somalie et des enfants couverts de mouches ?

— À votre santé, dit Sam.

Mais Augusta avait déjà descendu la moitié de son verre.

— À la vôtre.

Elle le regardait en souriant, et Sam se demanda s'il avait quelque chose sur le nez.

Il était assez dérouté de sa réaction. Est-ce qu'elle avait bu depuis qu'il avait téléphoné, ou buvait-elle tout le temps ?

— Je suis ravi de vous revoir, dit-il à tout hasard en veloutant sa voix.

Elle continua de le regarder, mais ne répondit pas.

— Je... j'ai été très impressionné par votre... par votre...

— Ma sensualité ?

Il battit des paupières.

— Sam, nous ne sommes plus des enfants. J'ai envie de vous, et vous avez envie de moi. Alors si on commençait tout de suite ?

Sam avait un physique qui plaisait aux femmes. Style grand brun aux yeux sombres avec vingt ans de sport derrière lui et un sourire charmeur. Mais il avait été élevé par sa mère et il lui en restait des séquelles. Comme de perdre ses moyens quand une femme le prenait ainsi d'assaut.

Mais Augusta se leva et ôta lentement son chemisier. Elle ne portait pas de soutien-gorge et Sam fut fasciné par l'arrogance de ses seins. Elle fit glisser sa jupe. Elle n'avait rien dessous. Elle tourna sur ses pointes de pied et entra dans la chambre.

Sam qui la suivait des yeux la vit soulever la courtepointe qu'elle laissa tomber à terre, et s'installer sur le lit jambes ouvertes.

Il posa son verre à moitié plein et entra dans la chambre.

Sam sentit qu'on lui tapait sur l'épaule, il se retourna.

— Bonsoir, vous vous souvenez de moi ?

Sam tendit la main.

— Bien sûr. Thomas Herman du *Chronicle*. Vous m'avez pris en filature ?

— Non, mais je m'arrête souvent ici pour boire un verre. J'étais dans la salle et je vous ai vu arriver. Je peux boire avec vous ?

— Je vous en prie.

Thomas s'installa sur le tabouret libre à côté de Sam.

— Comment va votre enquête ?

Sam hocha la tête.

— Comme toutes les enquêtes, c'est long.

— Vous savez que je ne sors plus seul le soir, dit Thomas en riant.

— Votre petite amie serait contente de l'apprendre. D'habitude c'est elles qui ont ce genre de problème.

— Je n'ai plus de petite amie, répondit Thomas d'un ton sérieux.

— Je suis désolé pour vous.

Thomas avala le reste de son Martini.

— Vous ne trouvez pas que les femmes changent ? dit-il gravement.

Sam haussa les épaules sans répondre. Ça, pour changer, elles changeaient. Tout en étant pareilles.

Quand il s'était désenclavé d'Augusta après plus d'une heure d'un corps à corps de folie et qu'il était retombé comme un sac vide sur le dos, il avait voulu continuer la séance en tendresse.

Mais non seulement elle l'avait laissé choir, mais s'était relevée sans dire un mot, le visage aussi fermé que s'il venait de lui passer les menottes.

— Qu'est-ce qui ne va pas ? s'était-il alarmé, craignant d'avoir été seul à grimper aux rideaux.

— Tout va bien, avait-elle répliqué d'une voix sèche. Je m'en vais, c'est tout.

— Comme ça ?

— Non, plus fatiguée qu'en arrivant. Satisfait ?

Il s'était redressé et avait tenté de la retenir.

— Mais, Augusta, tu as quelque chose à me reprocher ?

Elle l'avait fixé un moment sans répondre et s'était dégagée.

— Augusta, insista-t-il, qu'est-ce qui se passe ?

À ce moment-là elle avait fait quelque chose d'insolite. Elle avait froncé le nez et reniflé dans sa direction.

— Ça pue l'amour, avait-elle lâché.

— Quoi ?

— Tu ne sens pas ? L'odeur de ton foutre et du mien.

— Augusta, tu es folle !

— Ah oui ? Quelle bagarre on a eue ! Des coups, des cris !

— Quels coups ?

— Tu trouves esthétique ce qu'on a fait ? Regarde-toi, regarde-moi ! On ne s'aime pas, on se connaît à peine, et pourtant on s'est vautrés ensemble dans le même lit. Mais je serais prête à le refaire, là, tout de suite !

— Arrête, je suis largué !

Elle ricana et passa dans le salon où elle récupéra ses chaussures.

Sam la suivit enveloppé dans un drap. Elle se retourna le visage furieux.

— Je suis mariée, figure-toi. À un homme formidable et que j'aime !

— Oui ?...

— Mais pour les hommes ce n'est qu'un détail tant qu'il ne s'agit pas de leur femme !

— Écoute, tu voudrais t'expliquer ? C'est toi qui as voulu venir chez moi, tu te souviens ? C'est toi qui es entrée nue dans ma chambre, tu me suis toujours ? On a fait l'amour comme des malades, c'est ça que tu me reproches ?

— Tu as dit le mot : des malades.

— C'est façon de dire, tu le sais bien ! s'emporta-t-il soudain. Tu es une femme extraordinaire. J'ai jamais connu ça avant toi.

Elle eut un regard de mépris.

— Tu me prends pour une chienne ? Tu vas raconter cette séance à tes copains ?

— Mais tu es folle !

— Folle ? C'est tout ce que vous trouvez à dire. Folle. Quand un homme cavale après toutes les femmes on dit de lui que c'est un chaud lapin ! Un rigolo. Une femme, c'est une traînée !

— Mais j'ai jamais dit ça !

— Ah, bravo ! Je suis tombée sur l'unique gentleman de la ville !

Et puis soudain son visage s'était défait, avait coulé comme de la cire. De lourds sanglots l'avaient secouée. Sam s'était précipité vers elle.

— Augusta chérie, qu'est-ce qui se passe ?

Mais elle l'avait repoussé, avait raflé son sac et était partie en claquant la porte.

Ça faisait trois jours de ça.

— Nous croyons appartenir à la même espèce, mais je n'en suis pas sûr, reprit Sam pensivement au bout d'un moment. J'ai lu une fois une théorie comme quoi des Vénusiens seraient venus engrosser les femmes de la Terre, celles qui vivaient dans les cavernes, ce qui aurait donné l'humanité. Peut-être que d'avoir connu des Vénusiens les a chamboulées.

Thomas hocha la tête et recommanda un Martini.

— Vous reprenez quelque chose ?

— Merci, refusa Sam.

— Je suis allé voir la fiancée de votre macchabée du parc, dit le journaliste. Je ne comprenais pas ce que ces deux-là faisaient à une heure pareille.

— Le maire avait laissé les grilles ouvertes à cause de la chaleur.

— D'accord. Mais vous croyez qu'une famille va amener ses enfants en pleine nuit là-bas ? C'est un truc pour les voyous ou pour ceux qui sont prêts à se faire trucider pour tirer un coup. Et c'était le cas de notre couple. La fille avait la trouille, mais l'autre y tenait, et d'après elle l'aurait presque prise de force, enfin aurait essayé parce que lui aussi avait les flubes, mais c'est tout ce qu'il avait. Enfin, bref, ils se sont engueulés, il l'a giflée, et elle s'est tirée. Ça a été coton pour apprendre tout ça.

— Et à quoi ça nous avance ?

— J'en sais rien.

— Ben, voyez.

— Mais pourquoi lui ?

— Pourquoi Newman ?

— D'après le barman il aurait suivi une femme. C'est peut-être elle qui a fait le coup pour s'en débarrasser.

— Vous voyez sérieusement une femme sortir de son sac un couteau commando, ouvrir la gorge d'un type et lui fourrer ses couilles dans la poche après les avoir coupées ?

Thomas haussa les épaules.

— Pourquoi pas ? Il y a des femmes dans l'armée, dans la police. Il y a des femmes dans les clubs de combat. Pourquoi l'une d'entre elles n'aurait pas un couteau sur elle ?

— Et Latimer ?

Thomas le regarda en réfléchissant.

— Latimer, c'était probablement une vengeance. Un Portoricain ami de la famille, ou un cousin. Ces gars-là adorent jouer du couteau. Il aura voulu émasculer Latimer pour ce qu'il a fait à la petite Sanchez.

— Et Di Maggio ?

Thomas soupira.

— Vous savez quoi, inspecteur ? Vous m'emmerdez.

— C'est ça, un bon flic. Savoir poser les bonnes questions.

— Non, un bon flic, c'est avoir les bonnes réponses !

Sam resta une seconde le doigt en l'air et éclata de rire.

— Quinze à zéro. Je vous offre un Martini, monsieur le journaliste ?

— J'accepte volontiers, monsieur l'officier de police.

Ron devina à la seconde où Augusta rentra ce qu'elle avait fait.

Il se força à la neutralité. Raconta sa journée, l'interrogea sur la sienne en prenant garde d'éviter ce qui pourrait ressembler à un soupçon.

— Problèmes habituels, répondit Augusta d'une voix qu'elle n'assurait pas. Je ne suis pas allée à la prison. J'ai eu peur des grèves. Il paraît qu'un comité de Citoyens s'est créé pour le rétablissement de la peine de mort pour certains crimes. J'ai vu un tissu qui irait parfaitement bien pour les rideaux du salon.

Elle souriait, prête à s'excuser de débiter de telles fadaises. Coupable dans sa tête. Mortifiée dans son corps.

Elle prétexta une migraine pour se coucher tôt.

Ron resta dans le salon à corriger des copies. À faire semblant.

Ainsi ça y était. C'était arrivé.

Il s'ausculta.

La tête, qu'est-ce qu'il y avait dans sa tête ? Son cœur ? Ce muscle stupide qui vivait comme une machine ! D'ailleurs, la preuve, il battait sans un raté. Mais l'estomac qui se noue, le ventre qui se délite, les membres qui s'alourdissent. Les mains. Glacées, meurtrières, qui se referment.

La tête. Des images. Il ferma les yeux. Elles étaient toujours là. Il voulait l'amnésie. Lobotomie. Arracher.

Les gémissements, les mots. Les râles. Les mots. Les mots qui n'étaient que pour lui. Pour toujours. Les odeurs. De son corps. Sa bouche, son sexe, ses bras. Ses cheveux. Ses cheveux qui le noyaient. Sa bouche. Dévoration. Cannibale. Ses cuisses. Ouvertes, offertes, jetées. Avides. Son sexe, ah, son sexe ! Engloutir, engouffrer. Consumer. Noyé.

Il se prit la tête dans les mains. Déraciner le souvenir.

Il pleura en silence, longtemps. Puis il émergea comme d'un long sommeil.

Il devrait vivre dorénavant avec ça.

Il se leva et alla coller son oreille à la porte de leur chambre.

Augusta pleurait. Elle parlait en sanglotant. Une foule de mots mouillés, pauvres, banals. Pardon. Pardon, pardon.

La serrer contre lui. L'enlever de ce monde misérable qui à force de mensonges l'avait brisée.

Il crispa les poings de rage.

Augusta, je t'en supplie, reste avec moi. Augusta, je te protégerai de tous. Augusta, ne me quitte jamais.

Il s'apaisa comme celui qui découvre enfin le bout du chemin. Il allait bien. Il savait quoi faire.

Augusta était à lui pour la vie. Personne ne la lui enlèverait.

C'était un petit animal qui avait besoin de se réfugier dans son terrier.

Il l'attendrait et refermerait la porte sur elle. Il la lécherait comme font les louves à leurs petits qui se sont frottés à l'homme.

Il enlèverait de son corps la poisse de leurs étreintes.

Il ouvrit la porte de leur chambre.

Les Magnusson profitèrent du congé du 4 Juillet pour accompagner Thomas à son chalet.

— C'est idiot, leur dit le journaliste alors qu'ils prenaient un verre sur la terrasse, c'est démodé, mais j'ai un vrai chagrin d'amour.

— Pourquoi « idiot » ? protesta Augusta. L'amour peut rendre idiot, mais lui ne l'est pas !

— Facile pour toi de dire ça, vous êtes une vraie réclame ! s'exclama Thomas en riant.

Ron caressa la main d'Augusta.

— Je ne veux pas être défaitiste, mais quelles que soient les qualités de Fanny elle aura du mal à rivaliser avec Augusta.

— Qu'est-ce qui s'est passé entre vous ? demanda Augusta.

— Je me suis conduit comme un con !

— C'est-à-dire ?

Thomas eut un geste agacé.

— Comme un homme amoureux et qui a du mal... qui a du mal à se maîtriser !

— Tu ne l'as pas violée ! s'exclama Augusta d'un ton pincé.

Son ami haussa les épaules.

— Bien sûr que non, mais tout ça est tellement subjectif !

Ron regarda un moment par la fenêtre. Il se tourna vers Thomas.

— Tu ne vas pas me dire que toi aussi tu fais partie de ce genre d'hommes qui pensent avec leur bite ?

Thomas lui lança un regard intrigué.

— Quelle curieuse réflexion venant d'un homme comme toi...

Il y eut un silence embarrassé.

— Ce que Ron veut dire, intervint Augusta, c'est que le problème des hommes...

Mais elle s'arrêta au milieu de sa phrase.

— Oui ?

— Eh bien...

Thomas se tourna vers son ami.

— Ça ne t'est jamais arrivé de désirer Augusta au point de paraître parfois un peu brutal ?

Ron le fixa sans répondre.

— Il n'y a pas de viol entre époux ! s'exclama joyeusement Augusta. Surtout quand l'épouse est consentante.

Thomas lui sourit amicalement. Mais le malaise entre eux était perceptible.

Comme si ce léger incident l'avait rendu plus attentif, Thomas crut déceler une fêlure chez ses amis.

Il se rendait compte tout à coup que leurs rapports semblaient procéder davantage d'une tendresse inquiète, d'une attentive émotion que d'une passion amoureuse.

De plus, la réflexion de Ron turlupinait Thomas. C'était à la rigueur la réflexion d'une féministe, mais en aucun cas celle d'un homme aussi proche de lui qu'était Ron.

Thomas se demandait si la façade lisse que présentaient ses amis correspondait à la réalité, ou n'était qu'un cache-misère.

Il pensa au détective Goodman qui ne semblait pas non plus être très heureux avec les femmes. Ce type s'en sortait avec l'humour, mais il était la cible. Un drôle de mec qui ne ressemblait pas à l'idée que l'on se fait des flics.

Il abordait les problèmes criminels à la façon d'un entomologiste.

Thomas n'aurait pas été surpris d'apprendre qu'il avait découvert le coupable des trois meurtres, mais qu'il laissait du mou à la laisse pour observer.

Il devrait le présenter à Ron et Augusta. Et pourquoi pas à Fanny s'il la revoyait ?

Un vol d'oies sauvages jaillit derrière la ligne d'arbres de l'autre côté du lac. Leurs cris perçants serrèrent le cœur de Thomas. Elles passèrent au-dessus d'eux dans un ordre parfait.

Elles savaient où elles allaient.

Sacrée différence avec les pauvres humains que nous sommes, pensa le journaliste.

Sam traversa Massachusetts Avenue qui conduisait de l'aéroport Logan au centre-ville et se fit insulter par un camionneur qui dut piler pour l'éviter.

Le métro qui à cet endroit était au même niveau que la rue passa en ferraillant.

Sam ne cessait de penser à Augusta.

Elle lui collait à la peau.

Il l'avait rappelée à son bureau mais elle était toujours absente.

Il devait la revoir. Il parlerait à son mari. Il l'enlèverait... il...

— Et merde ! dit-il tout haut.

Il débloquait ou quoi ? Cette femme était folle, il en était sûr.

Et il s'en foutait.

— Va prendre une douche froide, dit-il devant une petite vieille qui l'examina avec inquiétude. Je suis amoureux ! lui cria-t-il.

Elle haussa les épaules.

Il héla un taxi pour rejoindre son bureau.

Il répondit distraitement aux saluts et s'installa devant sa table. La porte s'ouvrit aussitôt devant son capitaine.

— Salut, Goodman, c'est gentil d'être venu.

— J'avais un truc à vérifier, marmonna Sam.

— Bien sûr. Au fait, je ne sais pas si ça vous intéresse, mais j'ai dîné avec le préfet hier soir.

Sam resta muet.

— Il m'a demandé, oh ! comme ça, incidemment, vous savez ce que sont les propos de table, si on avait découvert quelque chose sur les trois meurtres rituels.

— Quels meurtres rituels ?

— Ah, vous n'êtes pas au courant ? C'est le *Chronicle* qui a employé cette expression pour les lascars dont on a coupé les couilles.

— Non, je ne suis pas au courant, grogna Sam.

— C'est normal. Il aurait fallu pour cela que vous vous intéressiez à l'enquête.

— Écoutez, capitaine... commença Sam.

Ce fut l'allumette sur la mèche.

— Non ! explosa le capitaine, c'est vous qui allez m'écouter ! J'en ai plein le cul d'avoir des zombies à ce bureau ! J'en ai rien à foutre qu'on crève de chaleur ou d'autre chose, mais je veux des résultats ! Je veux le fumier qui découpe ces connards ! Et je le veux tout de suite !

Sam toisa le capitaine. À cet instant précis il était tellement à cran qu'il hésita à balancer son insigne et son poing dans la gueule de l'autre. Il s'obligea à respirer.

Le capitaine se pencha vers lui et dit d'une voix sirupeuse :

— J'aurais vraiment aimé que vous donniez suite à l'idée qui vient de traverser votre esprit minable et surchauffé, mais puisque vous ne l'avez pas fait, vous allez vous mettre au travail ! D'accord, Goodman ?

— Qu'est-ce que vous croyez que je fais ?

— Vous glandez ! Et ça, j'encaisse pas.

— On n'a pas l'ombre d'un indice. Il n'existe aucun lien entre ces meurtres et vous le savez aussi bien que moi. Avec Johnson on passe notre temps dans les dossiers de cinglés. On fait du porte-à-porte, on bouscule des mecs qui sortent d'asile ou de tôle et on se retrouve comme des cons ! La seule piste était pour Latimer et elle a foiré. Pas de mobile, pas d'arme du crime, pas de témoin. Où vous voulez que j'aille ?

— Au diable, si c'est nécessaire, mais il me faut quelque chose. Cette ville souffre du syndrome de l'Étrangleur, alors bougez-vous les fesses !

Sam se releva en envoyant dinguer son fauteuil.

— Si vous avez plus compétent à mettre sur l'affaire, vous gênez pas, dit-il.

— Si ça ne tenait qu'à moi vous seriez en train de siffler au carrefour Grant et Delamore, mais tous les bons flics sont déjà pris ailleurs !

Sam alluma une cigarette et s'aperçut que sa main tremblait. Il se demanda en même temps où il avait été la pêcher. Ça faisait deux ans qu'il s'était arrêté de fumer.

— Je ne sais pas par où commencer, murmura-t-il d'un ton accablé.

Mais le capitaine était déjà sorti.

Ron courut sur le quai et s'engouffra dans le métro, manquant de peu être coincé par les portes.

Il se retrouva englué au milieu de la foule de six heures qui sortait des bureaux et il regretta sa précipitation.

Une bonne demi-douzaine d'hommes le coinçaient et lui cognaient les jambes de leurs attachés-cases.

Son ventre s'appuyait contre celui d'un type qui portait un nœud papillon et sentait l'eau de toilette.

L'autre était plus petit et son regard était à la hauteur du nœud de cravate de Ron.

Ron détestait la promiscuité masculine. Ça avait été son grand problème quand il avait été incorporé la dernière année de la guerre du Vietnam. Il n'était pas parti, mais l'odeur des chambrées et les douches en commun avaient été un véritable cauchemar.

Il essaya de se pousser, mais heurta aussitôt un autre ventre. Il releva la tête et aspira une grande bouffée d'air vicié.

Il connut un bref instant de panique et ferma les yeux pour se raisonner.

Le trajet qui reliait l'aéroport au premier centre-ville était le plus long. Moitié sous terre, moitié dehors.

Pour l'instant le métro était en dessous et Ron attendait avec impatience d'être à l'air. À l'air, façon de dire.

Quel con il avait été d'aller à ce symposium à New York qui s'était bien sûr révélé complètement inutile.

Mais il était comme ça : surtout ne pas fâcher les autres.

Le patron de son département le lui avait demandé comme un service et Ron s'était cru obligé d'accepter.

Il avait pris l'avion à Logan à six heures le matin même et était arrivé à La Guardia à sept heures vingt. Bus, métro, marche, pour arriver au centre des Congrès à 9 heures.

Congratulations, présentations, une heure de travail plus ou moins effectif.

Déjeuner, re-palabres, travail constructif : deux heures. Discours de clôture, prise de rendez-vous que l'on sait ne pas honorer par manque de temps, d'occasion, d'envie, puis marche, métro, bus, avion, retour à Boston.

Douze heures loin de chez lui à se trimballer dans l'étouffante moiteur de la ville.

Le gars au nœud pap s'appuya un peu plus contre lui, et Ron perçut encore mieux l'odeur légèrement rance de son eau de toilette. La sueur de la journée l'avait fait tourner.

Il regarda au-dessus des têtes, remerciant la nature de lui avoir donné une taille supérieure à la moyenne.

Soudain il se crispa. Le gars remontait ses mains devant lui dans un mouvement lent et appuyé qui ne laissa aucun doute à Ron sur ses intentions.

Il le foudroya du regard, mais le type regardait ailleurs d'un air détaché.

Ses mains s'étaient arrêtées dans l'ouverture de la veste de Ron, juste à la hauteur de sa braguette. Ron faillit l'insulter mais se retint à temps. L'autre aurait beau jeu de jouer les imbéciles et même de retourner les gens contre lui.

Ron voulut se pousser, mais il était tellement coincé qu'il réussit juste à ouvrir un peu plus sa veste et à se frotter plus fort contre les mains de l'autre.

Il ferma les yeux, luttant contre une drôle de sensation qu'il se refusait à reconnaître.

Le métro roulait vite et les voyageurs étaient brinquebalés les uns contre les autres.

Évitant de penser, Ron se laissa aller contre l'homme et l'observa à la dérobée.

C'était un type ordinaire, un de ces cadres moyens qui passent leur vie à faire gagner de l'argent aux autres et qui ont eux-mêmes du mal à joindre les deux bouts.

Il imagina sa maison avec l'inévitable bout de pelouse devant et la pseudo-barrière rustique, le chien, les gosses, la femme, les traites, les dimanches, et eut soudain pitié du pauvre diable.

Le type à présent remuait doucement les mains comme s'il frottait son propre ventre et Ron eut une bouffée de chaleur qui précéda ce qu'il redoutait depuis un moment : une érection.

L'homme devait s'en être aperçu car il se troubla, cherchant à poser son regard sur quelque chose de suffisamment neutre qui lui permît de garder une contenance.

Ron avait l'affreux sentiment que tous ceux qui les entouraient se rendaient compte de leur manège.

Il croisa le regard d'une petite bonne femme coincée un peu plus loin qui détourna aussitôt le sien.

Il eut l'impression que les autres s'écartaient de lui et qu'il restait collé au type au milieu d'un espace vide.

Il se recula et ses fesses s'appuyèrent contre la porte. Aussitôt le type avança et leurs deux ventres entrèrent de nouveau en contact. Ron se mordit les lèvres devant la brusque bouffée de plaisir qu'il ressentit.

L'homme au nœud pap devait être arrivé à ses fins car Ron l'entendit soupirer et vit ses épaules s'affaisser.

Dans un bruit de ferraille moyenâgeuse le métro entra dans la station.

Ron ne s'était même pas aperçu qu'ils avaient quitté depuis un moment le souterrain et qu'ils roulaient à l'extérieur.

Dans un grincement les portes s'ouvrirent, et Ron fut repoussé sur le quai par le flot des sortants.

Le type passa devant lui sans le regarder et prit la direction de la sortie.

Ron jeta un coup d'œil sur le nom de la station. Ce n'était pas la sienne.

De loin il pouvait apercevoir l'homme qui se pressait de descendre les marches l'emmenant à l'extérieur.

Ron eut une soudaine bouffée de rage. Ce salopard s'était servi de lui comme on le fait d'une pute ! Il s'était frotté comme ces malades vicieux qui importunent les jeunes filles qui ont peur de les repousser. Comme lui-même n'avait osé le faire.

La fureur le fit suffoquer. Cette ordure n'allait pas s'en tirer comme ça !

Ron imagina son caleçon souillé dont il se débarrasserait peut-être avant d'embrasser sa femme et de lui raconter sa morne journée.

Quel salaud ! La colère le fit trembler.

Il se mit à courir, cherchant à repérer l'homme parmi la foule. Du haut de l'escalier il le vit qui marchait tranquillement sur le trottoir d'une rue bordée de commerces.

La nuit était tombée avec cette soudaineté qui annonce un gros orage.

Dans le ciel se tordaient des nuages noirs bosselés de pluie ; le vent soulevait le sable et la poussière des trottoirs et entravait les jambes des femmes dans leurs jupes. Un homme courut derrière son chapeau qui caracolait dans la poussière.

L'homme s'éloigna du centre et se dirigea vers ce que Ron savait être un quartier de résidences moyennes, de pavillons à marquises de tuiles rouges, aux portes en faux chêne massif.

Des bouts de jardins remplacèrent les boutiques, puis apparut un parc avec une aire importante de jeux pour les enfants.

Mais elle était déserte. Les gosses devaient être maintenant à plat ventre devant la télé à mâchonner leurs tartines de beurre de cacahuète et à regarder d'un œil vaguement inquiet le ciel s'obscurcir.

L'homme s'y engagea, traversant perpendiculairement la pelouse, se dirigeant vers les arbres sombres qui la bordaient et qui commençaient à ployer sous le vent.

Ron, silencieusement, lui emboîta le pas.

Le téléphone sonna alors qu'Augusta ouvrait la porte de son bureau pour sortir.

Elle le regarda un moment sans bouger, et se décida finalement à décrocher.

— Allô ?

— Augusta ? C'est moi, Sam.

Augusta ne répondit pas, mais une légère montée de sueur humecta sa lèvre supérieure et la naissance de ses cheveux.

Ce salaud lui faisait toujours le même effet !

— Augusta, insista Sam, ça fait dix fois que je t'appelle, tu n'es jamais là. Enfin, c'est ce que me répond ta secrétaire.

— Sam, je suis pressée, répondit-elle de la voix la plus neutre possible.

— Je sais, je sais, t'as dix mille procès qui t'attendent et autant de victoires !

Sam avait la voix amère et légèrement essoufflée. Il devait téléphoner d'une cabine car Augusta entendait les bruits de la rue.

— Sam... Sam, je t'ai dit...

— Je sais, coupa le détective, je sais ce que tu m'as dit. Tu as un mari qui t'aime et que tu aimes, à part que tout ce que vous pouvez faire au lit, c'est vous tenir la main !

Sam semblait furieux, et Augusta se sentit troublée par la violence à peine contenue de sa voix.

— J'ai besoin de toi, insista Sam, j'ai besoin de toi CHEZ moi. Je veux me réveiller avec toi, je veux me doucher avec toi, je veux prendre le train avec toi. Augusta, je veux t'épouser !

Augusta cessa de respirer. Épouser ? Quelle idée ! Pour quoi faire ? Elle avait un époux, un très gentil et malheureux époux. Un époux sur mesure qui comprenait tout.

— Sam, calme-toi...

— Non. Je veux te voir, Augusta.

— Je ne divorcerai jamais.

— O.K. Alors je me contente de la place d'amant. Mais donne-moi cette place.

— Je ne veux pas de liaison qui dure.

— Ah, non ? Tu veux seulement t'envoyer en l'air ? Tu veux prendre les mecs et les sacquer ?

— Je ne veux pas de mec.

— Ah, bon ? Il m'a semblé pourtant que tu en avais rudement envie.

— Fous-moi la paix !

— Augusta, pardonne-moi. Je suis très malheureux.

— Pas moi.

Il y eut un silence au bout du fil, puis Sam reprit d'une voix sourde :

— Tu es la femme la plus malheureuse que j'aie rencontrée dans toute ma putain de vie. Le mot « souffrance » est gravé partout sur toi, et moi je veux te rendre heureuse.

— Aucun homme ne le peut, Sam. Aucun.

— Moi, je peux !

— Toi moins que les autres.

— Pourquoi ?

Augusta hésita. Pourquoi ? Que les hommes étaient donc stupides ! Il ne pouvait pas la rendre heureuse parce que c'était avec lui qu'elle s'envoyait le mieux en l'air ! Mieux même qu'avec Ron du temps où ça marchait entre eux. Et ça elle ne le supportait pas. Qu'un type avec son sexe puisse la faire hurler et hanter ensuite ses nuits était insupportable. Aucun homme au monde n'aurait ce pouvoir. Aucun ! Pas plus ce flicard qu'un autre !

Une fois elle avait ouvert les yeux au plus fort de son plaisir et avait rencontré son regard posé sur elle. On aurait dit qu'il soupesait sa dépendance, qu'il estimait son emprise.

Elle avait failli lui arracher les yeux et s'était brusquement dérobée au moment précis de la montée de leur double orgasme. Il était resté abasourdi, à genoux sur le lit, son pénis dressé, la bouche stupidement ouverte sur une interrogation muette.

Ça avait été meilleur que la plus profonde des jouissances.

— Écoute, mon mari rentre ce soir de voyage et j'ai besoin de faire des courses. Rappelle-moi demain.

— Sûr, tu me répondras ?

— Oui. Je te rejoindrai chez toi. Sept heures, ça va ?

À l'autre bout du fil, Sam chercha à comprendre le brusque changement d'attitude d'Augusta. Il renonça. À quoi bon ? Est-ce qu'on pige pourquoi la foudre tombe chez le voisin et pas chez vous ?

— Je t'attendrai. Ne me fais pas faux bond.

— Non, je viendrai.

Elle raccrocha. Elle avait encore cédé. Elle se l'était pourtant interdit. Ce n'était pas la première fois. C'est elle qui avait rappelé Sam après qu'elle se fut enfuie de chez lui sans explication.

Elle l'imagina dans la cabine surchauffée, la chemise à moitié ouverte sur son torse dur et bronzé, et elle sentit frémir ses pointes de sein.

Elle n'était qu'une pute ! Une chienne ! Une salope !

Elle s'insulta d'une voix sourde, vulgaire, se complaisant à prononcer des mots qu'elle honnissait. Une pouffiasse, voilà ce qu'elle était ! Une cavale en chaleur, et les hommes étaient tous des ordures, tous ! À part Ron.

Elle eut soudain un désir si violent que la tête lui tourna. Il lui fallait un homme, ce soir, tout de suite !

Elle était tellement agitée qu'elle eut de la peine à refermer son sac. Quelle idiote de n'avoir pas voulu rencontrer le détective.

Non, tant mieux ! Elle allait s'en trouver un, n'importe lequel, au hasard. Un mec pas mal et qui voudrait bien d'elle. Un anonyme qu'elle ne reverrait jamais et avec qui elle pourrait faire tout ce dont elle aurait envie.

Elle allait descendre dans la rue et marcher jusqu'à ce qu'elle en trouve un qui lui plaise. Elle l'aborderait et l'entraînerait à l'hôtel où elle paierait la chambre.

Le type serait complètement éberlué et un peu effrayé. Elle lui ôterait sa veste, puis sa chemise, lui débouclerait la ceinture de son pantalon et le pousserait sur le lit où elle l'enjamberait sans même se déshabiller.

Puis elle le regarderait droit dans les yeux pour voir sa prunelle s'affoler sous le plaisir qu'elle lui donnerait.

Et s'il voulait l'embrasser, ces préliminaires obligés qui leur donnent, croient-ils, le droit de les baiser, elle l'enverrait promener en lui disant qu'il n'y avait que sa queue qui l'intéressait et que ses mamours il pouvait se les garder.

Oui, comme eux, exactement comme eux.

Elle eut un sourire cruel et se caressa lentement les seins.

Dans le couloir elle entendit le gardien éteindre les lumières. Elle était seule dans le grand bâtiment silencieux.

Dans la ville, quelque part, un type l'attendait. Une espèce de sale con qui se réjouirait d'abord de sa bonne fortune. Qui n'en croirait pas ses yeux qu'une femme de sa classe pense seulement à jeter les yeux sur lui. Pauvre type !

Quelque part dans la ville un beau mec allait salement s'envoyer en l'air.

Fanny n'hésita qu'une minute à enfiler des chaussures de pluie et à se munir d'un imper en plastique transparent qu'elle fourra dans son sac.

Pourtant le temps était aussi radieux que tous ces derniers jours, mais elle jouissait d'une sorte de sixième sens qui l'avertissait de l'arrivée de l'orage bien avant qu'il ne se manifeste.

Ça datait de son enfance. La première fois qu'elle ressentit dans sa peau cet étrange fourmillement, elle avait cinq ans et habitait avec sa mère une petite maison avec jardin.

Avant de partir pour la journée elle lui avait conseillé de ranger tout ce qui pouvait être abîmé par la pluie, mais le ciel était si lumineux que sa mère n'en avait pas tenu compte.

Cependant, quand elles revinrent le soir, elles trouvèrent les chaises longues, le salon de jardin, les pots de fleurs cassés, trempés, renversés contre un mur par la violence du vent.

Et il fallut une autre fois avant que sa mère ne se décidât à la croire.

Après, elle l'avait appelée « ma petite sorcière » et lui avait confié qu'elle devait tenir ce pouvoir de sa tante.

Elle prit l'ascenseur et arriva dans la rue où elle courut pour attraper son bus qu'elle aperçut arrivant au loin.

Elle s'installa tout au fond, seule sur une banquette, prête à changer de place si un voyageur la rejoignait.

Elle se connaissait suffisamment pour savoir que c'était un mauvais jour ; pas seulement parce qu'elle sentait l'électricité de l'air crépiter dans ses os, mais une tension insupportable lui tordait les nerfs et l'empêchait de respirer.

Le dimanche précédent elle était allée rendre visite à sa mère.

La pauvre femme ne l'avait pas reconnue. C'était la première fois. Elle s'enfonçait dans un néant d'où personne à présent ne pourrait la tirer.

Les médecins la gavaient de neuroleptiques qui lui ôtaient le peu de conscience qui lui restait.

À Fanny, qui s'était violemment insurgée contre ce traitement, ils avaient répliqué qu'elle était dangereuse et qu'ils manquaient de personnel. Ils avaient ajouté que si elle voulait la reprendre, ils ne la retiendraient pas.

Elle était restée près de sa mère en lui tenant la main qu'elle lui abandonnait comme un chiffon étranger à son corps.

Elle tourna la tête. Un homme plus très jeune la regardait avec insistance de l'autre côté du couloir.

Son regard lui sembla si sale qu'elle eut presque une nausée et décida de descendre avant sa station.

Elle passa devant lui, prête à le frapper s'il faisait la moindre réflexion. Mais il ne dit rien, se contentant de la suivre des yeux.

Elle était descendue à la station Brattle Street et pour arriver à son bureau elle devait remonter le long de la rive droite de la rivière Charles et passer devant l'hôtel de police, ce qui lui fit penser à Sam Goodman.

Elle n'avait plus eu de nouvelles de l'inspecteur, probable qu'il avait compris qu'elle ne pouvait pas lui être utile. Dommage, c'était un garçon sympathique.

Elle allongea le pas, heureuse d'avoir décidé de marcher.

Depuis la veille elle souffrait de son dos et tentait en se tenant très droite d'alléger la douleur qui lui sciait les lombaires jusqu'à la hanche.

C'était la conséquence d'une chute de cheval à dix ans.

Elle était tellement heureuse de monter qu'elle n'en avait rien dit à sa mère, mais à la suite d'une sciatique paralysante et après des radios qui avaient montré un tassement de la cinquième lombaire, sa mère, suivant l'avis du médecin, lui avait interdit de continuer.

Elle avait protesté de toutes ses forces, la suppliant de ne pas lui ôter le plaisir d'être avec son cheval, un grand bai du nom de Mousquet qu'elle caressait longuement en lui parlant à voix basse quand elle allait le retrouver dans son box.

Mais sa mère perpétuellement inquiète pour elle était restée inflexible.

Elle changea son sac de côté pour soulager sa hanche et entendit au même moment plusieurs coups de klaxon proches.

Elle se retourna et vit Thomas Herman qui lui faisait de grands signes au volant de sa voiture.

Elle ne l'avait pas revu depuis la fameuse nuit, mais elle n'avait aucune raison de fuir devant lui. Elle s'arrêta sur le trottoir et attendit qu'il se range.

Il courut vers elle avec un large sourire, mais arrivé à sa hauteur elle vit que sa gaieté était fausse et qu'il était en réalité horriblement gêné.

— Fanny, quelle bonne surprise !

— Bonjour, Thomas.

Il ne sut plus quoi dire et elle ne fit rien pour l'aider.

— Fanny... est-ce que vous avez le temps de prendre un petit café ?

Elle jeta un œil vers sa voiture.

— Vous êtes mal garé...

— Vous me ferez sauter la contravention...

Elle hocha la tête et le suivit à un bar qui se trouvait au coin de la rue.

Ils s'assirent près de la fenêtre et Thomas commanda café, lait, croissants, bien que Fanny lui ait dit ne rien vouloir d'autre qu'un café.

— Fanny...

Thomas était si nerveux qu'il ne savait comment aborder la jeune femme dont l'attitude ne l'encourageait pas.

Elle se tenait toute raide sur la banquette avec le visage sévère d'un procureur qui attend les explications d'un accusé.

— Fanny... je suis ravi...

On apporta les déjeuners et Fanny but lentement son café. Thomas ne toucha à rien.

— Fanny... j'aurais voulu vous revoir après l'autre nuit où je me suis comporté si stupidement, mais je n'ai jamais osé vous rappeler... Vous ne pouvez pas imaginer combien je regrette cet instant de folie. Je préférerais me couper un doigt et effacer cette nuit-là.

Elle continua de boire en le regardant par-dessus sa tasse.

— Rien ne peut excuser ma conduite si ce n'est que... j'étais très amoureux... et que je le suis encore... enfin je veux dire... donnez-moi encore une chance.

La jeune femme reposa sa tasse et regarda au-dehors.

Un couple passa à cet instant devant la vitrine en discourant avec force gestes. La fille semblait en colère. Ils s'arrêtèrent. Elle martelait ses propos avec les poings comme pour mieux enfoncer ce qu'elle disait dans la tête de son compagnon. Lui l'écoutait puis reprenait la parole avec force.

Fanny tourna les yeux vers Thomas et lui trouva le même regard que le vieux de l'autobus.

— On dirait qu'il y a de l'eau dans le gaz, dit Thomas.

Fanny ne répondit pas. Le couple s'éloigna.

Elle serra les poings sous la table et un tremblement l'agita. Elle dévisagea le journaliste.

— Je ne suis pas faite pour vous, Thomas, dit-elle.

En réalité, il était probablement mieux que la moyenne. Que lui aurait dit sa mère à son sujet ? Elle n'en savait rien.

Au moment où elle aurait eu besoin de ses conseils la malheureuse était enfermée dans un asile. À cause de « l'amour » d'un homme.

Elles n'étaient pas un cas isolé. Les viols étaient aussi vieux que l'humanité elle-même. Quand les femmes ne leur cédaient pas, les hommes les forçaient. N'importe lesquelles. Leurs femmes, celles des autres, leurs filles.

— Pourquoi dites-vous ça ? Laissez-moi en juger. Cette leçon m'a été profitable. J'ignorais tout de vous...

— Et que savez-vous maintenant ?

— Rien, mais ce que je sais c'est qu'aucun autre homme ne sera plus patient que moi. Je ne sais pas ce qui est arrivé dans votre vie et je ne vous le demande pas, mais quoi que ce soit, ça a dû être très dur pour que vous soyez aussi... farouche.

— Vous n'avez pas envisagé que vous puissiez ne pas me plaire ? demanda-t-elle avec un sourire ironique.

— Si, bien sûr, mais vous auriez réagi autrement. Pas avec cette violence. Les femmes ont moins peur des hommes à présent.

— Ah, bon ?

— Surtout depuis que ce sont eux qui se font agresser et violer.

— Mutiler, pas violer.

Il eut un rire.

— Je plaisante, bien sûr. Fanny, d'accord, une chance ?

Elle le trouvait à la fois attendrissant et méprisable.

Elle repoussa sa tasse. Elle étouffait d'un coup dans l'atmosphère de ce minable café sans air climatisé. Ou était-ce la rencontre avec Thomas ?

— Il va faire de l'orage aujourd'hui, dit-elle.

— Ah ? Eh bien, ça va soulager l'atmosphère, répondit le journaliste avec un sourire contraint.

— Croyez-vous ? Les animaux sont très énervés quand ils sentent la foudre.

Il la regarda sans répondre.

— Il n'y a pas qu'eux d'ailleurs, moi aussi je suis énervée, reprit-elle.

— Vous m'avez pourtant l'air très calme.

Elle se passa nerveusement les mains dans les cheveux avec un geste saccadé qu'il reconnut.

Elle était peut-être effectivement nerveuse.

— Bon, je dois aller travailler, dit-elle en se levant.

— Alors, Fanny ?... demanda-t-il en restant assis.

— Je vous appellerai.

— Sûr ?

— Probable. À plus tard, merci pour le café.

L'instant d'après elle était sur le trottoir et Thomas la regarda partir le cœur serré.

La journée fut à la mesure de ce qu'elle attendait : épouvantable.

Des dossiers de violence et de haine. Mais qu'espérait-elle en travaillant avec un attorney ? Le monde actuel n'était-il pas un repaire de criminels, des criminels avérés et d'autres en passe de le devenir ?

Elle téléphona à l'Hôpital Grant où on lui apprit après l'avoir fait passer par trois personnes différentes et indifférentes que sa mère avait dormi normalement et s'était alimentée.

Comme on gave une oie, pensa-t-elle.

Ils lui enfournaient les cuillères de nourriture en regardant par la fenêtre ou en parlant entre eux de leurs petits problèmes misérables.

Elle frissonna et regarda par la vitre. Des nuages échevelés cavalaient déjà dans le ciel. L'orage, se dit-elle, il arrive.

Elle l'attendait avec impatience. L'horrible tension ressentie depuis le matin allait peut-être se relâcher. Mais même s'il éclatait il ne soulèverait pas la tonne de plomb qui lui écrasait la poitrine.

Sa collègue lui souhaita le bonsoir avant de s'en aller et de faire quelques remarques stupides sur le temps.

— Quelle barbe, je suis en sandales, je vais être trempée ! C'est vraiment un climat de fou !

Fanny répondit à peine et se replongea dans ses dossiers.

Elle aimait rester seule après que tous étaient partis. Comme si elle dirigeait le grand bâtiment.

Mais quel pouvoir possédait-elle réellement ? Sinon celui de repousser un soupirant ridicule et d'écraser de son mépris les hommes qui se trouvaient sur son chemin.

Les premiers éclairs blancs déchirèrent la houle des nuages noirs.

Elle reçut dans tous ses nerfs l'incroyable puissance qu'ils dégageaient.

Elle pensa à la créature du Dr Frankenstein. Comme elle, l'orage l'animait de sa violence comme si les millions de volts s'engouffraient dans ses veines.

Elle se leva et constata avec soulagement qu'elle ne souffrait plus du dos.

Elle enfila son imper et sortit pour gagner les ascenseurs.

Le gardien grogna un vague salut et elle s'arrêta sur le seuil de la porte.

Les gens couraient, pliés sous la bourrasque ; les

stores des immeubles et des boutiques se tordaient dans le vent, les arbres se secouaient à s'en arracher les racines.

Les voitures avaient allumé leurs phares et les bus passaient surchargés.

Puis la pluie se mit à tomber, épaisse, aveuglante, balayant les trottoirs des derniers piétons.

Elle descendit les marches du perron et leva le visage vers elle, la léchant sur ses lèvres ouvertes, respirant avec volupté son odeur d'été finissant, la recevant dans ses mains tendues en coupe comme ces peuplades assoiffées à qui elle redonne la vie.

Elle aimait cette force aveugle. Elles étaient pareilles. Violentes, brutales, impitoyables.

Elle leva les yeux vers le ciel zébré de lumière et secoué du grondement continu du tonnerre.

Les lampadaires s'allumèrent d'un coup.

Fanny descendit en souriant les marches du perron.

Ce soir la ville lui appartenait. À elle seule.

Voilà, on y était. Un an.

J'avais vécu chaque douzième jour de ces mois passés la répétition de ce moment.

J'avais prié pour qu'entre le 11 et le 13 il y ait un vide assez grand pour qu'y périssent tous les 12 de tous les mois à venir.

J'ai revécu à l'infini cette journée où ma vie a basculé.

Je m'étais réveillée comme tous les matins avec sa tête lovée sur mon sein.

Comme tous les matins j'avais baisé ses yeux endormis et ses lèvres tièdes, guettant le souffle qui les animerait, et comme tous les matins elle avait attendu que mes mains amoureuses réveillent son plaisir.

Elle s'était levée en retard comme toujours, fuyant mes reproches sous la douche, avalant en marchant le café fort que j'avais préparé pour elle, premier d'une longue série qui la ferait veiller tard dans la prochaine nuit, occupée à refaire ce monde qu'elle n'aimait pas et qui ne l'aimait pas.

Je l'avais laissée au téléphone discutant des Droits de l'Homme à l'heure où Boston court dans ses couloirs de métro ou déshabille ses machines à écrire.

— À ce soir ! avais-je crié du pas de la porte.

Mais m'avait-elle entendue, occupée sans doute à convaincre un pigeon d'allonger encore plus d'argent pour tenter de sauver la minable feuille de chou dans laquelle écrivaient quelques jobards comme elle ?

Moi je travaillais dans un journal sérieux.

— Pourri, criait-elle. Pourri, pas sérieux !

On s'engueulait, on riait.

Pourquoi ce matin-là n'ai-je pas plus longtemps retenu ses épaules piquetées de points de rouille, sa tignasse assortie à l'automne et ses yeux de chatte rieuse ? Pourquoi l'ai-je laissée m'échapper ?

Quelle diabolique distraction m'a aveuglée au point de ne pas sentir sa mort s'approcher ?

Parce que sa peau avait la même odeur, son rire le même éclat et qu'on s'habitue même au bonheur ?

Je revois comme dans un film passé au ralenti notre unique anniversaire de vie amoureuse.

Ce matin-là nous nous étions séparées en nous donnant rendez-vous pour le soir même comme si nous venions de nous rencontrer.

J'avais juste un reportage à faire sur une famille de squatters particuliers qui avaient réoccupé leur propre maison après qu'elle eut été mise en vente aux enchères et achetée par d'autres.

Je revins tôt au journal et rédigeai mon article que je laissai sur le bureau du rédac'chef, puis je rentrai chez nous pour tout préparer.

Je me baignai longuement et me passai sur tout le corps une crème parfumée de chez Guerlain. Je m'habillai soigneusement, me maquillai et commençai à préparer la soirée.

Un coup de fil au traiteur et arrivèrent le foie gras et les homards. Sur la desserte un seau à champagne rafraîchissait un magnum de Roederer.

Je préparai la table avec de la vaisselle italienne que j'avais achetée pour cette occasion. Les chandeliers reçurent leurs bougies roses et je terminai le décor avec un chemin de table de zinnias et de lis.

Sept heures arrivèrent et je commençai à m'impatienter.

Joan devait, d'après ce qu'elle m'avait dit, seulement passer à l'imprimerie dans la journée.

À ce moment le téléphone a sonné et j'ai reconnu sa voix.

— Allô, je peux juste passer un coup de fil. Rapplique, je suis au commissariat du troisième district.

— Mais qu'est-ce que tu fais là ?

— J'peux pas t'expliquer, y a plein de monde qui attend pour téléphoner.

— Mais, Joan...

Elle avait raccroché.

Jurant, je m'habillai et fonçai prendre ma voiture. Dans quelle histoire s'était-elle fourrée ?

Le commissariat ressemblait à une pétaudière. Il y avait au moins cent personnes que l'on interrogeait et les deux cages étaient pleines.

Je demandai à un flic à voir Joan Shimutz, et il m'adressa à un sergent.

— Bonjour, sergent, je viens d'être appelée par une amie, Joan Shimutz, que s'est-il passé ?

Il ne daigna relever la tête et me regarder que lorsqu'il eut achevé de remplir un formulaire.

— Vous voulez la voir ?

— Bien sûr. Que s'est-il passé ?

Il ne me répondit pas et consulta une liste.

— Elle vient d'être interrogée, elle est dans la cage là-bas, me répondit-il au bout d'une minute en la désignant du menton.

Renonçant à obtenir des explications, j'allai vers la cage bourrée de détenus. Joan se leva quand elle m'aperçut.

Elle était échevelée et un coquard maquillait de noir et de bleu son œil droit. Elle souriait d'un air confus.

— Joan, peux-tu m'expliquer... commençai-je.

— Évidemment. Ces pourris de flics ont tabassé ce

matin un Afro-Américain sous prétexte de vérifier son identité.

— Et alors ?

— Alors y a eu une première manif dans la matinée et une seconde dans l'après-midi où mes amis du journal et moi on a décidé d'aller.

— Et ?...

— Et comme d'habitude la garde à cheval a chargé et s'est mise à nous cogner dessus...

— Et ?...

— Eh ben... je me suis fait à moitié assommer et ils m'ont traînée jusqu'ici avec les autres.

— Formidable, grinçai-je en sentant une formidable colère monter en moi. Tu te souviens qu'aujourd'hui nous devions fêter notre premier anniversaire ?

— Ben, oui, mais qu'est-ce tu veux... ?

— Oh, rien, c'est pas important. Vaut bien mieux aller jouer les pasionarias pour une espèce de tordu de dealer...

— Arrête ! Qui te permet de parler comme ça ?

Autour d'elle les oreilles se tendaient, des oreilles noires pour la plupart, et les bouches commençaient à se fendre de rires.

Je m'accrochai des deux mains aux barreaux.

— J'avais tout préparé pour nous deux, chuchotai-je les lèvres serrées par la rage, on devait se faire une soirée romantique, tu te souviens ?

Elle me regarda avec fureur.

— Tu es une sale égoïste ! cracha-t-elle. Une enfoirée de bourgeoise !

Je crois que si j'avais pu l'attraper au travers des barreaux je lui aurais allumé l'autre œil.

Autour, les Blacks se marraient en se tapant sur les cuisses.

Ça devenait très folklorique.

Par chance, il y avait un tel bordel dans ce commissariat qu'à part les voisins immédiats de Joan personne ne faisait attention à nous.

— Comment et quand comptes-tu sortir ? grinçai-je.

— J'en sais rien. Demain, sûrement.

— Tu as dit que tu étais journaliste ?

— Non, peut-être que je vais faire un tabac comme Weiss.

Weiss était un reporter qui s'était fait enfermer comme dealer pour dénoncer les brutalités policières.

Il avait réussi. Le chef de la police de l'époque avait sauté.

— Très bien, à ta guise. Alors je ne dis rien ?

— Non. De toute façon ils nous laisseront sortir au plus tard demain.

— D'accord.

Et sans ajouter un mot j'avais tourné les talons, la laissant avec ses chers amis nègres.

J'étouffais littéralement de rage. Je ne suis pas certaine que le sergent à qui je m'étais adressée n'était pas en train de se payer ma tête avec un de ses collègues en me regardant partir comme une fusée.

J'arrivai sur le trottoir et me mis à marcher en sens contraire de l'endroit où était garée ma voiture. Je fis demi-tour et me mis à réfléchir.

Cette espèce de cinglée me bouffait littéralement la rate.

Je n'avais jamais autant piqué de colères de ma vie que depuis qu'elle avait débarqué chez moi.

Je décidai, puisqu'on m'avait donné ma soirée, d'aller boire un verre dans une boîte.

Je ne tardai pas à y rencontrer la copine d'une copine qui m'invita à venir partager chez elle un camembert.

On ne toucha pas au camembert. On n'était pas là pour ça.

La fille était androgyne, pas vraiment mon genre, mais ce soir-là j'aurais sauté une bonne sœur aveugle.

Je la quittai dans la nuit et rentrai chez moi où les homards et le foie gras achevaient de se décomposer.

Je fourrai le tout à la poubelle avec, tout de même, un serrement de cœur. L'ensemble avait coûté le prix d'une loge à un spectacle de Michael Jackson.

Joan revint le lendemain matin, toute guillerette. Elle allait écrire son article et on allait voir ce qu'on allait voir.

Le soir on était réconciliées et on est allées fêter notre anniversaire chez des copines.

Ça a été notre seul anniversaire. Elle a été tuée et violée quinze jours avant le deuxième.

Comment célèbre-t-on un anniversaire de mort ? On met les bougies à l'envers ? On racle le fond de sa mémoire pour en extraire les ultimes souvenirs qu'on a peut-être laissés échapper ? Qu'est-ce qu'on offre ?

Je lui ai fait un cadeau. C'était le 12 du neuvième mois.

— Maître Magnusson, un appel sur la deux.

— Qui ?

— Personnel.

— Augusta prit le récepteur d'un geste agacé.

— Oui ?

— Augusta ? C'est Sam. Écoute, je ne pourrai pas te voir ce soir.

— Ne prends pas ce ton, ce n'est pas si terrible, plaisanta-t-elle.

— Si. On a retrouvé un autre type la gorge ouverte et le pantalon vide.

Elle ne put s'empêcher de sourire. Son détective était lyrique.

— Quand ?

— Cette nuit.

— Qui c'est ?

— L'identité judiciaire est dessus. On lui a piqué son portefeuille, ça va être vachard.

Augusta ricana.

— Vous allez vous faire allumer par la presse. C'est le combien ?

Elle entendit un soupir dans le combiné.

— Quatre.

— Des témoins ?

— Pas pour l'instant.

— On l'a retrouvé où ?

— Dans la rue. Exactement dans la ruelle d'un hôtel

près d'un parc de jeux. Tu gardes ça pour toi. On a demandé à la presse de ne pas en parler tout de suite.

— De quoi, du meurtre ?

— De tout.

— Bon, je te vois quand ? demanda la jeune femme.

— Je te rappelle. Je ne suis pas certain que le capitaine nous laisse le temps de prendre une douche dans les jours qui viennent.

— Tu vas me manquer... susurra-t-elle.

— Toi aussi.

— Tu me tiens au courant ?

— Oui. Je t'aime, dit-il en raccrochant.

La morgue était un local puant éclairé par un vasistas aux vitres vertes donnant aux cadavres une couleur très réelle.

Sam passa dans le bureau du légiste qui était à peine plus grand qu'un placard à balais et guère mieux rangé.

Un comptoir métallique courait le long d'un mur où la peinture s'écaillait par plaques. Une table en Inox terne avec ses gouttières de chaque côté pour laisser couler le sang occupait le centre. Le seul mobilier qui semblait en état consistait en une énorme lampe halogène qui donnait à l'ensemble un air de studio de cinéma spécialisé dans les films d'horreur.

— Alors, ça donne quoi ? demanda Sam au toubib coincé derrière son bureau.

— Pas grand-chose, grogna le légiste, un petit bonhomme tout rond qui adorait son métier mais détestait qu'on le dérange.

Si on l'avait dessiné il aurait tenu dans trois cercles.

— Il avait bouffé avant ? insista Goodman.

— Non, enfin, c'était déjà du digéré. Repas de midi probable. Salade, fruit, il devait suivre un régime.

— Des signes particuliers ?

— Opération de l'appendicite.

— Il a été égorgé avant ou après la mutilation ?

— Avant... avec un objet coupant à large lame récemment affûtée. On a découvert de menues parcelles d'acier dans les tissus ; hémorragie par ablation de l'appareil génital au complet, termina le légiste. On sait qui c'est ?

— Non.

À ce moment le téléphone sonna et le toubib décrocha.

— C'est pour vous, dit-il à Sam après avoir écouté.

— Allô, lieutenant, c'est moi.

C'était Johnson.

— On a l'identité du gus. Rodney Stockton.

— Comment a-t-il été retrouvé si vite ? s'étonna Sam.

— Il a été interpellé l'an dernier dans une affaire de partouze qui a mal tourné. Une môme s'était balancée par la fenêtre suite à une prise de L.S.D. On avait relevé les identités des participants à la fête, indiqua Johnson.

— Bon, rappliquez ici. On a son adresse ?

— Ouais, et aussi l'endroit où il travaillait.

— C'est tout ce que vous avez à me dire ? demanda Sam au médecin après avoir raccroché.

— Non, je vous trouve mauvaise mine. Votre mère ne vous a pas préparé votre *gefilte fish* de la semaine ?

— Vous savez quoi ? J'ai toujours pensé que pour faire un métier comme le vôtre, fallait pas être normal. Comment pouvez-vous parler de poisson farci devant la bidoche étalée devant vous ?

Le toubib hocha la tête.

— Moi, vous savez, je suis végétalien. Je ne mange même pas d'œufs, que des graines et des légumes. Et vous savez pour quoi ? Pour que le type qui m'ouvrira le ventre plus tard n'ait aucun repère. Tout ce que je bouffe est digéré dans l'heure.

Sam haussa les épaules et sortit pour attendre Johnson.

L'inspecteur arriva dix minutes plus tard.

— Beau travail de l'identification, félicita Sam. Où travaillait-il ?

— Chez *Hunter et Pierce* sur Beacon Hill. Une agence immobilière, indiqua Johnson.

— Bon, on y va, dit Sam.

Ils prirent la voiture de Johnson, remontèrent Pickney Street et West Cedar, et coupant Revere atteignirent Beacon Hill.

Hunter et Pierce était une importante agence immobilière spécialisée dans la vente de beaux appartements et de résidences chics. Ce fut M. Pierce qui les reçut.

Mal, tout d'abord. Il était occupé et pressé, et souhaita n'accorder que cinq minutes de son temps aux deux policiers.

— Vous aviez chez vous un employé du nom de Rodney Stockton, commença Sam.

— Nous avons. Il est absent aujourd'hui, mais il est toujours là.

— Non, vous aviez, corrigea Sam. On l'a retrouvé la gorge ouverte et le service trois-pièces envolé, poursuivit-il d'un ton féroce mais souriant.

Il trouvait Pierce insupportable de suffisance. Ce n'était pas parce que ce guignol portait un costume d'au moins huit cents dollars qu'il devait frimer autant.

— Qu'est-ce que vous dites ? hoqueta l'autre, devenant aussi gris que son splendide fil-à-fil.

— C'est ça. Ouvert de partout.

Sam savoura le spectacle de la gueule de Pierce se défaisant par étage.

— Mort ? souffla le P.-D.G.

— Quelle idée ! C'est généralement recommandé d'avoir la tête à moitié décollée du tronc et les couilles dans le ruisseau.

Pierce se laissa lourdement tomber dans son fauteuil. Il dénoua son impeccable nœud de cravate.

— Pourquoi ? souffla-t-il encore.

— C'est ce que nous voudrions savoir. Parlez-nous de lui, dit Sam en s'asseyant sur une des deux chaises qui faisaient face au bureau de Pierce, pendant que Johnson prenait l'autre.

— C'était un bon employé, commença Pierce d'une voix éteinte. Vous permettez que j'appelle mon associé ?

— Je vous en prie.

Deux minutes plus tard le nommé Hunter faisait son apparition.

Même modèle que le premier en plus gros et moins distingué.

Sam recommença son histoire.

— Alors, d'après vous, est-ce que ce Stockton avait une double vie ? demanda Sam.

Les deux associés se regardèrent en hochant la tête de conserve.

— Des ennemis ? Des clients mécontents ?

Même mouvement des deux têtes patronales.

— Avait-il une petite amie ?

Hunter et Pierce haussèrent les épaules dans un geste d'ignorance.

Sam pensa qu'à présent le costume de Pierce aurait pu tout aussi bien être acheté au « décrochez-moi-ça » tant il pendait aux épaules de son propriétaire.

— Enfin, insista Sam, vous devez bien connaître un peu la vie de vos employés. Depuis combien de temps travaillait-il ici ?

— À peu près cinq ans, lâcha Hunter.

Lui aussi était gris. Et c'était d'autant plus spectaculaire qu'il était visiblement de complexion rougeaude.

— Et vous ne connaissez rien de lui ?

Pierce haussa les épaules.

— Je crois qu'il habitait seul ou peut-être avec sa mère, je ne sais pas.

— Avec sa mère, à son âge ? sursauta Sam qui en un éclair pensa à la sienne.

— Vous voulez son adresse ? proposa Hunter.

— Nous l'avons, merci. Alors rien à nous apprendre sur Stockton, il faisait des affaires ?

— Normalement, il n'y avait rien à dire. Il était assez fort dans la rédaction des contrats. C'était lui qui se chargeait de trouver les fonds pour les clients qui en manquaient, expliqua Pierce.

— Il n'avait pas reçu de menaces de la part de clients mécontents ? insista Sam.

— Nous avons très peu de clients de ce genre, releva Pierce d'un air pincé. Nous sommes une très vieille maison, monsieur l'inspecteur. Et d'autre part, il me semble avoir lu que d'autres hommes dans notre ville auraient subi le même sort que notre malheureux employé... et que vous n'auriez aucune piste, je me trompe ?

Visiblement Pierce reprenait du poil de la bête. Sam décida d'en rester là. Les deux faux jumeaux ne lui apprendraient rien de plus.

— Bon, s'il vous revenait quelque chose, téléphonez-moi à ce numéro, leur dit-il en tendant sa carte.

— Je ne vois pas ce qui pourrait nous revenir, lâcha Pierce.

Sam le foudroya du regard avant de sortir avec Johnson sur les talons.

Arrivés sur le trottoir, les deux inspecteurs restèrent sans parler un moment.

— Vous avez une idée ? demanda enfin Sam à son adjoint.

— Aucune. J'ai vu le capitaine avant de sortir. Toutes les permissions sont suspendues et tout le monde est sur l'affaire.

Sam hocha la tête. La compétition allait être sévère. L'enquêteur qui dégoterait le coupable ferait bingo.

Tous les coups seraient permis, même les plus tordus. Sam en était fatigué d'avance. Il faudrait particulièrement se méfier des aveux « spontanés » obtenus après une heure passée avec tel ou tel inspecteur.

La presse allait fourrer son nez là-dedans et il y aurait quelques dizaines de cinglés qui s'accuseraient des crimes, et par voie de conséquence, autant de vérifications à se farcir.

— Bon, je vais dîner en vitesse chez ma mère, dit Sam, s'il y a quoi que ce soit téléphonez-moi chez elle... même s'il n'y a rien d'ailleurs, ajouta-t-il *mezza voce*. Votre mère vit ici, inspecteur ? demanda-t-il soudain à Johnson.

L'autre le regarda par en dessous.

— Non, répondit-il, elle habite Houston avec mon beau-père.

— Houston ? soupira Sam en pensant aux trois mille kilomètres qui la séparaient de son fils. Bon, à plus tard.

C'était le jour de bridge de Mme Goodman, mais Sam l'avait oublié.

Il tomba comme une mouche dans du lait au milieu d'un quatuor de féroces *yiddishès mammès* venues oublier les tourments que leur donnaient maris et enfants.

— Samêlè ! s'écria Mme Goodman comme si son fils revenait seul survivant d'une expédition chez les coupeurs de têtes.

— Bonsoir, mesdames, bonsoir, comment allez-vous ? Ne vous dérangez pas, je ne fais que passer... dit-il cherchant déjà à s'esquiver.

Mais autant vouloir traverser à la nage un banc de piranhas à jeun depuis une semaine.

Il se retrouva assis dans un fauteuil du salon avec une serviette sur les genoux, deux parts de gâteau et un verre de lait.

Il engloutit le tout en répondant du mieux qu'il put

aux questions des saintes dames concernant les meurtres en cours.

Les questions étaient pointues et témoignaient d'une parfaite connaissance du dossier assortie d'une indéniable curiosité.

— Ils... ils sont vraiment mutilés ? interrogea Mme Weisberg, la femme du joaillier qui, depuis toujours dans ce quartier, transformait à longueur d'année les bijoux de ces dames.

— On peut dire comme ça, oui, admit Sam.

— Tout... hasarda-t-elle, la mine gourmande.

— Tout, confirma Sam, refusant d'entrer dans les détails.

— C'est bien fait pour leurs pieds ! tonna la mère de Sam dans un mouvement énergique du menton. C'est toujours les femmes jusqu'ici qui se faisaient assassiner par des fous.

Après un moment d'hésitation, dû sans doute à une certaine retenue naturelle, ces dames en convinrent.

Sam en profita pour se relever et se diriger vers la porte.

— À plus tard, mesdames, dit-il d'un ton joyeux en embrassant sa mère.

— Déjà tu pars ! Tu reviens quand, mon fils ? demanda-t-elle.

— Écoute, maman, je ne suis pas encore parti que tu me demandes déjà quand je reviens.

— Tss, tss, tss, intervint Mme Weisberg, toutes les mamans sont pareilles, mon petit Sam, même quand leur fils est un grand policier.

Sam agita les mains dans un dernier adieu et se faufila dans l'ascenseur.

Elles allaient en avoir pour la soirée à commenter les informations qu'il avait bien voulu leur lâcher et qui n'étaient ni plus ni moins que celles qu'elles retrouvaient dans leurs journaux.

D'ailleurs, il n'en possédait pas d'autres.

Johnson regarda encore une fois les photos des victimes du tueur fou.

Quelle que soit la manière d'aborder l'affaire il n'y avait aucun lien entre elles. Hormis ce fait troublant que c'étaient des hommes.

Lorsqu'on tombait sur un psychopathe de cette taille, les victimes, généralement des femmes, possédaient un profil commun. Brunes, institutrices, quinquagénaires ou au contraire jouvencelles, mais un point quelconque les rapprochait. Là, rien de tel.

Goodman disait souvent que pour résoudre les problèmes d'apparence insoluble il fallait les penser autrement, et qu'un énorme problème n'était que l'addition de petits problèmes.

N'empêche que Goodman n'avait pas encore résolu celui-là.

Justement il apparaissait au bout du couloir et Johnson admira son élégance.

Le détective portait un costume vert amande en tissu si léger qu'il paraissait couler autour de lui. Une chemise rose très pâle et une cravate en coton marron complétaient sa tenue.

Johnson pensa à ses trois costumes, un épais pour l'hiver et deux plus légers pour le reste de l'année, qui constituaient toute sa garde-robe. Mais avec son physique même un costume de soie aurait ressemblé à du tissu-éponge.

Goodman entra et le salua.

— Bonjour, dit-il en se laissant tomber dans son fauteuil après avoir ouvert sa veste et remonté l'impeccable pli de son pantalon.

Johnson lui trouva l'air soucieux.

— Du nouveau ?

Sam désigna les photos étalées devant lui.

— Vous ne trouvez pas qu'ils ont l'air surpris ?

Johnson regarda de nouveau les gueules des pauvres types.

— Surpris ? On le serait à moins, non ?

— Ce qui serait intéressant c'est de savoir s'ils avaient le froc descendu quand on les leur a coupées.

Johnson haussa les épaules. L'importance du fait lui échappait.

Mais il avait admis une fois pour toutes que son supérieur pensait mieux et plus vite que lui.

Le complexe du Gentil.

Ils en étaient là de leur réflexion, quand le téléphone sonna. C'était Thompson.

— Tout le monde immédiatement dans mon bureau, aboya-t-il.

— Geronimo nous demande, dit Sam, en raccrochant.

Ils arrivèrent dans le bureau du capitaine en même temps que les autres équipes. Huit inspecteurs en tout.

Le capitaine Carl Thompson considéra son petit monde du haut de ses cinq pieds, mais ça lui suffisait.

— Asseyez-vous, dit-il, lui-même restant debout.

Derrière lui étaient affichés les photos des victimes et les lieux où on avait retrouvé les corps.

— Je voudrais qu'on parle ensemble de ce qu'on sait, commença-t-il. Comme tout le monde bosse sur cette affaire de merde, il n'est pas question de garder pour soi la moindre information. Le premier que je prendrai à ce jeu s'en prendra plein la gueule. Je me fais bien comprendre ? Parfait. On reprend tout depuis le début.

« Premier macchab : Mortimer Newman, quarante-quatre ans, employé de mairie, célibataire, arrivé à Boston il y a deux ans, pas de liaison connue, peu ou pas d'amis. Dernière personne à l'avoir vu vivant, le barman du *Coup de Fouet*. Retrouvé égorgé et mutilé dans une ruelle du quartier des grossistes.

« Le deuxième : Frederick Latimer. Une crapule, celui-là. Soixante ans, forain. Emprisonné pendant cinq ans à la maison d'arrêt d'Attica pour agression sexuelle. Arrêté puis relâché faute de preuves après le viol et l'assassinat d'une jeune femme ; fortement soupçonné d'avoir violé et battu Carmen Verena Sanchez, dix ans. Qui, entre parenthèses, a quitté l'hôpital sans avoir repris ses esprits.

« À ce propos nous avons à présent la certitude que ce n'est pas le père de la petite qui a fait le coup. La surveillante du service, qui jusque-là ne voulait pas se mouiller sans être sûre, s'est soudain rappelé que le soir du crime sa nièce était venue dans le service et qu'elles avaient longuement parlé au père de la petite.

« La nièce a confirmé. Elle avait un point de repère pour la date : elle venait de se faire plaquer par son jules.

« Dernière personne à avoir vu vivant Latimer, sa femme, qui l'a aperçu quitter la foire à onze heures et demie ce soir-là.

« Troisième : Jameson Di Maggio. Maçon. Vingt-sept ans, fiancé. C'est justement avec sa dulcinée qu'il est allé dans le parc prendre le frais. Mais à la suite d'une prise de bec avec elle il est rentré tout seul et on l'a retrouvé le lendemain matin dans les fourrés du parc, la gorge et le reste tranchés.

« Enfin le quatrième et peut-être pas le dernier : Rodney Stockton, trente-neuf ans, célibataire, agent immobilier, habitait avec sa mère qui a déclaré au célèbre détective Goodman ici présent que « son petit chéri ne la quittait que pour aller deux fois par an avec son groupe de l'Église adventiste en pèlerinage dans le Vermont ». Comme il a été interpellé l'an dernier dans une partouze où une fille s'est défenestrée, m'est avis que ses pèlerinages n'auraient pas reçu l'imprimatur.

« On a remarqué, parce qu'on est futés, que les mutilations n'étaient pas identiques, comme si celui qui les faisait y allait un peu au petit bonheur la chance. Ou comme s'ils étaient plusieurs à jouer au circonciseur.

« C'est assez salopé et pas l'œuvre, d'après les toubibs, d'un professionnel. On sait également que ceux qui font ce genre de découpage fourrent généralement le pénis des victimes dans la bouche, comme pour les humilier un peu plus. C'est ce qu'on trouve dans les guérillas, par exemple, mais dans les cas qui nous intéressent on les a récupérés, pour le premier, dans la poche du pantalon, et pour les autres à côté d'eux au sol.

« Ce qui reviendrait à dire que le dingue n'a pas fait l'armée, ou alors qu'il n'a rien retenu. Ou encore une fois qu'ils sont plusieurs.

Le capitaine alluma un petit cigare puant qui généralement faisait fuir ses visiteurs. C'était sa façon à lui de se débarrasser des emmerdeurs, mais là c'était tout bêtement par distraction.

Sam ouvrit discrètement la porte du bureau.

— Bon, reprit Thompson, on a vérifié si ces types dans leur passé avaient eu affaire à la police pour des histoires de viol ou d'agressions sexuelles, mais à part Latimer, tous étaient clairs.

« Newman était un type fruste qui chez lui a certainement culbuté quelques fermières, mais sans plus. Di Maggio était un chaud lapin, mais un brave type d'après son entourage ; quant à Stockton, s'il s'éclatait dans les partouzes, on n'a rien relevé d'autre contre lui.

« Je poursuis, dit le capitaine en exhalant un nuage de goudron qui souleva le cœur des flics assis devant lui en demi-cercle.

« Jusqu'à ce matin on supposait qu'il s'agissait d'un objet très effilé, type rasoir, mais depuis on a appris, grâce aux particules d'acier retrouvées sur la gorge de Stockton, que ce pourrait être un poignard suédois de marque Swayer. S.W.A.Y.E.R., épela-t-il. Ce qu'on ignore c'est si ce genre de couteau se retrouve dans les batteries des ménagères ou seulement dans les panoplies des tueurs. On le saura très vite car Hampton et Sorelli qui nous font l'honneur d'être assis parmi nous vont s'en occuper.

Les deux inspecteurs en question grimacèrent.

Ce genre de recherche coûtait quelques ressemelages.

— Voilà, reprit le capitaine. Nous partons tous en chasse avec le même nombre de cartouches. Il me faut très vite le gibier, les capitaines de police ne sont pas inamovibles et les inspecteurs non plus. Vous devriez sentir sur vos cous le couperet de la mise à la retraite anticipée ou la promotion au fin fond de l'Arkansas.

Le capitaine souriait, non pour atténuer la férocité de ses propos, mais au contraire pour la souligner.

Les inspecteurs s'ébrouèrent et se préparèrent à sortir.

— Une seconde, dit le capitaine. Je vous ai parlé d'« un » criminel, mais il peut aussi bien s'agir d'« une » criminelle. Alors pas de galanterie et ne vous déculottez pas devant n'importe qui. Voilà, messieurs, j'ai terminé. Je veux un rapport tous les jours sur mon bureau.

La porte se referma avant que le dernier flic succombe dans la fumée du cigare de Thompson.

Sam et son adjoint regagnèrent leur bureau.

Sam phosphorait dur et il ne décrocha pas un mot pendant presque dix minutes.

— Ils ont de la chance, Hampton et Sorelli, de savoir quoi faire... lâcha-t-il enfin. Moi, j'en sais foutre rien. On a interrogé et réinterrogé les familiers des victimes, fouillé dans leur passé et tout ça pour que dalle ! acheva-t-il rageusement.

— Il y a obligatoirement quelque chose qui nous échappe, releva Johnson. Cette histoire de mutilations différentes est intéressante...

Sam le considéra d'un air surpris. À sa connaissance Johnson n'était pas un bilieux, mais là il avait l'air salement emmerdé.

— Vous avez peur pour vos roubignoles ? plaisanta Sam.

Johnson haussa les épaules.

— Je connais l'Arkansas, j'y étais en garnison. C'est un coin de merde !

— Vous y seriez moins loin de votre mère... susurra Sam.

Ce fut au tour de Johnson d'être surpris. C'était quoi le problème de Goodman ? Il renonça à comprendre.

— Alors on commence par quoi ? demanda-t-il, heureux une fois encore de ne pas être le décideur.

— Je vais faire le tour des bars à pédés, à tout hasard, dit Sam. Quoique je n'y croie pas beaucoup ; mais ça m'occupera et me permettra de savoir si je suis toujours beau gosse.

— Et moi ?

— Vous ?... (Sam se caressa le menton)... Vous, eh bien, vous allez faire les boîtes de lesbiennes. Ça pourrait être aussi bien une souris qui encaisse tellement pas les hommes qu'elle veut en faire des femmes.

— Vous rigolez ?

— Pas du tout. Et je suis sûr qu'avec votre carrure de footballeur vous allez faire un malheur.

— Mais qu'est-ce que je cherche ?

— Une fille qui aime les abats.

Sam sirotait son scotch au comptoir d'Archie en grignotant des chips, quand il vit entrer Thomas Herman, qui, l'apercevant, se dirigea vers lui.

— Salut.

— Salut, répondit Sam en lui serrant la main.

— Un vrai pilier de bar, hein, sourit Herman.

— Pas vraiment. C'est ce vieux sage d'Archie qui m'attire, répondit Sam. Et vous ?

— Pareil. On s'assoit ?

— Volontiers.

— Un Martini, Archie, commanda Thomas. Ultrasec. Pas avec de la limonade comme chez vous à Varsovie.

Archie se contenta de sourire et de secouer la main d'un air faussement furieux devant l'habituelle plaisanterie du journaliste.

Son bar était réputé pour vendre les meilleurs *delicatessen* de Boston et pour posséder les meilleurs alcools.

Personne ne savait si c'était vrai ou faux, mais il avait la précieuse particularité de ne pas désemplir et de rester incroyablement paisible.

Un miracle sans doute.

Les deux hommes dénichèrent un guéridon éloigné du bar.

— Alors, quoi de neuf ? demanda Herman en avalant une lampée de Martini.

— Sur quoi ? Les prochaines élections municipales, le P.N.B. du Nicaragua...

Thomas accentua son sourire.

— Sur le tueur fou.

Goodman s'étira et reposa ses coudes sur la table. Il se pencha vers le journaliste.

— Rien, foutre rien !

— Quatre cadavres et pas l'ombre d'une piste ? Vous ne me cacheriez pas quelque chose ?

Sam secoua la tête.

— Je vais vous faire une confidence. Je n'ai jamais été aussi salement emmerdé de toute ma vie de flic. Vous ne mettez pas ça dans votre canard...

— Je suis en dehors des heures de travail légales.

— Ni vous ni moi n'avons des heures de travail légales.

— Je ne dis pas que je refuserai une révélation, mais j'ai vraiment envie que vous mettiez la main sur ce fils de pute et je ne ferai rien qui puisse vous gêner.

Sam ricana.

— Vous me feriez croire que certains journalistes ont un sens de l'éthique ?

— Je suis bien prêt à penser qu'il existe des flics qui sont ni des brutes obtuses ni des sales fascistes.

— Bon, quinze à quinze. À vous de servir.

— Vous jouez au tennis ?

— J'ai été champion universitaire jusqu'à ce que ma petite amie du moment me convainque qu'elle préférait les lutteurs.

— Alors vous avez fait de la lutte ?

— Non, j'ai changé de petite amie.

Herman se mit à rire.

— J'aimerais vous présenter des amis. J'ai un chalet à cap Cod, ça me ferait plaisir de vous y recevoir.

— J'y viendrai volontiers quand j'aurai terminé cette affaire. Elle me bouffe la moelle.

— Pourquoi celle-là particulièrement ?

— Parce que je suis en plein brouillard et que je déteste m'apercevoir que je suis plus con qu'un assassin.

— On en reprend un ?

— D'accord.

Thomas commanda les consommations par gestes. Ce n'était pas un endroit où l'on criait ses commandes. Rose, la serveuse, les leur apporta.

La plupart des clients étaient des habitués. Des propriétaires de galeries d'art, des libraires, des artistes de théâtres d'avant-garde nombreux dans le quartier ; une clientèle plutôt branchée.

Thomas reconnut quelques confrères qui écrivaient dans des revues d'art.

Ils restèrent à siroter leur boisson en parlant de choses et d'autres.

Ils étaient étonnés de la sorte d'amitié qui semblait se nouer entre eux.

Sam n'avait jamais vraiment eu d'ami proche, même à l'université où il préférait assister à un spectacle ou à un débat d'idées, plutôt que de rester des heures à discutailler filles ou sport avec ses condisciples.

Quant à Thomas Herman, à peine sorti de l'école de journalisme, il était entré dans un canard pour gagner sa vie, et ses relations étaient plutôt professionnelles. Ron et Augusta étaient une exception.

— Bon, je vais rentrer, dit Sam, il y a longtemps que je n'ai pas mangé une pizza chez moi en regardant un vieux film.

— Et que diriez-vous de venir manger des spaghettis chez moi en parlant de votre affaire ou de tout ce que vous voudrez ? dit soudain Thomas à son propre étonnement. J'ai pas le moral parce que je viens de me faire plaquer par ma petite amie. Ou plutôt par celle que je croyais être ma petite amie.

— Vous savez faire les spaghettis ? s'étonna Sam. Avec un nom comme Herman ?

— La troisième maîtresse de mon père s'appelait Fiorini.

— Ah, je vois...

— Alors, qu'en dites-vous ?

— Je ne sais pas. Si on parle de cette affaire je vais craindre que vous ne vous en serviez. Et si on n'en parle pas je vais avoir l'impression de perdre du temps.

— Je vous promets que je ne publierai rien sans que vous m'y autorisiez.

— Si vous me filoutez, je vous ferai beaucoup de misères.

— En contrepartie, promettez-moi de me donner la primeur des progrès de l'enquête.

— Pourquoi je le ferais ?

— Pourquoi pas ? Vous allez manger les meilleurs spaghettis de votre vie.

— O.K., on va voir.

Thomas voulut en passant près d'Archie payer les consommations, mais Sam l'en empêcha.

— C'est un « pays » de ma mère, et elle m'arracherait les yeux d'avoir laissé payer un *goy*. C'est une question d'honneur.

L'appartement de Thomas parut à Sam assez semblable au sien quant au désordre qui y régnait.

Thomas s'excusa et fourra tout ce qui traînait dans un placard.

— Installez-vous et préparez-nous deux verres ; je mets l'eau à chauffer et j'élabore ma sauce. Que préférez-vous, à la bolognaise ou à la carbonara ?

— Qu'est-ce que vous réussissez le mieux ?

— Les deux.

— Alors c'est vous la maîtresse de maison.

— O.K.

Sam prépara un Martini pour le journaliste qui le but en travaillant sa viande hachée.

Il avait opté pour la bolognaise.

— C'était délicieux, dit Sam, si je vous fréquentais il faudrait que je change ma garde-robe.

Thomas se leva pour débarrasser la table et préparer le café.

— On fait la vaisselle tout de suite ? demanda Sam.

— J'ai une machine. J'apporte le café. Mettez-vous dans un fauteuil.

— Je ne vous connaîtrais pas un peu, je penserais que vous voulez m'épouser, dit Sam en se levant de sa chaise et en se laissant tomber dans un fauteuil.

Il avait repris trois fois des pâtes.

— Il n'y en a qu'une que je voudrais épouser, dit Thomas en apportant le café, et elle ne veut pas de moi.

— Parce que vous ne lui avez pas fait de pâtes.

Le journaliste haussa les épaules.

— C'est peut-être mieux comme ça. Je suis un vieux garçon et c'est une fille pas facile.

— Vous l'avez connue où ?

— Elle travaille avec l'attorney.

— Elle ne s'appellerait pas Fanny Mitchell ?

— Vous la connaissez ? sursauta le journaliste.

— Un peu. On s'est vus dans son bureau. Une chouette fille. Qu'est-ce qui ne va pas entre vous ?

— J'en sais rien. Oh, bon Dieu, mon café est brûlant ! Je ne sais pas ce qui cloche entre nous. Dès que je lui mets la main dessus c'est comme si je la brûlais au fer rouge.

— Elle n'aime peut-être pas les mecs.

— C'est ce que je me suis demandé. Mais c'est pas ça. On a flirté et quand j'ai voulu aller plus loin...

— Oui...

— Oh, rien, sans intérêt. Alors, on peut parler de votre affaire maintenant ?

— Quoi en dire ? C'est vrai qu'il est chaud, votre café ! Quoi dire sur cette putain d'affaire ?

— Expliquez-moi comment vous voyez les choses.

— Bon. Si je repense aux quatre mecs découpés, qu'est-ce que je vois ? Des types un peu obsédés par la chose, à part Latimer qui était un vrai criminel...

— Certain ? Il a été relaxé pour la petite Sanchez...

— D'accord, mais c'est sûr que c'est lui. Sa mort l'a sauvé de la chaise électrique. De plus, j'ai appris qu'il avait été arrêté et relâché faute de preuve pour le meurtre et le viol d'une fille nommée Joan Shimutz retrouvée il y a deux ans dans un terrain vague...

— Quel nom dites-vous ?

— Joan Shimutz. Pourquoi ?

— J'sais pas, ce nom me dit quelque chose. J'ai dû lire ça dans un canard. Bon, ensuite...

— Ensuite, rien. L'Italien était fiancé, on n'assassine pas quelqu'un pour ça, et Stockton vivait avec sa mère. Ça par contre c'est une raison.

— Comment ça ?

— Je plaisante. Donc, si on excepte Latimer, personne ne pouvait avoir envie de tuer ces types. En disant ça, je me mets dans la peau d'un psychopathe qui, LUI, sait pourquoi il tue, ou croit le savoir.

« Le gars de La Nouvelle-Orléans qui a trucidé vingt-huit homosexuels l'a fait parce qu'il ne supportait pas ses propres tendances. Voilà l'exemple type du cinglé intégral. Ils ont quand même mis plus de deux ans à le retrouver. Et il a fallu une batterie de psychologues pour que les flics s'essaient à penser comme le meurtrier. Dans notre cas, pourquoi aurait-on eu envie de tuer Newman ? Parce qu'il ne se douchait pas ? Parce qu'il avait une mauvaise réputation dans son bled ? Parce qu'il avait un sale caractère ? Di Maggio... parce qu'il lui fallait un peu d'exhibitionnisme pour mieux bander ? Stockton... parce qu'il vendait des appartements aux gens riches et qu'il aimait s'envoyer en l'air au milieu des autres ?... Rien ne colle dans tout ça. Et même le meurtre de Latimer me gêne. Car si le meurtrier choisit ses victimes sans lien entre elles, ce qui jusque-là ne s'est jamais vu dans le cas d'un criminel en série, qu'est-ce que vient foutre là-dedans le meurtre de Latimer ?

— Et si pour Latimer son assassin avait profité de la publicité faite aux autres pour faire passer son crime sur le dos d'un malade ? Il avait quelques ennemis.

— Peut-être. Latimer a été tué le deuxième et les journaux ont tartiné sur la mort de Newman. Mais il n'y aurait pas eu de suite, jamais aucun flic ne se serait usé sur le cas Newman. On aurait mis ça sur le compte d'un dingue un peu vicieux.

— Bon, d'accord. Alors qu'est-ce qu'on a ? Pour Newman, d'après le barman, il aurait suivi une fille...

— On me l'a déjà faite, celle-là. J'ai pas encore entendu parler d'une fille qui coupait les noisettes d'un gars parce qu'elle se faisait draguer.

— Et si c'était une dingue ?

— Bon, une dingue. Latimer ?

— Latimer... Latimer pouvait se faire découper par n'importe quel type un peu sensé. J'aurais été le père de la petite Sanchez, je l'aurais fait.

— C'est pas lui, ça a été archi-vérifié.

— Le fiancé de la fille violée, Shimut, Shimutz...

— Deux ans après ?

— La vengeance est un plat...

— Je sais. Di Maggio ?

Le journaliste se resservit du café en réfléchissant au cas du maçon. Pour lui, il ne voyait pas. Une vieille fille choquée par les ébats derrière le buisson ?

— Je ne sais pas. À part que dans ces quatre cas il y a tout de même chaque fois une forte coloration sexuelle, dit-il.

— J'y ai pensé. C'est Stockton qui me gêne, alors. Il

n'a pas été tué dans une partouze, mais dans la rue, comme les autres.

— Peut-être qu'il s'exhibait, qu'il essayait de peloter quelqu'un...

— Ça s'est passé en pleine rue et sous une pluie d'orage. Vous voyez un mec mettre la main aux fesses d'une nana qui court pour s'abriter ?

— Il lui a peut-être pas mis la main aux fesses dans la rue, mais dans un lieu où c'était possible. Et si c'est la même fille que pour Newman, elle avait une façon personnelle de dire non.

— Quelle coïncidence. Vous pensez à une fille ?

— Pas spécialement. Stockton a peut-être embêté un mec qu'a pas apprécié.

— On n'a rien là-dessus sur lui.

— Ça ne veut rien dire. Même s'il y avait des filles à sa partouze, on ne sait pas, lui, ce qu'il baisait.

— Écoutez... Tiens, je veux bien une tasse de vos amphétamines du Brésil...

— Du Venezuela. Cent pour cent arabica, mais continuez.

— O.K., arabica. Vous voyez bien qu'on n'est même pas fichus de savoir si c'est un homme ou une femme qui fait ça. Quant à savoir pourquoi, alors ça devient carrément le smog londonien.

— Et si c'était un homme ET une femme ?

— Un couple ?

— Pas nécessairement. Pourquoi un homme a-t-il envie de tuer un autre type ? Parce qu'il lui pique sa femme... parce qu'il l'emmerde... parce qu'il est impuissant et qu'il ne supporte pas que les autres hommes puissent baiser comme ils veulent... parce qu'il détestait son père ?... Une femme... parce qu'elle s'est fait violer... parce qu'elle détestait son père... parce que...

— Attendez, je ne vous suis pas. Dans votre histoire, c'est un homme ou une femme, l'assassin ?

— Je ne sais pas. Vous disiez vous-même quand nous sommes allés vous voir avec ma consœur Sandra que vous n'étiez pas sûr qu'il s'agisse d'un seul assassin. Le fait que les victimes aient des profils différents m'amène à supposer qu'il s'agit peut-être de plusieurs assassins...

— Mais pourquoi un homme et une femme ?

— Pourquoi pas ? L'égalité des sexes ça existe.

— Les femmes ne tuent pas de la même façon que les hommes. Une femme tuera avec un pistolet, avec sa voiture, avec du poison... si elle se sert d'une arme blanche ce sera pour découper son mari en rondelles pendant son sommeil... une femme n'a pas la pulsion criminelle aussi violente qu'un homme. Le crime d'une femme est la plupart du temps prémédité. Elle va rarement tuer dans un geste de colère, ou alors pour défendre les siens.

— Qui vous dit qu'il n'y a pas une femme qui prémédite de supprimer les types à la vie sexuelle un peu agitée ?

Sam secoua la tête.

— Ça ne tient pas des masses, votre raisonnement.

— O.K., alors laissons tomber les femmes, concentrons-nous sur les hommes. Quelle est la raison pour laquelle un homme mutilerait un autre homme ?

— Là, vous tenez peut-être quelque chose, dit Sam pensivement. Notre homme n'est pas un assassin ordinaire, il tue en émasculant, ce n'est donc pas un acte gratuit. Ce faisant, il poursuit un raisonnement...

— Vous savez le pourcentage d'impuissants entre vingt-cinq et quarante ans ? Plus de vingt pour cent. Il y a vingt hommes sur cent qui passent leur vie à en jalouser quatre-vingts.

— Sept cent mille Bostoniens, la moitié d'hommes ou à peu près, compta Sam à haute voix, 20 % ça fait soixante-dix mille possibilités d'assassins. Je laisse tomber et je vais me coucher.

— Il est à peine onze heures...

— J'ai démarré à sept heures ce matin. Et vous savez pourquoi je veux attraper cet enfant de pute ? Parce que par sa faute je ne peux pas rencontrer ma petite amie qui me plaît tant.

— Comment elle est ?

— Sublime, et c'est pas des blagues. Folle aussi, mariée...

— Oh ! là, là, dans le genre compliqué vous faites un carton !

— Sûr ! Si votre amie vous semble difficile, vous devriez connaître la mienne...

— Merci ! Alors d'accord, vous me réservez l'exclusivité ?

— L'exclusivité de rien, ça fait rien.

— Creusez l'histoire d'assassins différents... Je ne veux pas donner de leçon de déduction à la police mais...

— Depuis le début, et vous le savez, je suis presque certain qu'ils sont plusieurs. Tiens, je vais vous donner une raison que vous gardez pour vous. Les mutilations sont toutes différentes. Un coup c'est le pénis seulement, un coup c'est le pénis et un testicule, un autre ce sont les deux testicules. Et on a constaté que lorsqu'on avait affaire à ce genre de maniaque, il s'y prenait toujours de la même façon. Le dingue de La Nouvelle-Orléans découpait ses victimes selon un tracé précis. C'est d'ailleurs comme ça qu'on l'a eu. Il travaillait avec un médecin légiste. Dans nos cas, c'est la grande fantaisie. Ou c'est tranché au ras du pelvis, ou il en reste un bout...

— Appétissant...

Sam se leva. Il était crevé mais sûr qu'il allait rester une partie de la nuit éveillé.

— Vos pâtes valaient le détour, mais vos idées ne m'ont pas fait avancer...

— Laissez mijoter.

Ils se serrèrent la main.

— La prochaine fois c'est moi qui vous invite, dit le détective. Vous aimez le cou d'oie farci ?

— Je ne connais pas.

— C'est gras et indigeste, vous allez adorer. Votre petite amie, qu'est-ce que vous allez faire ?

— Aucune idée. (Le journaliste regarda Sam.) Vous voyez... ce serait le genre de fille à pouvoir...

Il s'arrêta et son regard se troubla...

— Quoi ?

— Non, rien.

— Si, dites.

— Eh bien... il y a un noyau dur en elle que je ne comprends pas. C'est comme si elle croyait ne pas être faite pour le bonheur...

— Il y a beaucoup de gens comme ça.

— Pas à ce point.

— Elle a peut-être eu une vie pas marrante... Vous seriez étonné de la somme de malheurs qu'on rencontre. Soyez patient...

— Je le suis. Elle est comme du cristal. Aussi fragile et aussi dure... froide aussi.

— Elle ne m'a pas paru ainsi...

— Vous lui avez parlé longtemps ?

— Pour ne rien vous cacher on a même déjeuné ensemble... c'était pour le meurtre de Latimer... pour elle ce n'était pas un meurtre mais plutôt une exécution... vous voyez le genre ? Il y a beaucoup de gens qui pensent que la justice est trop molle et qui reviendraient bien à la loi de Lynch.

— Oui. Mais je crois Fanny tout à fait capable de... non, je dis des conneries... si elle m'entendait je n'arrangerais pas mes affaires.

— Tout à fait capable de tuer ?

Le journaliste se mit à rire en haussant les épaules.

— Qu'est-ce que peut raconter un amoureux éconduit !... Voilà que je traite la femme que j'aime de meurtrière...

— Les assassins sont des gens qui ont été aimés.

Herman força son rire.

— Allez, partez, je suis en train de payer ma demi-douzaine de Martini.

— Vous buvez toujours autant ? demanda Sam.

Le journaliste reprit son sérieux.

— Je me laisse un peu aller depuis quelque temps. Je ne croyais pas qu'un chagrin d'amour pouvait être si douloureux. Je vais me reprendre.

Les deux hommes se serrèrent encore une fois la main.

— On se tient au courant, dit Sam en gagnant l'ascenseur.

— D'accord. Oh, Sam...

— Oui ?

— J'ai été ravi de cette soirée.

— Moi aussi. Bonne nuit.

Thomas Herman regarda se refermer les portes de l'ascenseur. L'image de Fanny s'imposa avec brutalité. L'image de ses yeux quand elle s'était dégagée de lui et l'avait regardé avec une haine incroyable.

L'espace d'un instant, il avait eu très peur.

En ouvrant la porte Sam comprit immédiatement qu'Augusta n'allait pas bien.

Elle resta quelques secondes sur le seuil à le dévisager, entra et referma derrière elle d'un coup de talon. Puis elle se précipita dans ses bras et Sam la sentit trembler.

— Qu'est-ce qui se passe, chérie ? murmura-t-il en lui caressant les cheveux.

Elle se dégagea assez sèchement.

— Rien, je suis fatiguée. Je peux avoir un verre ?

— Un Jack Daniels ?

— Tout juste, double, sans glace.

Pendant qu'il lui préparait son verre, elle prit sa place habituelle sur le divan, jambes repliées sous elle.

— Tiens... mais si tu es fatiguée, boire n'est pas la solution.

Elle eut un sourire amer.

— Je suis grande, tu sais.

Il s'assit à côté d'elle, mais resta à distance. L'attitude d'Augusta n'incitait pas au rapprochement.

— Où en es-tu de ton enquête ? demanda-t-elle en vidant la moitié de son verre.

Sam eut un geste évasif.

— Pas bien loin.

— Le quatrième, c'était quoi ?

Il hésita.

— Pareil que les autres. Pas de piste.

Elle eut un ricanement ironique.

— Si je comprends bien, dans ce pays on peut tuer presque impunément. C'est une bonne chose à savoir.

— Tu penses à quelqu'un ?

— Tu n'as jamais eu envie de tuer ? répondit-elle.

— Très rarement. Quand on me piquait une place de parking ou que je faisais la queue une heure pour voir un navet.

— Tu es un pacifique.

— Et toi ?

— Pas vraiment, répondit-elle avec un curieux sourire.

Il se leva. Il n'aimait pas le tour que prenait la conversation.

— L'essentiel, dit-il, c'est que ce soit resté à l'état d'envie.

Elle ne répondit pas et se leva, marchant pieds nus sur la moquette.

— Tu sais, ce qui me fascine, ce sont les crimes parfaits. Et à mon avis il n'y en a qu'une catégorie : le crime sans motif, ou prétendu tel.

— Tu parles en tant qu'avocate ? Tu aimerais défendre ce genre de criminel ?

— Pourquoi pas ? Mais j'aimerais savoir que mon client est coupable.

— Pour quelle raison ?

— Pour devenir sa complice.

Elle éclata de rire.

— Je te fais marcher !

Il hocha la tête.

— Je m'en doutais.

— Tu m'emmènes au restaurant ?

— Je croyais que tu ne voulais pas être vue.

— Boston est grand.

— Comme tu veux. J'avais préparé un petit dîner froid...

— Et on aurait terminé au lit ? Tu ne me vois que comme ça ?

— Je te vois comme une femme que je désire infiniment et que je ne rencontre pas assez souvent à mon goût.

— Tu sais, j'ai aussi de la conversation... je peux te parler politique, économie, littérature...

— J'en suis certain, coupa-t-il.

Il sentait venir l'orage et n'avait pas du tout envie de se disputer avec elle.

Il se tourna pour se préparer un verre. Elle lui tendit le sien.

— Même chose pour moi.

Il la regarda un instant.

— J'imagine que ce ne sont pas tes premiers, tu pourrais peut-être t'arrêter là...

— Tu es radin, Sam ? La prochaine fois j'apporterai ma bouteille...

Ils se dévisagèrent. Augusta avait pris un ton enjoué, mais son regard démentait son vague sourire.

Sam ne répondit pas et fouilla dans le tiroir de la table basse à la recherche d'une cigarette.

— Je ne savais pas que tu fumais.

— Seulement pour m'empêcher de taper sur quelqu'un.

— Tu voudrais me battre ?

Sam n'apprécia pas le ton de la question.

— Je ne suis pas sûre de ne pas aimer, continua-t-elle en se rapprochant de lui. Je n'ai jamais connu que des hommes gentils, c'est un peu lassant.

— Ne compte pas sur moi pour satisfaire tes fantasmes.

— Dommage. (Elle sourit en lui tournant autour.) Vois-tu, le seul reproche que je puisse faire à mon époux, c'est d'être trop gentil avec moi. Parfois j'ai envie de le pousser à bout, mais je sais trop bien que ça se terminerait par des larmes... pourtant je mérite qu'il me frappe, tu ne penses pas ? Je le trompe, je me moque de lui, je lui fais faire tous mes caprices... Mes amants savent qu'il est impuissant... un homme qui n'a pas quarante ans !

— Tu cherches quoi exactement ?

— Moi ? Mais rien. J'aimerais m'amuser un peu... Vous aimez jouer aux brutes mais en fin de compte vous êtes de vrais toutous !

— Tu comptes continuer sur ce ton toute la soirée ?

— Pourquoi pas ? Dois-je toujours être la gentille maîtresse qui attend le bon vouloir de son maître ? Il n'y a rien de plus lassant que les habitudes.

— Tu parles de nous ?

— Depuis combien de temps on couche ensemble ? Ça me semble une éternité. Tu sais ce que j'aimerais ? Connaître un autre couple... tu vois ce que je veux dire ?

— Parfaitement, ce n'est pas très original.

— Oh, mais c'est sûrement toi que je préférerais. J'aimerais te voir faire l'amour à une autre femme... et puis ensuite partager tous ensemble.

— Je regrette, c'est pas mon genre.

— Ça ne m'étonne pas. Le gentil garçon à sa maman.

— Pourquoi à sa maman ?

— Parce qu'il est bien connu que les petits garçons juifs préfèrent leur mère à n'importe quelle femme.

— Bon... écoute... je crois que j'aime mieux en rester là. J'attendais notre soirée avec... une certaine impatience, mais elle ne correspond pas à l'idée que je m'en faisais.

— Veux-tu que je te présente mon mari ? dit-elle soudain.

— Non.

— Tu as peur qu'il te casse ta jolie petite gueule ?

— Augusta... je suis dans les emmerdements jusqu'au cou, je n'ai pas envie d'y rajouter ceux d'une femme hystérique... Reviens me voir quand tu auras dessaoulé.

Elle eut un rire forcé.

— Je ne suis pas saoule !

Elle enfila ses chaussures.

— Ces types qui sont tués, dit-elle soudain, vous avez compris pourquoi on les mutilait ?

— Non, tu veux m'expliquer ?

Elle haussa les épaules.

— Pas vraiment. Mais c'est peut-être là-dessus qu'il faut orienter les recherches.

— Merci du tuyau, mais on me l'a déjà donné.

— Ah oui, qui ?

— Un journaliste.

— Un type intelligent.

— Tu veux que je te le fasse connaître ?

— Seulement s'il est bien monté.

Sam écrasa nerveusement sa cigarette dans le cendrier.

— Tu veux te faire passer pour quoi, Augusta ? Une nymphomane, une malade ?

— Mais je suis nymphomane, tu n'as pas remarqué ? C'est ce qui plaît aux hommes d'ailleurs. Ils se croient irrésistibles quand ils tombent sur une femme comme moi. Il faut dire que je leur en donne pour leur argent !

Sam enfonça ses mains dans les poches, mais Augusta avait remarqué son geste.

— Tu as failli me frapper, n'est-ce pas, chéri ?

Sam la regarda froidement. Soudain il aurait voulu qu'elle soit à l'autre bout du monde.

— Fous le camp ! dit-il d'une voix sourde. Fous le camp et ne reviens jamais.

Elle cilla des paupières et Sam crut qu'elle allait pleurer, mais elle se reprit très vite et eut ce sourire qu'il ne supportait pas.

— Pauvre petit Sam qui a failli perdre son sang-froid, ricana-t-elle. Pauvre petit Sam qui a cru être amoureux et qui s'aperçoit que c'était seulement un coup de chaleur. Décevant, n'est-ce pas, mon petit Sam ?

— Fous le camp !

Elle prit négligemment son sac et se dirigea vers la porte.

— Nous ne sommes pas du même monde, mon petit, dit-elle en ouvrant la porte. Toi tu es *clean,* honnête, raisonnable... Il te faut une femme qui te fasse des beaux enfants qui iront étudier l'hébreu dans une bonne école... une bonne ménagère qui tiendra ta maison comme l'a fait ta mère... Moi je suis une goule, une mangeuse d'hommes... je suis de l'autre côté du miroir.

Elle ouvrit la porte et resta sur le seuil à regarder la pelouse.

Avant de refermer la porte sur elle, elle dévisagea son amant.

— Tu es malgré tout ce qui m'est arrivé de mieux depuis longtemps, dit-elle avec un sourire triste.

Il eut un geste vers elle.

Mais elle avait déjà refermé la porte.

Thompson convoqua ses hommes le samedi suivant. À ses côtés se tenait le détective Bronson, de la onzième brigade. Bronson était un arriviste, un flic pour qui la fin justifiait les moyens. À l'air rayonnant de son chef, Sam comprit qu'il y avait du nouveau.

— Asseyez-vous, messieurs, invita Thompson avec une courtoisie qui surprit son monde. Le sergent Bronson, ici présent, que beaucoup d'entre vous connaissent, vient probablement de coincer le découpeur de roubignoles.

Sam jeta un coup d'œil sur le policier. Celui-ci avait du mal à garder un air modeste.

— Il a avoué, ajouta Thompson d'un ton suave.

Les flics s'ébrouèrent. Bon, ce connard de Bronson allait grimper au firmament, mais d'un autre côté cette enquête merdique était terminée. Pas pire pour un policier qu'un criminel en série. Les gens et les institutions deviennent hystériques. Les têtes tombent sans qu'on ait le temps de changer la sciure.

Sam fit une grimace et échangea un regard avec Johnson. À part que tout le monde savait que Bronson ferait chanter *La Traviata* à un sourd-muet de naissance.

— Des preuves ? demanda-t-il.

Bronson lui lança un regard noir.

— Des aveux, ça ne vous suffit pas ?

Sam hocha la tête.

— Rien ne vaut une bonne preuve bien solide, dit-il, souriant.

— On la trouvera, intervint Thompson. Maintenant qu'on a le gus ça va être rien de remonter. On va suivre le fil qu'il va nous donner.

— Qui c'est ? interrogea Hillary, un autre flic.

— Vous aurez le dossier. Il reste quelques points à régler, mais dès à présent le maire, l'attorney et moi-même, on va faire une conférence de presse pour calmer l'opinion, style : on sait qui c'est mais on prend toutes les précautions.

— Les points à régler, c'est quoi ? redemanda Sam.

Thompson haussa les épaules.

— Bronson a retrouvé chez le type toutes les coupures de journaux concernant les quatre meurtres. Ce mec a été interné deux ans en hôpital psychiatrique où il a trouvé le moyen de violer un jeune autiste de quinze ans. On l'a foutu en cabane parce qu'à ce moment-là il a été déclaré responsable par les experts. Il en est sorti l'an dernier. Ce qu'on aimerait trouver bien sûr, c'est l'arme du crime.

— On a juste des coupures de journaux ? s'étonna Hillary.

Hillary était nouveau dans l'équipe du neuvième district, et Sam le jugea culotté. S'il continuait comme ça Thompson allait lui trouver un rond-de-cuir aux archives.

— Des trucs sadomaso aussi, sourit perfidement Bronson, si tu vois ce que je veux dire.

Hillary voulut ouvrir la bouche mais Sam lui coupa la parole. Le petit allait prendre froid.

— Des fouets ou des trucs en cuir font pas un criminel, dit-il.

— Il a avoué, répliqua Bronson d'un ton très sec, ça suffit, ça ?

— Où vous voulez en venir, les gars ? intervint le capitaine. On se fait une petite crise de jalousie ? Je vous dirai pas que je n'aurais pas préféré que ce soit un de mes fins limiers qui gagne le jackpot, mais je suis quand même heureux qu'on y soit presque.

— Presque, souligna en souriant Sam. C'est juste ça qui me gêne, capitaine.

Thompson haussa les épaules.

— Tant que le mec n'est pas en cabane on ne peut pas savoir si on a bouclé. Pour l'instant c'est la meilleure piste qu'on ait eue et on ne va pas la laisser refroidir. Le maire a sauté de joie quand on lui a annoncé les aveux du type.

— Vous savez bien qu'il y a des types qui adorent avouer, remarqua Johnson. C'est peut-être lui, mais si on se plante on aura pas l'air con ! Le lieutenant a raison. Rien ne vaut une bonne preuve en béton.

— À nous de la trouver, répliqua Thompson. Vous partirez du dossier qu'on a établi sur ce type. À partir de maintenant il va falloir déterrer tout ce qu'on peut sur lui. Faut remonter au moins à l'an dernier. Où il travaillait, avec qui il baisait, chez qui il achetait sa coke...

— Drogué ? demanda Johnson.

— Jusqu'aux trous de nez ! répondit le capitaine.

— Il a avoué quand ? demanda Sam.

— Cette nuit, répondit Bronson, et j'étais pas tout seul. Y avait Morgan avec moi.

Même merde, songea Sam. Morgan et Bronson faisaient équipe depuis si longtemps que quand l'un éternuait l'autre sortait son mouchoir. Et il suffisait qu'on menace de supprimer sa saloperie à un toxico pour qu'il admette avoir crucifié le petit Jésus.

Enfin, si le maire était content, lui s'en foutait. Ce qui était à craindre, comme l'avait souligné Johnson, c'était de passer pour des cons si le vrai criminel recommençait. Ça, dans l'esprit d'un maire, ça laissait des traces. Tant pis pour Bronson.

— Bon, vous reprenez les affaires qu'on avait laissées est tomber, dit le capitaine, mais parallèlement je veux un vrai esprit d'équipe avec Bronson et Morgan. On aura peut-être besoin de monde pour retrouver ce foutu coupe-coupe. On s'en passera si besoin est, mais ce serait dommage, car le groupe sanguin de Stockton est AB négatif. Un sur quatre-vingts. Et vu le carnage, il aurait fallu faire bouillir le couteau dans un lave-vaisselle pour tout effacer. On a la marque, un Swayer, n'oubliez pas.

— Comment Bronson est tombé dessus ? demanda l'inspecteur Hampton, celui-là même qui s'était tapé avec son collègue Sorelli l'enquête sur les coutelleries.

Bronson se planta devant le bureau de Thompson, face aux autres flics.

— J'ai fait comme vous, les gars, je me suis intéressé aux cinglés qu'étaient sortis récemment de l'asile ou de tôle. J'en avais trois qu'avaient le profil, mais à la fin il ne m'en est resté qu'un, le brave Franklin Flynn, reconnu par les policiers en patrouille qui ont trouvé le corps de Latimer.

— Comment ça, reconnu ? s'étonna Goodman. La voiture des flics a retrouvé Latimer à minuit et demi...

— Ouais, coupa Bronson, mais les flics se sont rappelé alors qu'ils patrouillaient vers onze heures, onze heures et demie, qu'un type correspondant au signalement de Latimer attendait ce soir-là à un arrêt de bus. D'autre part ils avaient repéré un type qui marchait en direction de la foire, sur l'autre trottoir. Il leur avait paru suffisamment bizarre pour qu'ils conseillent à une fille qui marchait elle aussi dans cette avenue de rentrer rapidement chez elle. La fille leur a dit qu'elle habitait à côté et que son mari l'attendait en la regardant par la fenêtre.

— Et alors ?

— Alors ce type bizarre c'était Flynn.

— Vous l'avez confronté aux flics ?

— Bien sûr.

— Et ces fantastiques flics ont reconnu deux mois après un type qui marchait dans une rue mal éclairée à minuit, et bien sûr le même soir que l'assassinat de Latimer.

— Exactement, sourit Bronson.

— Vous pensez que la cour gobera ça ?

— J'en suis sûr, susurra Bronson.

Goodman poussa un profond soupir. Thompson intervint :

— C'est justement à cause de ce témoignage... disons sujet à caution, qu'il nous faut réunir d'autres preuves. Et la plus importante c'est l'arme du crime, comme vous l'avez tous appris à l'école et en regardant les feuilletons télé.

Goodman ne répondit rien. Ça sentait le coup pourri. Ça sentait la magouille policière. Il y avait une chance sur deux que, coupable ou pas et sur les conseils de son avocat, le type se rétracte. Quant à la reconnaissance par des flics deux mois après, n'importe quel étudiant en droit de première année aurait vite fait de démontrer l'inanité du témoignage. Alors il restait quoi ?

— Je sens que c'est lui, insista Bronson en regardant tour à tour ses collègues. Ça ne vous est jamais arrivé, les gars ? Vous savez ce qu'on a trouvé chez lui ? Un manuel d'anatomie !

Goodman et Johnson se lancèrent un nouveau coup d'œil. Encore une sacrée preuve, ça ! Un type qui découpait n'importe comment ses victimes avait besoin d'un manuel d'anatomie ? Il pouvait pas se regarder dans la glace ?

— En effet, soupira Sam. Bon, de toute façon on n'a rien d'autre, reconnut-il. Vous faites votre conférence, capitaine ? Vous n'avez pas peur que ça déclenche un autre meurtre, si, par hasard, ce n'était pas Flynn le vrai coupable ?

— Je fais ma conférence, lieutenant, ou plutôt le

maire la fera. Et si on s'est plantés vous savez très bien ce qui se passera. Le véritable criminel enverra une lettre aux journaux. Ils ne supportent pas qu'un autre usurpe leur gloire.

— Une lettre aux journaux, ou il commettra un autre crime...

Thompson haussa les épaules.

— Vous devenez frileux comme une rosière, monsieur Goodman. Vous croyez que ce dingue attend notre autorisation ? Mais si vous avez une meilleure idée...

Goodman regarda Bronson.

C'était vraiment une affaire merdique.

Je regardai arriver du fond du hall l'inspecteur Goodman et le capitaine Thompson et observai que l'inspecteur possédait une élégance naturelle qui contrastait avec la silhouette courtaude qui l'accompagnait.

Sur l'estrade on finissait d'arranger les micros et les chaises.

— Voilà les flics, dis-je à Thomas Herman qui se tenait à mes côtés.

Nous n'étions pas au premier rang et Thomas me poussa en avant sans s'excuser auprès des confrères qu'il bousculait.

Thomas fit un signe de la main à l'inspecteur qui, nous apercevant, se dirigea vers nous.

— Je vois que les meilleurs sont là, sourit le lieutenant en nous serrant la main.

— Les plus disponibles en tout cas, rectifia Thomas. Que se passe-t-il, qu'on nous ait convoqués ? Des révélations ?

Goodman grimaça.

— Il semblerait.

— On a trouvé l'assassin ?

L'inspecteur haussa les épaules.

— Le maire va vous expliquer tout ça. Il faut que je vous laisse. On déjeune ensemble après ?

— D'accord, dit Thomas.

— Vous semblez bien le connaître, m'étonnai-je. Vous l'avez revu ?

— Oui. On a dîné chez moi. C'est un type bien.

Le maire arriva à l'heure. Il avait la mine réjouie et serra la main de l'attorney et du capitaine Thompson avant de s'installer devant le micro.

Goodman était au premier rang des policiers. Le maire s'éclaircit la gorge et tapota son micro.

Il nous sourit et commença.

— Mesdames et messieurs... nous avons désiré vous réunir, monsieur l'attorney général et moi, ainsi que les policiers qui ont travaillé sur l'affaire des meurtres suivis de mutilations sur quatre de nos concitoyens, pour vous annoncer que nous avions la quasi-certitude d'avoir démasqué le coupable.

Les journalistes s'ébrouèrent de satisfaction.

— Mince, souffla Thomas.

— Qui ? Qui ? lancèrent plusieurs voix, alors que se tendaient les micros.

Le maire prit un air matois.

— Je vois avec satisfaction que les meilleurs d'entre vous se sont déplacés, je m'en réjouis. Et ce, pour plusieurs raisons. L'enquête, comme vous vous en doutez, a été difficile. Comme vous l'avez suivie et commentée, vous savez pourquoi. Un de nos détectives a arrêté un suspect qui a avoué. Cependant, ajouta-t-il en tendant la main pour calmer le brouhaha, il nous manque certains éléments indispensables pour que nous puissions déférer le suspect devant un tribunal.

— Quoi ? demandèrent plusieurs voix.

— L'arme du crime, laissa tomber le maire avec un sourire.

— Alors on a quoi ? demanda Wilma Roumacher, une consœur au *Boston Globe*.

— Mais les aveux, chère madame, répliqua le maire. Des aveux et des présomptions.

— Qui c'est ? demanda Ted Langley, un rouquin qui

travaillait au *News* et que j'avais déjà rencontré sur une enquête.

Le maire secoua la main d'un air paterne.

— Vous le saurez en temps utile. Notre suspect, continua-t-il, est un psychopathe qui a été interné deux ans en hôpital psychiatrique avant d'être envoyé en prison pour cinq années. Actuellement les psychiatres l'examinent car nous ne voulons pas la réédition de l'affaire Salvo, qui, comme vous le savez, a fait jurisprudence. Pour ceux qui l'auraient oublié, Salvo était un criminel qui ne jouissait pas de toute sa raison. Durant son interrogatoire il avait reconnu être coupable de deux assassinats de prostituées. Cependant le jour du procès deux psychiatres déclarèrent que Salvo n'était pas capable de comprendre ce qui pouvait lui faire du tort. En d'autres termes, il ne pouvait pas témoigner contre lui-même. Ses avocats ont fait jouer le cinquième amendement et il a été acquitté. C'est exactement ce qu'on veut éviter. Dans notre cas nous avons également un témoignage visuel.

— Alors des aveux, des présomptions, un témoin... quel luxe de précautions, monsieur le maire...

Le maire se pencha vers moi.

— Je veux donner toutes ses chances à la Justice, madame, me dit-il. J'attends de vous, mesdames et messieurs, continua-t-il en se redressant, que vous rassuriez nos concitoyens, qui, je crois, en ont bien besoin.

— Avec du vent ? grogna Thomas.

L'attorney s'approcha du micro.

— Si vous avez des questions à poser, mesdames, messieurs...

On n'en avait pas. On ne comprenait pas à quoi rimait cette pseudo-conférence de presse. Le maire voulait qu'on assure sa réélection en le présentant comme un homme prudent et responsable. Mais on ne faisait pas partie de son fan-club.

Les journalistes parlaient haut et fort.

L'attorney tenta de les faire taire.

— Je vous en prie... je vous en prie... On ne s'entend plus.

Quelques-uns de nos confrères se mirent à siffler, d'autres à taper des pieds.

— C'est la foire, dis-je. Plutôt raté, leur truc.

— Ce mec est un guignol, dit Thomas en grimaçant. Ou ils ont le coupable ou ils ne l'ont pas.

Les flics commençaient à évacuer les plus bruyants pendant que les notables sur l'estrade battaient piteusement en retraite.

Je vis le lieutenant Goodman se frayer un chemin vers nous.

— C'est folklorique, hein, dit-il en nous rejoignant.

— J'ai l'impression qu'il vient de perdre les élections, dit Thomas.

— C'est bien possible, répondit Goodman. Alors, on va déjeuner ?

Tout en grignotant ma côte d'agneau j'observai le détective. Depuis le début du déjeuner Thomas et lui parlaient de l'affaire. Goodman me parut fatigué. Pire que fatigué, désabusé. Je trouvai que cette fragilité lui donnait un charme supplémentaire.

Nous avions vite compris que le lieutenant ne croyait pas beaucoup à ce coupable providentiel. Il ne le disait pas clairement, mais son attitude était éloquente.

— Pourquoi ce scepticisme ? demandai-je. Vous avez des aveux, il a été reconnu, et il a été enfermé comme dingue.

Il me fixa un instant en souriant vaguement, comme s'il voulait me situer.

Je compris que le policier, au lieu de chercher à répondre à mes questions, s'en posait sur moi. Je m'en amusai. Personne ne me connaissait vraiment. Pas même Thomas, avec qui je travaillais presque quotidiennement depuis deux ans.

Ce n'était pas voulu, j'étais comme ça. Je ne laissais approcher que ceux que j'aimais.

Ça me venait de l'enfance. Depuis que j'avais découvert que je n'étais pas tout à fait comme les autres.

Mes parents étaient des New-Yorkais plus vrais que nature. Enfants d'émigrés, ils avaient réalisé le rêve américain et rien ne devait troubler leur belle eau claire ; et je les aimais suffisamment pour ne pas vouloir faire de ronds dans ce lac.

— Parce qu'il ne correspond pas vraiment au profil, finit par dire Sam.

— Alors pourquoi avoir laissé faire cette ridicule conférence de presse ?

Il haussa les épaules.

— Je n'y suis pour rien. Et je peux me tromper, ce type est peut-être le coupable. De plus cette conférence peut avoir son utilité.

— De quelle manière ? demanda Thomas.

— Si nous avons fait fausse route le vrai coupable voudra rétablir la vérité.

— Comment ça ?

— En tuant de nouveau.

— Et vous avez pris le risque ? interrompis-je.

Il hocha la tête en souriant.

— Nous avons affaire à un psychopathe qui n'a pas besoin de nous pour ressentir ses pulsions meurtrières. Mais au lieu d'attendre qu'il tue de nouveau, nous espérons qu'il nous préviendra avant. C'est classique avec ce genre de monde. Nous avons une foule de psychiatres qui l'ont expliqué mille fois.

— Je ne peux pas croire qu'un criminel décidé tombe dans un piège aussi grossier.

— Vous avez tort. Ce n'est jamais qu'un pauvre cinglé qui se fera prendre un jour ou l'autre.

— Vous n'avez jamais pensé que vous pourriez tomber une fois sur quelqu'un d'un peu différent ?

— J'espère que non. Quand on étudie la criminologie on constate que grosso modo les criminels se divisent en trois groupes principaux : les occasionnels qui tuent sous l'impulsion de la colère ou de la vengeance, les professionnels dont c'est le métier, et les dingos qui apparaissent tout à coup et qui sont évidemment les plus difficiles à coincer, parce que sans motif rationnel.

« Le criminel en série est toujours un individu possédant un profil psychotique fortement perturbé. Un paranoïaque doublé d'un schizophrène, ce qui rend son identification particulièrement ardue. Notre chance est qu'ils se prennent en général pour des êtres supérieurs et qu'ils n'encaissent pas de ne pas le faire savoir.

— Les types qui ont été tués, poursuivis-je, n'ont aucun point commun, n'est-ce pas ?

— Exact.

— Alors ne pouvons-nous pas imaginer que ce sont des gens poussés à bout qui ont chacun tué le leur ? Dans ce cas, vous n'allez peut-être pas les trouver.

— Ça vous embêterait de ne pas m'acculer au suicide ? grinça Goodman. Si je vous suivais dans votre raisonnement ça reviendrait à dire qu'un certain nombre d'individus ont créé une sorte de S.A.R.L. qui aurait comme raison sociale : crimes en tout genre. Le divin Hitchcock a imaginé encore mieux : l'échange de crimes.

Je m'aperçus que depuis un moment Thomas se taisait.

C'est comme si une bulle m'enfermait avec Goodman. Croiser le fer avec un adversaire de la qualité de ce policier n'était pas pour me déplaire. D'autant que j'avais un sérieux atout dans mon jeu.

— C'est aussi ce que j'ai pensé, intervint Thomas

pensivement. Des individus différents qui ne se connaissent pas, mais auraient chacun une raison de tuer. Une sorte d'émulation.

— C'est impossible, dit Goodman, il faudrait trop de coïncidences. D'ailleurs nous avons le coupable.

— Vous n'y croyez pas, relevai-je.

Le détective haussa les épaules.

— Je vous fais encore un aveu. Mon attitude tient aussi au fait que le flic qui l'a piégé ne correspond pas exactement à mon sens de l'éthique. Il est très fort pour faire avouer les suspects.

— En les frappant ?

— Non, il y a différentes manières de convaincre un type que l'on pense coupable.

— Alors qu'allez-vous faire ? interrogeai-je. Vous allez vous contenter de ce suspect ?

— On ne me demande pas mon avis. Si on retrouvait l'arme du crime je m'estimerais satisfait.

— Qu'a-t-elle de particulier ?

Le policier hésita. Il devait se dire qu'il n'était pas payé pour divulguer des informations.

Je sentis son embarras.

— Un poignard spécial ? insistai-je en souriant.

Il m'observa sans chercher à cacher sa perplexité, devinant peut-être que je m'amusais non avec lui, mais de lui. Comme si je connaissais quelque chose qu'il ignorait.

— Vous êtes très forte pour tirer les vers du nez, mais je suis un garçon averti.

Thomas se mit à rire.

— Vous voulez que je vous dise, Sam ? Vous êtes un paranoïaque. Ma charmante consœur est l'innocence même.

Le détective secoua la tête. J'étais certaine que ce n'était pas le mot qu'il aurait employé à mon propos.

Il appela le garçon.

— C'est pour moi, nous dit-il.

— Je n'ai pas mangé de cou farci, remarqua Thomas.

Je les regardai avec étonnement.

— Pourquoi « cou farci » ?

— Il veut m'initier aux délices de la cuisine casher, répondit Thomas.

— Ce n'est pas ainsi qu'on se fait des amis, persiflai-je.

— Seriez-vous une Juive honteuse ? me demanda Goodman.

— Honteuse ? Grand Dieu ! de quoi devrais-je être honteuse ? Si je devais me caractériser je dirais plutôt que je suis une provocatrice. Je déteste les étiquettes.

— Vous craignez de perdre votre charme en même temps que votre mystère ?

— Mon charme, non. Ma liberté, sûrement.

Le garçon apporta l'addition.

— C'est moi qui vais être débitrice, si j'ai bien compris, remarquai-je.

Il me regarda de côté.

— Et vous devez détester ça, je me trompe ?

J'hésitai à peine.

— Effectivement, je m'arrange toujours pour régler mes dettes.

En quittant le restaurant, Goodman prit un taxi qui le ramena à son bureau.

Il était perplexe. La conférence de presse s'était révélée inutile. Pire, elle avait dressé les journalistes contre eux.

Le maire avait fait une erreur classique. Sous-estimer l'adversaire.

Son siège à la mairie était du genre éjectable, et il devait se garder d'appuyer lui-même sur le bouton.

S'il y avait une chose que les journalistes détestaient, c'était qu'on leur bourre le mou. Eux avaient le droit de raconter n'importe quoi à leurs lecteurs, pas les autres, se dit Sam.

Pour l'avoir oublié, le maire risquait de se retrouver bientôt dans son entreprise de roulements à billes familiale.

Sam gagna son bureau et enleva sa veste.

À travers la vitre il vit dans le couloir Johnson en conversation avec un Chinois.

Le sergent écoutait avec attention ce que lui disait son interlocuteur gesticulant. On aurait dit qu'il lui mimait un match de football.

Johnson se tourna vers Sam et l'invita à les rejoindre.

— M. Kim... Sxim... enfin, ce monsieur, expliqua-t-il à son chef, pourrait avoir une information intéressante.

— Kim Xiang Teng, se présenta l'homme.

— Oui ? dit Sam.

— M. Kian Xeng, recommença Johnson, possède une épicerie sur Pionner Street en face d'un certain arrêt de bus.

— Kim Xiang Teng, rectifia l'homme. Ma boutique en face arrêt de bus. J'ai emballé hier pour client poisson fumé dans journal. J'ai vu photo de propriétaire.

Il parlait comme un personnage de dessin animé, en découpant chaque syllabe dans un bruit de gong.

Sam jeta un coup d'œil d'incompréhension vers le sergent.

— Monsieur... enfin, ce monsieur a un propriétaire qui ressemble à Latimer... expliqua Johnson.

— Oui ? répéta Sam avec patience.

— Ce qui fait, si j'ai bien compris, que lorsque M. Tsieng a vu sa photo dans le vieux *Globe,* il a sursauté et voulu appeler son propriétaire.

— Oui ?

— Bon, soupira Johnson, conscient de patauger dans la semoule. Je recommence : Ksim ici présent a remarqué le soir du crime un type qui attendait à l'arrêt de bus et qui ressemblait à un tel point à son propriétaire qu'il a cru que l'autre était venu pour le surveiller. M. Ksiang, d'après ce qu'il m'a dit, se tenait dans son arrière-boutique pour faire ses comptes comme il le fait tous les soirs après avoir fermé. O.K. ?

— O.K.

— Puis M. Ksim a remarqué une femme qui est arrivée et a parlé à son propriétaire... enfin, à Latimer, et les deux sont partis ensemble en direction d'une petite rue qui coupe l'avenue un peu plus loin et où on a retrouvé plus tard le corps de Latimer. Ksim a d'abord cru à une bonne aventure de son propriétaire et a rigolé. C'est ce qu'il m'a dit. Alors imaginez sa surprise quand il pense reconnaître hier la photo de son cadavre dans le journal. Puis il a lu l'article avec le nom de Latimer, et comme c'est un bon citoyen il a voulu nous informer.

Sam se gratta le menton et sentit physiquement les rouages de son cerveau ronronner.

S'il avait bien compris, ce type venait raconter que Latimer avait suivi une femme dans une ruelle à peu près au moment où il avait été assassiné. Et s'il raisonnait toujours bien, ça revenait à dire que le suspect « reconnu » par les flics n'y était pour rien. Combien allait-on avoir de meurtriers pour un seul crime ?

Il jeta un coup d'œil à Jonhson qui, à voir sa tête, devait être arrivé à la même conclusion.

— Monsieur Ksiang... commença Sam.

— Kim Xiang Teng...

— Pardon. Monsieur Kim... vous êtes vietnamien ?

— Coréen.

— Bien. Monsieur Kim, seriez-vous prêt à nous signer une déposition en cherchant à vous rappeler le plus petit détail ?

— Oui, monsieur le policier.

— On va dans mon bureau, décida Sam.

Le coup était trop gros pour risquer la moindre erreur.

Pour la première fois un témoin venait dire qu'une femme s'était trouvée à l'heure du crime avec une victime. La première fois ? Non, la seconde. Newman avait lui aussi suivi une femme.

Pour calmer son excitation il prit le temps d'installer confortablement le Coréen.

Johnson se mit devant la machine à écrire.

— Monsieur Kim, commença Sam, mon adjoint et moi allons prendre votre déposition. Je vous demanderai d'être très clair et de parler lentement.

L'autre hocha vigoureusement la tête en signe de compréhension.

Les policiers étaient tombés sur le témoin idéal : l'immigré reconnaissant.

Sans nul doute il allait tordre ses méninges pour en exprimer chaque détail.

L'oncle Sam serait fier de lui.

— Allons-y, commença Sam.

Et Kim Xiang Teng raconta.

Goodman se renversa sur sa chaise et s'étira. Johnson revint après avoir raccompagné le Coréen.

Les deux hommes se regardèrent.

Sur la table, dûment signée et datée, trônait la déposition de Xiang Teng.

— Exit Flynn, laissa tomber Johnson. On se casse le cul pendant des mois et quand on croit trouver un coupable on s'aperçoit que ce n'est pas le bon. Une femme, souffla-t-il.

Sam leva la main.

— Ne nous emballons pas. Latimer a pu tirer un coup avec une pute et se faire tuer après.

— Xiang a dit que la fille ne ressemblait pas à une pute.

— Peut-être une étudiante qui voulait arrondir ses fins de mois, rétorqua Sam, c'est assez courant.

— Vous croyez davantage à Flynn ?

Sam fit une grimace. Non, il n'y croyait pas du tout. Mais qu'une femme égorge et mutile un homme, ça lui faisait tout drôle.

— Pour Newman aussi, il y avait une femme, persista Johnson.

— Je sais. Mais c'était lui qui la suivait.

— Qu'est-ce que ça change ? Elle a pu se retourner.

Sam éclata de rire.

— Effectivement. Comment on annonce ça à Thompson ?

— À mon avis, il sera content.

— Ouais. Sauf quand il va penser à la gueule du maire.

— On s'en fout !

— Bon, j'y vais, décida Sam. Notez bien, sergent, que le fait que ce soit une femme ne nous avance pas beaucoup, dit-il avant de sortir.

— J'en suis conscient, lieutenant, mais n'empêche que je suis pas mécontent que ce corniaud de Bronson se fasse moucher.

— Qu'est-ce que vous lui reprochez ? s'étonna Sam.

— Il ne correspond pas à mon sens de l'éthique.

Sam le regarda un moment, les yeux élargis.

— J'aimerais tout de même, sergent, que vous alliez vérifier si la boutique de ce Xiang se trouve bien en face de l'arrêt de bus où Latimer était censé attendre cette nuit-là.

— J'y vais, lieutenant.

Goodman quitta le poste de police dans un brouillard de fatigue. Il décida de marcher pour se dévaper. Il aimait sa ville quand la nuit venait chatouiller la fin du jour et que les actifs diurnes regagnaient leur tanière.

Il préférait la clientèle nocturne pour qui la rue était plaisir et divertissement.

Cette heure entre chien et loup était porteuse de promesses, même si parfois la hantaient d'étranges ombres tordues.

L'entrevue avec Thompson avait été curieuse.

Après avoir lu le rapport que Goodman lui avait planté sous le nez, il avait émis des bruits divers qui allaient du sifflement au borborygme. Puis il avait tapé du poing sur la table, enfourné dans sa bouche un de ses cigares à odeur de vidange, et dévisagé son lieutenant.

— Qu'est-ce que c'est que ça ?

— Un témoignage, capitaine, que Johnson est allé vérifier.

— Qui est arrivé quand ?

— Cet après-midi.

Thompson s'était planté devant sa fenêtre en tirant sur son cigare comme sur une corde.

Goodman avait failli vomir.

— Vous y croyez ? avait-il demandé sans se retourner.

— Je ne sais pas. L'idée m'est insupportable.

— Quelle idée ?

— Que l'assassin soit une femme.

Thompson l'avait regardé d'un air goguenard.

— Vous allez vous retrouver avec les ligues féministes sur le dos avec une telle mentalité.

Goodman avait haussé les épaules.

— J'aurais préféré que, pour obtenir l'égalité, les femmes n'emploient pas nos côtés sadiques.

Thompson avait secoué la tête.

— C'est pas ça qui m'emmerde ; ce qui m'emmerde c'est que Bronson avait une piste et qu'on se retrouve le nez dans le caca. Avec un témoignage pareil aucun jury n'acceptera sa thèse.

— Vous y avez cru ?

Thompson l'avait regardé fixement.

— Bon, c'est pas tout ça, qui est cette femme ?

— Et les a-t-elle tous tués ? avait complété Sam.

— Rien ne le prouve en tout cas, avait murmuré Thompson d'un air navré.

— Non plus que le contraire si on excepte les différentes façons de mutiler et qui peuvent être seulement le résultat de l'inexpérience ou de la peur.

Thompson s'était laissé tomber dans son fauteuil en écrasant enfin son cigare.

— Latimer était une telle crapule qu'il y avait foule pour lui faire la peau. C'était le roi du non-lieu. Il faut fouiner là-dedans, avait-il lâché.

— J'y ai pensé. C'est plutôt pour les autres que je patauge. On va relire les rapports, refouiller les passés, interroger de nouveau les amis, les familles...

— Quelque chose nous a échappé...

— On laisse tomber les autres affaires ?

— Bien sûr. Je mets tout le monde là-dessus et je préviens le maire.

Goodman allongea le pas. Une petite faim venait lui vriller l'estomac, le distrayant de sa migraine.

Il eut soudain envie d'un sandwich au pastrami chaud de chez Archie, servi avec un ravier de chou blanc vinaigré et des cornichons aigres-doux.

Il sauta dans un taxi et arriva au bar qui comme d'habitude, et bien que bondé, ronronnait comme un club anglais.

Sam s'interrogeait chaque fois sur ce mystère. Alors que les autres endroits branchés ressemblaient à Wall Street à l'heure de la liquidation, ici tout n'était que calme et volupté.

Il se dégota un bout de comptoir près du mur et passa sa commande à Rose, la serveuse qui avait traîné son existence près d'Archie à lui amortir les coups de la vie.

Rose était une rêveuse qui croyait l'humanité perfectible. Pas Archie.

— Ajoutez-y une bière rousse, Rose, et un supplément de raifort.

Sam aurait bien voulu discuter avec Thomas, mais le journaliste ne se montra pas.

Peut-être l'influence bénéfique du petit pain au sésame qui enfermait le pastrami tiède abaissa-t-il ses défenses, car Sam ne put éviter davantage que s'impose l'image d'Augusta.

Trois jours qu'il luttait contre elle. À chaque heure du jour et parfois de la nuit.

Qu'était cette femme ? Que voulait-elle ? Le sexe ? Il lui faisait horreur. Pas nécessaire d'être Freud pour le comprendre.

Elle s'avilissait en voulant y entraîner ses partenaires.

Son dîner lui parut tout à coup sans saveur.

Il réalisa soudain combien les femmes, en partant de la première qu'il avait connue et qui lui avait donné le jour, lui étaient totalement étrangères.

Il avait construit pour elles, comme la plupart de ses congénères, un cadre bien propret où il les avait enfermées. Et si elles n'y entraient pas, comme c'était le cas le plus souvent, il était sans savoir et sans défense.

Il regarda autour de lui les nombreux couples qui buvaient, parlaient ensemble et croyaient se comprendre. Quelle tromperie ! Et pourtant ça crevait les yeux. Elles n'essayaient même pas de dissimuler. C'étaient les hommes qui étaient aveugles !

Il frissonna. Augusta était-elle capable de tuer ? Probablement. N'avait-elle pas passé sa vie à ça ?

Il haussa les épaules. Il faisait de la psychanalyse comme M. Jourdain de la prose. Cette pensée le fit revenir à ses études et à ce temps béni où il avait tout compris.

— Rose, je vous dois combien ?

— Vous partez déjà ? Vous n'attendez pas Archie ?

Elle était polonaise catholique, mais parlait avec un accent yiddish à la I.B. Singer.

— Je suis fatigué. Vous le saluerez pour moi.

— Comment va votre maman ? dit-elle en revenant vers lui avec sa monnaie.

— Bien, je vous remercie.

— Et ce tueur ? C'est bien vous qui vous en occupez, Archie m'a dit.

— Avec d'autres policiers, Rose, c'est une grosse affaire.

Il dut lui venir une image à l'esprit car elle se mit à rire.

— Comme vous dites, « une grosse affaire ».

Il hocha la tête. Encore une qui lui échappait.

Il ne pouvait s'empêcher de penser que cette histoire de mutilation des organes sexuels des hommes réjouissait les femmes.

— Ça vous fait rire ? C'est parce que vous ne risquez rien, grinça-t-il.

Elle eut un geste vague.

— Chacun son tour...

Ainsi c'était ça. Une espèce de revanche sur la vie, sur le sadisme des hommes, sur leur brutalité.

Son esprit vacilla devant l'image d'une foule innombrable de femmes poursuivant avec des sécateurs la même foule innombrable d'hommes. Il crut entendre les bruits affreux des cisaillements entamant la chair.

— Ça ne va pas, Sam ?

Il ouvrit les yeux. Rose lui souriait d'un air inquiet.

— Ce n'est rien, un étourdissement. Je suis épuisé.

— Rentrez chez vous et allez vous coucher. Croyez-moi, c'est ce que vous avez de mieux à faire. Vous n'êtes pas des surhommes, allez !

Rose souriait de toutes ses dents, et Sam crut voir luire des poignards.

Le lendemain, Sam rendit visite à M. Kim Xiang Teng qui le salua avec volubilité.

— Monsieur Kim, les policiers ont parlé le soir de l'assassinat de Latimer à une femme qui leur a dit habiter tout à côté. Pensez-vous que ce soit celle qui était avec Latimer ? Et en tant que voisine, la connaissez-vous ?

L'épicier se planta les deux index sur les tempes et se mit à réfléchir.

Cela dura suffisamment longtemps pour que Sam éprouve le besoin de s'adosser à une caisse de choux de Chine.

— Non, dit-il enfin.

— Vous êtes certain ?

— Oui.

— Monsieur Kim, vous devez à mon avis être très physionomiste, la femme que vous avez vue avec Latimer, la reconnaîtriez-vous ?

De nouveau les deux index se vrillèrent sur les tempes.

— Peut-être, lâcha enfin l'épicier. Pas sûr, se reprit-il avec une grimace.

— Bon. Pouvez-vous me la décrire néanmoins ?

L'épicier attrapa un bout de gingembre qu'il se mit à mâcher.

— Vous vouloir, monsieur l'officier ?

— Merci, non. Alors, monsieur Kim ?

Le Coréen fixa un point sur ses étagères.
— Grande, enfin comme Américaine. Moderne...
— C'est quoi, moderne ?
— Pantalon.
— Une grande femme en pantalon ?
L'épicier acquiesça.
— Les cheveux... vous avez pu voir comment elle était coiffée ?...
— Plus frisés que raides. Volumineux. Elle a ri.
— Elle a ri ? Pourquoi a-t-elle ri ?
— Quand parlé avec l'homme.
— Et l'homme, qu'est-ce qu'il a fait ?
— Aussi il a ri. Et puis ils sont partis.
— Est-ce qu'ils se tenaient par le bras ou marchaient-ils séparés ?
— Elle tenait lui par le bras.
— Elle était blanche, métis, noire ?
— Blanche. Belle.
— Vous avez vu qu'elle était belle ?
— Oui, solide.
— J'imagine qu'elle doit être solide. Monsieur Kim... si vous rencontriez cette femme, diriez-vous qu'elle ressemblait à une mère de famille... à un professeur d'université... à une artiste... à une sportive... ou à autre chose ?
L'épicier se mordit les lèvres en fixant son étagère.
— À... à une artiste sportive...
— Pourquoi ?
— Les cheveux et la taille. Pas mal de cheveux comme une coiffe. Grandes jambes. Mince, beau torse.
— Voyez-vous autre chose à me dire sur elle ? Par exemple portait-elle une veste sur son pantalon ?
— Non... la nuit était chaude. Pas de sac non plus.
— Vous êtes sûr ?
— Oui.
Sam soupira. Il regarda de l'autre côté de la rue.

L'arrêt de bus était légèrement décalé sur la droite, mais un réverbère l'éclairait à moins de dix mètres.

— Vous souvenez-vous si le réverbère était allumé ce soir-là ? demanda-t-il.

Kim hocha la tête de haut en bas plusieurs fois.

La rue devait avoir une trentaine de mètres de large. Kim pouvait avoir bien vu la scène.

— Monsieur Kim, à part cette femme, avez-vous remarqué un homme qui marchait sur votre trottoir ?

— Non, personne.

— Certain ?

Nouveau hochement de tête vigoureux.

— Rue complètement déserte. À part eux.

— Vous êtes sûr que vous n'aviez jamais vu cette femme avant ? Elle n'était pas du quartier ?

— Oui, monsieur l'officier. Sûr.

Sam lui tapota l'épaule avec un sourire vague.

— Merci, monsieur Kim. Je vous en prie, s'il vous revient le moindre détail, soyez gentil de m'appeler.

— Oui, monsieur l'officier. Mais ce que je vous ai dit aujourd'hui, je vous l'ai dit hier.

— Je sais, je sais. Mais il aurait pu vous revenir un détail. Comme par exemple un homme qui aurait été dans la rue à ce moment-là et qui aurait suivi le couple...

— Personne.

— Merci, monsieur Kim.

— Service, monsieur l'officier, répondit Kim en inclinant la tête devant Sam.

Sam revint au bureau. Johnson était absent, et il sortit le dossier Latimer.

Ses exploits remplissaient une pleine page. Outre ses crimes sexuels, Latimer avait été entendu dans une affaire d'escroquerie à l'assurance qui n'avait rien donné. Il y avait aussi une plainte de sa femme pour coups et blessures. Mais elle s'était rétractée avant le procès.

Il relut le rapport de l'inspecteur qui l'avait interpellé au moment de l'assassinat de cette fille, Joan Shimutz.

Le policier semblait penser que Latimer pouvait être coupable, mais au dernier moment son gendre lui avait fourni un alibi.

Le jour du crime ils étaient tous les deux partis pour un week-end de chasse en Pennsylvanie, avait déclaré le gendre.

Ils avaient campé pendant deux jours et rencontré d'autres chasseurs. Le gendre avait donné l'identité de l'un d'entre eux qui se souvenait l'avoir rencontré, et qui admit à contrecœur après avoir vu la photo de Latimer que celui-ci pouvait être là aussi.

On dut relâcher Latimer.

Sam parcourut encore le dossier sans rien trouver d'autre.

Il alla alors à la salle d'ordinateurs et se fit sortir les fiches des deux adolescentes sur lesquelles il y avait eu exhibitionnisme et agression sexuelle, ainsi que celle de Joan Shimutz.

Les familles des adolescentes avaient déménagé. L'une en Oregon, l'autre dans l'Ohio. Le crime datait à présent d'une vingtaine d'années.

Bien tard pour une vengeance.

Il considéra pensivement la fiche de Joan Shimutz.

La jeune femme était classée comme gauchiste. Elle collaborait à une feuille de chou d'extrême gauche et était militante féministe.

Quand elle avait été tuée elle vivait avec une femme.

Sam reposa doucement la fiche sur la table.

La photo représentait une fille âgée d'une petite trentaine, rieuse, le visage piqueté de taches de rousseur et pourvue d'immenses yeux verts.

Elle vivait avec une femme. Personne jusque-là n'avait prêté attention à ce détail. Ça pouvait ne rien vouloir dire, beaucoup de femmes partageaient un même appartement pour une question de loyer ou pour ne pas être seules. Mais dans ce cas-là disait-on qu'elles « vivaient avec une femme » ?

Il rechercha le nom du policier qui avait arrêté Latimer. Il dépendait du premier district.

— Allô... Je suis le lieutenant Goodman du neuvième district, je voudrais parler au policier qui s'est occupé de l'affaire Shimutz, il y a un peu plus d'un an. C'est le sergent Boomer.

— Désolé, lieutenant, lui répondit le policier de garde, Boomer est à la retraite depuis six mois.

— Bon, c'est pas grave. Vous devez avoir son rapport concernant cette affaire. Je voudrais l'adresse de Joan Shimutz au moment de son assassinat.

— Ah ? Bon, on va la rechercher. Vous la voulez pour quand ?

— Je reste en ligne.

— Ah, non, le gars qui s'occupe des archives est absent aujourd'hui. Il revient demain de congé.

— Vous ne pouvez pas demander à quelqu'un d'autre ?

— Son adjoint est malade.

— Très bien, je rappelle demain, merci.

Songeur, Sam reprit la fiche de Joan Shimutz. Qui lui avait parlé d'elle récemment ? Il voyait tant de monde qu'il était incapable de s'en souvenir. Il fouilla sa mémoire sans rien en sortir.

Il s'étira en bâillant. Depuis quelques jours, fatigue ou dépression, il ressentait presque en permanence une vague sensation de nausée.

Quand il était enfant et que sa mère lui trouvait petite mine, elle lui administrait un sirop qu'elle faisait confectionner chez l'herboriste et qui avait un nom d'arbre. Argou... arsou... Là non plus il ne retrouvait pas le nom.

Elle y mettait tant de foi que le petit Samuel se trouvait vite ragaillardi. Il se dit que s'il lui demandait le nom du sirop elle serait dans un premier temps inquiète, puis ravie qu'il pense à elle.

Il se leva et prit sa veste. Boston était enfin entré dans l'automne et avait retrouvé une température humaine.

Il revint chez lui, moitié en bus, moitié à pied.

Dans les larges rues piétonnes du centre, les feuilles des platanes et des érables transformaient le sol en un camaïeu mordoré et craquant.

Des restaurants aux vitrines ouvertes s'échappait l'éternel fumet des crustacés ébouillantés, et les artistes des rues réunissaient autour d'eux les mêmes visages curieux.

Tout était identique, pourtant rien n'était pareil.

Il se déchaussa, ouvrit son col de chemise et se laissa tomber sur le canapé.

Il resta inerte un bon moment, puis se rappela qu'il avait promis à Thomas Herman de le prévenir s'il avait du nouveau et il fit le numéro du journaliste.

Thomas décrocha aussitôt.

— Allô ?

— Thomas, ici Sam.

— Oui, comment ça va, brigadier ?

— Ça va. J'ai du nouveau pour vous, mais rien pour la presse, vous me comprenez ?

— Affirmatif.

— Vous êtes assis ?

— Je dois ?

— Je ne sais pas, à vous de juger. On a un témoin pour le meurtre de Latimer. (Sam fit une pause.) C'est une femme qui l'aurait zigouillé.

Il y eut un grand blanc au bout du fil et une sorte d'aboiement.

— C'est pas vrai ! Merde, c'est dingue !

— Je trouve, mais vous y aviez pensé...

— Ouais, comme au reste. C'est du blanc bleu ou c'est un coup comme le maire ?

— Je crois que c'est mieux, mais sous réserve. Attention, Thomas, rien dans le canard.

— Promis. Vingt dieux, quelle affaire ! Sam, venez boire un coup qu'on en parle !

— Trop crevé. Je vous rappellerai.

— Sûr ? O.K., je mets du champagne de Californie au frais.

— D'accord, à plus tard.

Il raccrocha et regarda son répondeur avec méfiance, puis allongea le bras à la limite pour tourner le bouton.

Il y avait eu plusieurs messages si on en jugeait par les bips. Quelques-uns avaient été enregistrés. Celui de sa mère, et celui d'une fille dont il avait oublié jusqu'au prénom et qui lui rappelait avec des roucoulements dans la voix une certaine nuit à Philadelphie l'hiver précédent.

Il hésita encore un moment et décrocha pour appeler sa mère. Il tomba sur le répondeur et laissa un message disant qu'il téléphonait d'une cabine publique et ne rentrait pas chez lui.

Il raccrocha et se déshabilla complètement. Il se fit couler un bain, aspergea l'eau de paillettes odorantes qui firent aussitôt une mousse bleu azur, prit son transistor et se brancha sur une chaîne de jazz. Il se cala la tête sur un oreiller de caoutchouc, et se mit à réfléchir à la tueuse.

Bronson, suivi de Morgan, déboula dans le bureau de Sam.

— Qu'est-ce que c'est que cette blague ? rugit-il.

Sam ouvrit de grands yeux innocents.

— Qui vous a fait une blague, inspecteur ?

Morgan s'assit sur une chaise et se renversa en arrière. Il sortit un chewing-gum et fixa Johnson qui se mit sans raison apparente à rougir.

— Lieutenant, commença Bronson en tentant de maîtriser sa rage, vous avez sorti un putain de rapport qu'un chinetoque vous aurait fait sur le meurtre de Latimer ? Et ce putain de rapport dit que c'est une femme qui aurait accosté Latimer et qui l'aurait découpé ? Pas vrai ?

— Tout à fait exact, inspecteur. C'est le sergent Johnson qui l'a reçu. Puis comme il a le sens de la hiérarchie il m'a appelé et nous avons interrogé cet honnête commerçant coréen ici même. Je comprends votre déconvenue, inspecteur, mais qu'y pouvons-nous ?

— Qu'y pouvez-vous ? Et les aveux de Flynn ? Et les flics qui l'ont reconnu ? C'est de la merde, ça !

— Probablement, dit Sam avec calme. C'est probablement de la merde. D'autant que mon commerçant coréen n'a pas vu l'ombre de Flynn ou de n'importe qui d'autre à ce moment-là dans la rue.

— Et vous préférez la parole d'un bridé à celle de deux flics et de deux inspecteurs ?

Morgan à ce moment laissa retomber sa chaise sur ses quatre pieds et se leva. Il vint se placer à côté de son co-équipier.

— Ce que veut dire Bronson, dit-il la voix sourde en se penchant sur Sam en travers de son bureau, c'est que ça sent le coup fourré. C'est comme qui dirait un coup dans les couilles. Le matin on annonce un suspect, et comme par hasard l'après-midi y a un « honnête commerçant coréen » qui vient tout foutre par terre. Moi, ça me fait tout drôle.

— J'imagine, dit Sam. Mais vous vous referez sur un autre coup, les gars.

Morgan et Bronson se lancèrent un regard. Morgan se pencha de nouveau vers Sam.

— J'crois qu'on s'est jamais beaucoup blairés, tous les deux, lieutenant, j'me trompe ?

Sam haussa les épaules et se leva. Il fit le tour de son bureau et se planta devant les deux détectives, les mains enfoncées dans les poches de son pantalon.

— C'est exact que je ne passerais pas un week-end avec vous, les gars, mais rien de plus. Vous puez un peu de la gueule et je crois que vous ne changez pas assez souvent de chaussettes, mais c'est tout.

Johnson se leva et s'approcha du trio. Morgan lui jeta un bref regard.

Il y eut un lourd silence, et Morgan et Bronson échangèrent un coup d'œil.

— Ça va, dit Bronson. Mais je crois qu'on se reverra, lieutenant.

— Je m'en réjouis d'avance, laissa tomber Goodman avec un grand sourire. Vous serez gentils de refermer la porte en sortant... les gars.

Il y eut encore une longue minute immobile, puis les deux détectives sortirent sans refermer la porte.

Sam regarda son adjoint.

— On vient de se faire des amis fidèles, dit-il.

— J'en ai rien à foutre de ces deux cons, souffla Johnson. J'encaisse pas leur genre. Ils ont eu le nez de se tirer.

— Sûr, répondit Sam. Ça prouve qu'ils possèdent au moins l'instinct de survie.

Dans la soirée, alors qu'il revenait à son bureau, Johnson lui dit que Me Magnusson l'avait appelé et lui demandait de la joindre à son cabinet.

Sam sentit des fourmillements à l'estomac.

— Elle a dit pourquoi ?

— Non, seulement que vous la rappeliez.

Sam attendit que Johnson s'en aille pour téléphoner.

Augusta était déjà partie, mais avait laissé un message. Elle donnait rendez-vous à Sam le lendemain à cinq heures au salon de thé de l'Hampshire House.

Sam remercia et raccrocha. Les fourmillements avaient cessé. Il n'irait pas au rendez-vous.

À cinq heures vingt le lendemain, Sam arriva devant le salon de thé d'Hampshire House.

Cela faisait une demi-heure qu'il traînait les pieds devant les vitrines de Ralph Lauren et des autres boutiques de luxe. Puis il se décida et poussa la porte du salon de thé.

Ça sentait le chocolat et les parfums coûteux. Un monde de femmes.

Le maître d'hôtel vint à sa rencontre.

— Monsieur ?

— J'ai rendez-vous avec cette dame, dit Sam désignant d'un mouvement du menton le coin où Augusta était assise. Pas la peine de m'accompagner, je devrais pouvoir traverser tout seul.

Augusta le regarda arriver jusqu'à sa table.

— Bonjour, Sam, j'avais peur que tu ne viennes pas.

Il s'assit sans répondre. Le maître d'hôtel lui présenta la carte comme s'il craignait qu'il ne reparte.

— Une bière, commanda-t-il.

— Nous n'en avons pas, monsieur. Un jus de fruits ?

— Non, café.

Sam regarda Augusta.

— Pourquoi craignais-tu que je ne vienne pas ? Tu n'avais pas tort, d'ailleurs.

Elle lui prit la main.

— On fait la paix ?

— Tu n'aimeras pas. Tu es faite pour la lutte.

Elle sourit, et Sam la trouva triste.

— C'est vrai. La paix m'ennuie. Tu as l'air fatigué.

— Je le suis.

— Ton enquête ?

Le maître d'hôtel apporta le café dans une ravissante cafetière de porcelaine bleu et or. Des muffins posés sur une dentelle et dans un plat de même couleur l'accompagnaient.

Sam se beurra un muffin et remplit sa tasse d'un café odorant.

— Bon endroit ici, dit-il. J'aime beaucoup. (Il regarda autour de lui.) Je me fais un peu l'effet d'un renard dans un poulailler, mais à part ça, c'est très chouette. Ces femmes qui passent leur après-midi ensemble à se bourrer de glucides, de quoi parlent-elles ? Des hommes ? D'elles ? De leurs amants ?

— Demande-leur. Vous parlez de quoi quand vous êtes ensemble ? Des femmes ? De votre boulot ? De vos maîtresses ?

Le muffin était tiède et le beurre avait un goût de noisette.

— Je ne fréquente pas les hommes, répondit Sam en s'essuyant les lèvres avec une délicate serviette de lin bleu pâle.

— Tu m'en veux toujours ? demanda Augusta.

Il hocha la tête.

— Si je veux être honnête, probablement. Si je veux te prouver que je suis princier, je dirai non.

— Alors ?

— Pourquoi voulais-tu me voir ?

— Tu m'as manqué.

Sam reprit un muffin.

— Tu en veux ?

— Non, merci. Tu ne me crois pas ?

Il découpa la galette moelleuse.

— Non, dit-il enfin.

Elle fouilla dans son sac et sortit une cigarette. Elle

attendit que Sam la lui allume, mais comme il ne bronchait pas elle prit nerveusement une pochette d'allumettes sur la table et l'alluma.

— Tu ne connais rien aux femmes, Sam.

— Je sais. Je ne demande qu'à apprendre, seulement tu vois, je n'ai pas encore trouvé de bons professeurs.

Elle haussa les épaules.

— Il faut prendre les gens comme ils sont, dit-elle.

— À condition de savoir qui ils sont, rétorqua-t-il. Moi je n'ai pas encore compris qui tu étais.

Elle baissa brusquement la tête, comme si elle voulait dissimuler des larmes.

Il but une gorgée de café et regarda ailleurs.

— Comment va ton enquête ? demanda-t-elle en relevant les yeux vers lui.

— Pas mal.

— Alors, c'est une femme ?

Il la fixa, interloqué.

— Comment le sais-tu ?

— J'ai des relations.

— Qui ?

— Ne t'énerve pas. Un ami journaliste avec qui nous avons déjeuné hier, mon mari et moi. Ne t'inquiète pas, je sais garder un secret.

— Thomas Herman ?

Elle sourit en acquiesçant.

— Il ignore que nous nous connaissons. Il s'est mis à parler de toi. Je l'ai interrogé sur l'enquête. Il a d'abord parlé de la conférence de presse, mais bien sûr j'étais au courant. Je n'ai jamais cru à cette histoire.

« D'ailleurs l'attorney a été prévenu par ton patron. Je connais bien son assistante. Et n'oublie pas que j'ai été chargée des intérêts de la famille Sanchez. S'il ne m'avait rien dit, je l'aurais su par le procureur.

Sam secoua la tête.

— Quel salaud ! Je lui avais demandé de garder ça pour lui ! T'excite pas, on n'est sûrs de rien.

— Je trouve déjà très bien qu'il ne s'en serve pas pour se mettre en avant dans son canard. Tu sais, dans les dîners en ville, on parle beaucoup de ces crimes.

— Ouais, je m'en doute.

Elle lui prit la main au travers de la table.

— Je voudrais passer un moment avec toi, Sam, dit-elle.

— On le passe.

— Chez toi.

Il la regarda. Sa main qui pesait sur la sienne, ses yeux qui fixaient ses lèvres le firent frissonner. Il n'était pas guéri.

— Tu aimes éprouver ton pouvoir, n'est-ce pas ?

Elle hocha la tête et lui prit l'autre main.

— Curieux pouvoir qui me fait te supplier. Je sais ce que tu penses, mais tu as tort. Je ne me joue pas de toi, mais la vie me fait peur.

Il regarda autour de lui. Des têtes s'étaient tournées vers eux. Il croisa le regard de leur plus proche voisine et l'obligea à se détourner.

— On fait spectacle, dit-il.

— Je m'en fous. Viens, on s'en va.

Il hésitait. Il se trouvait faible et lâche.

— Viens, dit-elle encore en se levant.

Il se leva à son tour et l'aida à enfiler son manteau. Il laissa un billet sur la table et la guida vers la sortie.

Avant de refermer la porte il se retourna. Une bonne dizaine de regards les avaient suivis. Il eut envie de leur faire un geste obscène, et renonça. À quoi bon, elles n'avaient pas tort : il se conduisait comme un con.

Elle se pencha au-dessus de lui et attrapa un paquet de cigarettes. Elle lui en alluma une et la lui glissa entre les lèvres.

Il lui sourit et soupira. Elle se laissa retomber sur le dos et tira sur sa propre cigarette.

La nuit était tombée. Depuis combien de temps, il l'ignorait.

Ils étaient à peine arrivés qu'elle avait commencé à le déshabiller, arrachant en même temps ses propres vêtements. Puis elle s'était collée le dos au mur et l'avait obligé à la prendre debout. Il avait perdu la tête, puis toujours accouplé il l'avait portée jusqu'à sa chambre où ils ne s'étaient lâchés qu'au bout d'une violente et longue jouissance qui l'avait fait crier.

Et ils avaient remis ça au point qu'à présent chaque muscle de son corps tremblait encore de plaisir. Les muscles, pas la tête.

Elle écrasa sa cigarette et se tourna vers lui. Sa main disparut sous les draps et elle le saisit entre ses doigts.

Il lui caressa la main, mais la repoussa.

— Fatigué, chéri ? Remarque, il y a de quoi !

Elle paraissait joyeuse comme il ne l'avait jamais vue après l'amour.

— Tu veux manger quelque chose ? demanda-t-il.

— Je mangerais un bœuf. Mais avant je boirais bien un double Jack.

Il l'embrassa sur les paupières et caressa ses seins

d'une main légère. Elle se coula sous lui et lui mordit les lèvres.

— Ou maintenant ou dans une heure, lui dit-elle en le regardant férocement.

Il se leva précipitamment.

— Maintenant !

Elle éclata de rire et roula sur le côté pendant qu'il se levait.

En passant devant le téléphone il vit qu'il y avait des messages sur le répondeur.

Il leur prépara deux solides bourbons et, comme il mourait de faim aussi, sortit du congélateur des petits-fours salés qu'il fit réchauffer au micro-ondes. Il trouva un bout de saucisson de bœuf dans le réfrigérateur et coupa des tranches de pain noir. Puis avec son plateau garni il revint dans la chambre.

— Qu'est-ce que tu fais ?

Augusta s'était levée, et penchée sur son bureau fouillait les papiers qui s'y trouvaient.

— Je cherchais un journal, répondit-elle légèrement.

— Sur mon bureau ?

— J'ai déjà cherché dans le salon, dit-elle en lui souriant.

Il la regarda fixement et elle éclata de rire.

— Comme tu es drôle comme ça ! Avec ton plateau il te faudrait un petit tablier de dentelle !

Sans répondre il posa le plateau et enfila son slip.

— Tu es fâché ? dit-elle en se rapprochant et en l'embrassant. Tu as des secrets ?

Il lui tendit son verre.

— Non, j'ai été surpris de te voir debout, c'est tout.

Elle but et piqua une tranche de saucisson dans le ravier.

— Pour un vieux garçon tu es drôlement organisé, dit-elle.

Ils se remirent au lit et elle se colla à lui.

— Qu'est-ce que tu cherchais ? demanda-t-il au bout d'un moment.

Elle parut surprise, puis se mit à rire.

— J'avais oublié que tu étais policier. On ne peut pas te tromper, hein ? Je cherchais des informations sur ta tueuse.

— Pour quoi faire ?

— Curiosité. N'oublie pas que j'ai été partie civile contre ce Latimer et que son histoire m'intéresse.

— Pourquoi tu ne demandes pas ?

— Parce que je craignais que tu ne m'envoies promener.

— On n'a rien sur elle de toute façon.

— Mais vous allez trouver ?

— Probablement. Enfin, j'espère.

Elle s'alluma une cigarette et s'allongea sur le dos.

— J'imagine une femme exceptionnelle, dit-elle, songeuse. Il faut l'être pour faire un coup pareil.

Il haussa les épaules et se laissa glisser à son tour sous les draps.

— Ce Latimer, tu vois, je crois que j'aurais pu lui faire la peau, continua-t-elle en fixant le plafond.

Il ne répondit pas.

— Tu l'as connu vivant ?

Et comme il secouait la tête, elle dit :

— Il y avait une malfaisance qui sortait de lui. Des sortes de vibrations qui mettaient mal à l'aise. Son avocat pour l'affaire Sanchez est un arriviste connu pour ne pas être délicat ; eh bien, même lui, je m'en suis aperçue, ne le supportait pas.

— Je ne dis pas qu'il ne méritait pas ce qui lui est arrivé, mais je dois quand même trouver la coupable.

— Vous êtes vraiment sûrs que c'est une femme ?

Il prit une petite pizza.

— Nous serons sûrs quand nous l'aurons arrêtée. Il reste trois autres meurtres.

— C'est elle aussi ?

— Je ne sais pas. Si tu as parlé avec Thomas Herman il a dû te dire que nous pensions, et lui aussi, qu'il pourrait s'agir de meurtriers différents. Mais dans l'affaire Newman on parle encore d'une femme.

— La même ou une autre ?

— J'ignore, dit-il en lui prenant la main et en tournant la tête vers elle. Tu sais, je me sens bien reposé à présent.

— Si vous ne retrouvez personne pour les autres meurtres, et que vous attrapiez la meurtrière de Latimer, vous lui collerez les autres crimes sur le dos ?

— Si c'est elle. Sinon on continuera de chercher.

— Tu y crois ?

— Tu as une mauvaise opinion de la police, répondit-il en descendant sa main sur sa toison. Est-ce que je peux te faire changer d'avis ?

Il inséra un doigt dans son sexe et commença à bouger.

Elle lui fit un vague sourire et lui ôta la main.

— Un partout, grogna-t-il.

— C'est moi qui suis fatiguée, chéri. Thomas disait...

— Tu le connais bien, ce salaud ?

— C'est notre meilleur ami, à Ron et moi. C'est normal qu'il m'en ait parlé, il sait que je suis très intéressée par cette affaire et que j'avais le droit de savoir.

— Le monde est petit, décidément.

— C'est un type très bien. Bon, je vais me sauver, dit-elle en lui embrassant le bout du nez et en se levant brusquement.

— Quelle heure est-il ?

Elle regarda la pendulette posée sur le bureau.

— Neuf heures.

— Ton mari est à la maison ?

— Sûrement.

— Qu'est-ce que tu vas lui dire ?

— Que je viens de baiser avec un super étalon et que j'ai déjà pris rendez-vous pour recommencer !

Il serra les mâchoires. Il détestait quand elle parlait de cette façon.

Il la regarda se rhabiller et fut surpris de l'économie de ses gestes. Elle se conduisait comme un homme qui vient de tirer un coup et est pressé de regagner son foyer.

— Tu ne mets pas beaucoup de sentiment quand tu fais l'amour, dit-il.

Elle acheva de mettre son rouge à lèvres.

— Tu es un incorrigible sentimental, mon chéri, répondit-elle sans le regarder. Tu veux que je dise que je t'aime ? Ça t'aiderait à mieux supporter mon infidélité ?

— Je me fous de ton infidélité. Simplement j'aimerais ne pas être considéré comme un étalon, comme tu disais tout à l'heure.

Elle se tourna enfin vers lui, sans cesser de rassembler ses affaires.

— Je croyais que les hommes adoraient ça.

— Pas tous, faut croire. Certains ont besoin de tendresse.

Elle lui sourit et secoua la tête.

— Ne complique pas tout, mon petit Sam. Tu es mon premier amant, même si tu ne veux pas me croire. Et je ne quitterai jamais mon mari. Oh, ne dis pas à Thomas que je suis venue chez toi. Il nous prend pour un couple de magazine, Ron et moi.

Elle revint vers le lit et lui caressa le front.

— Ne te lève pas, je t'appellerai bientôt.

Elle lui fit un dernier sourire avant de quitter la chambre et il entendit la porte de l'appartement se refermer sur elle.

La vie lui parut très compliquée et douloureuse.

L'immeuble n'avait pas plus de deux étages et était situé près du musée Washington. Il connaissait le coin car il venait souvent à la librairie située en face du musée.

Il appuya sur le bouton de l'Interphone du rez-de-chaussée.

Une voix sortit avec un grésillement.

— Qu'est-ce que c'est ?

— Police criminelle, madame, lieutenant Goodman. Si vous regardez à travers le judas je vous présenterai ma carte.

Il y eut un temps de réflexion, et une minute après il entendit des pas se rapprocher. Il colla sa carte contre l'œilleton.

La porte se déverrouilla.

Une femme plus très jeune apparut.

— Bonjour, madame. Je peux vous poser quelques questions ?

— À quel sujet ? demanda-t-elle d'une voix peu aimable.

— Vous voulez bien me laisser entrer ?

Elle ouvrit à contrecœur et le précéda chez elle.

Elle laissa sa porte ouverte et se planta devant lui, l'empêchant d'aller plus loin.

— Il y a combien de temps que vous habitez l'immeuble ? interrogea Sam de son ton le plus aimable.

Elle fronça les sourcils.

— Quinze ans, lâcha-t-elle comme si elle révélait un secret-défense.

— Parfait. Vous avez donc bien connu les deux jeunes femmes qui habitaient au-dessus de chez vous ?

— Les gouines ?

— Heu... oui.

— Ben oui.

— L'une d'entre elles comme vous le savez a été assassinée...

Elle haussa les épaules d'un air de dire qu'avec des mœurs pareilles ça allait de soi.

— Ben oui.

— Bien. Vous rappelez-vous le nom de l'amie de cette malheureuse jeune femme ?

Elle le dévisagea. Elle ne voulait pas être embêtée. Et avec la police on n'en finissait jamais. Cette cinglée s'était fait tuer il y avait plus d'un an, et si c'était seulement maintenant qu'ils pensaient que c'était l'autre qui l'avait zigouillée...

— Pourquoi ? dit-elle.

— Parce que nous avons besoin de son témoignage dans une autre affaire.

— Vous avez besoin du témoignage de quelqu'un que vous ne connaissez pas ?

Sam la regarda férocement.

— Écoutez, si vous ne voulez pas me répondre là, je vous embarque au commissariat et je vous relâche demain matin. J'en ai le droit, mentit-il.

Elle déglutit et ses yeux s'agrandirent. Ce poulet disait sûrement vrai. Les flics étaient les rois.

— Sandra Khan, lâcha-t-elle comme un crachat.

Ce fut au tour de Sam d'avaler sa salive et d'arrondir les yeux.

Quand j'ouvris la porte devant l'inspecteur Goodman, je compris que la boucle était bouclée.

— Bonjour, lieutenant, qu'est-ce que vous faites sur mon paillasson ?

— J'avais envie de boire un verre en bavardant, dit-il avec un sourire faux.

— Bonne idée, entrez.

Ce qu'il fit en s'arrêtant à l'entrée du living et en regardant autour de lui.

— Vous lisez beaucoup, dit-il en désignant les étagères surchargées de bouquins.

— Ça tombe sous le coup de la loi ? demandai-je en souriant. (Il secoua la tête.) Déshabillez-vous, il fait chaud ici, invitai-je.

Je lui pris son imper et l'accrochai dans l'entrée.

— Vous vous asseyez ou vous préférez boire debout ?

Il était vêtu d'une veste sport dans les tons bronze et brun, d'un pantalon marron foncé et de mocassins assortis.

À voir la qualité de l'ensemble une grande partie de son salaire devait passer dans ses fringues.

Il s'assit sur un bout du canapé.

— C'est joli chez vous.

— Merci. À cette heure, que buvez-vous ? Vin... scotch ou autre chose ?

— Un scotch m'ira très bien, merci.

Il me faisait penser à un banquier venu annoncer sa faillite à un de ses clients.

Je pris dans le placard sous le comptoir une bouteille de Glenlivet et deux verres que je posai sur la table basse.

— Glaçons ? Tant mieux. Servez-vous votre dose, lieutenant.

Il nous servit.

Nous bûmes et reposâmes nos verres ensemble.

À présent que les codes avaient été respectés, nous pouvions entrer dans le vif du sujet.

— De quoi vouliez-vous me parler ?

Il considéra son verre un moment, puis, relevant la tête, demanda :

— Pourquoi ne pas avoir dit que vous connaissiez Joan Shimutz ?

— J'aurais dû ? Pour quelle raison ?

— Au moment de son assassinat Latimer a été fortement soupçonné. Il s'en est tiré grâce à un alibi plus ou moins bidon fourni par son gendre.

— Exact.

— Vous aviez un bon mobile pour le tuer.

— Exact, mais je n'étais pas la seule.

— Nous avons trouvé un témoin qui affirme que la nuit où Latimer est mort il a été accosté par une femme qui l'aurait entraîné dans la ruelle où on a découvert son corps. Cette femme était grande et avait les cheveux frisés.

— Thomas me l'a dit. Sauf pour le physique.

— Il l'ignorait ; mais, décidément, ce Thomas est un vrai crieur public.

— N'oubliez pas, lieutenant, que nous travaillons ensemble et que je suis chargée de la rubrique judiciaire. Mais il vous a promis de ne rien publier tant que l'enquête ne serait pas plus avancée.

— Qu'est-ce que ça vous a fait d'apprendre que nous avions un témoin ?

— J'ai été ravie pour vous.

— Vous souvenez-vous la première fois que nous nous sommes vus ? Vous m'avez dit que ce genre de type devrait être noyé à la naissance.

— Ah, c'est possible, je le pense toujours.

— Pourquoi avez-vous déménagé ?

— Je ne suis pas maso. Et l'appartement était à elle.

— Combien de temps êtes-vous restées ensemble ?

— Vingt-trois mois et dix-sept jours.

— Vous l'aimiez ?

— Énormément, répondis-je en le fixant.

— Herman est au courant ?

— Non. Je suis très jalouse de mon territoire. Je ne permets à personne d'y fourrer ses grands pieds.

Il se leva et déambula dans la pièce. Il s'arrêta devant mon bureau et prit la photo où nous étions ensemble, Joan et moi.

C'était au bord de la mer. Nous avions loué une barcasse avec un moteur qui toussait davantage que Marguerite Gautier. Nous avions tourné en rond pendant des heures, incapables l'une comme l'autre de diriger ce sacré rafiot.

Ça avait été une journée splendide.

Il reposa la photo et revint s'asseoir sur le canapé.

— Où étiez-vous la nuit du 12 juillet ?

— Je ne sais pas. Et vous, vous savez où vous étiez ?

— Si je cherche, peut-être.

— Peut-être aussi, mais ça m'étonnerait.

— Vous avez intérêt à trouver, dit-il d'un ton sec.

Le round d'observation était terminé ; je pris un cigarillo dans la boîte sur la table.

— Vous en voulez ? proposai-je.

— Non, merci, dit-il en sortant de sa poche un paquet de cigarettes light.

— Vous soignez votre santé, observai-je.

— Je veux devenir préfet de police et ça n'arrive

jamais avant cinquante ans. Je voudrais vous confronter avec le témoin, Sandra, vous êtes d'accord ?

— C'est gentil de me le demander. Même Joan qui n'aimait pas beaucoup la police aurait été ravie. Elle n'était pas très optimiste, mais elle pensait qu'en s'en occupant sérieusement on pouvait changer le monde. Elle n'avait pas compris qu'il fallait d'abord changer les hommes.

Il se leva une nouvelle fois et alla vers la fenêtre. Il me dit sans se retourner :

— Il va falloir que vous vous trouviez un sacré alibi pour ce soir-là. Et j'aimerais vraiment que vous ne quittiez pas la ville avant que je vous convoque. Ça pourrait être demain ou après-demain.

Il se retourna et demanda brusquement :

— C'est vous qui l'avez tué ?

Je le regardai et éclatai de rire.

— Ce sont les nouvelles méthodes ? On joue à « Jacques a dit » ?

— On ne joue à rien du tout, répondit-il brusquement. Si nous réunissons des preuves je devrai vous arrêter, Sandra. Et il reste les trois autres meurtres.

— Tant mieux. Si je suis reconnue coupable des quatre on me déclarera psychopathe irresponsable et je serai soignée aux frais de l'État. En me tenant bien, je serai libérée au pire dans dix ans.

Il revint au centre de la pièce.

— Je peux examiner vos couteaux de cuisine ?

— Je vous en prie. Le hachoir à viande est dans la boîte à couture et la tronçonneuse dans ma chambre.

Il ne répondit pas et tira un par un les couteaux de leur bloc de bois.

— Swayer, lut-il. Il est à vous ? Je peux l'emporter ?

— Oui, mais ne le gardez pas trop longtemps, c'est celui dont je me sers le plus. C'est avec ça qu'on les a tués ?

Il ne répondit pas et plaça le couteau dans un sac

en plastique. Puis il alla vers son imperméable et l'enfila en fourrant le couteau dans sa poche.

— Vous partez déjà ? Vous n'avez pas fini votre whisky, inspecteur.

— Je lui trouve un goût amer, dit-il en ouvrant la porte.

Il parut vouloir ajouter quelque chose, mais hocha la tête et referma la porte sur lui.

J'entendis ses pas claquer dans l'escalier et la porte de l'immeuble se refermer.

Je revins dans le séjour et pris la photo sur le bureau. Je m'assis sur le divan et levai mon verre.

— À toi, Joan, murmurai-je.

— Allô... ici Thomas Herman, est-ce que je peux parler à Me Magnusson ?... Augusta ? Je peux monter te voir maintenant ?

— Tout de suite ? Si tu veux. Pas longtemps, hein, j'ai une réunion.

La secrétaire le fit entrer directement dans le bureau d'Augusta.

— Bonjour, Thomas, tu étais dans le coin ?

— J'étais en bas. Comment vas-tu ?

— Bien. Qu'est-ce qui t'amène ? demanda-t-elle en l'embrassant.

Il tira le fauteuil et s'assit.

Elle le considéra avec étonnement parce que Thomas lui parut grave.

— Un drôle de truc. Tu sais, ce policier, Goodman, dont je vous ai parlé l'autre jour... il s'est mis dans la tête de confronter ma collègue Sandra Khan avec le témoin qu'ils ont dégotté pour le meurtre de Latimer.

Augusta sentit une veine battre plus vite sur sa tempe.

— Ah bon, pour quelle raison ?

— Il a appris, ce que j'ignorais, que Sandra vivait avec Joan Shimutz, cette femme qui a été tuée et violée sans qu'on ait jamais retrouvé le coupable. À l'époque Latimer avait été fortement soupçonné jusqu'à ce que son gendre lui fournisse un alibi.

— « Vivait », tu veux dire que c'était un couple ?

— Exactement.

— Il l'a arrêtée ?

— Non. Il veut simplement les confronter. C'est légal ?

— Il peut l'entendre comme témoin. Sinon il doit l'impliquer. Et pour ça il lui faut au moins une présomption. Que va-t-elle faire ?

— Accepter. Il lui a demandé si elle était d'accord.

— Il est futé. Elle pouvait dire non.

— Je voudrais que tu t'occupes d'elle.

— Moi ? Qu'est-ce que je peux faire tant qu'elle n'est pas officiellement inculpée ?

— L'aider, aller à la confrontation avec elle. La conseiller. C'est une forte tête, elle peut dire des trucs qui se retourneront contre elle.

— Elle est d'accord pour que je l'accompagne ?

— Je ne lui en ai pas parlé.

Augusta soupira et alla vers la fenêtre. C'était toujours ce qu'elle faisait quand elle avait besoin de réfléchir. Elle aimait regarder les toits et les rives boisées de la rivière Charles avant qu'elle ne se jette dans l'Atlantique. Ce jour-là, il y avait une circulation intense de bateaux privés naviguant entre les paquebots.

C'est devant ce même spectacle qu'elle avait désiré Goodman la première fois. Elle se souvenait encore de son souffle dans ses cheveux et de la tension immédiate qui l'avait saisie.

Elle revint vers son bureau.

— Il faut que je lui parle. As-tu son numéro personnel ?

— Oui.

Il chercha dans son carnet et le griffonna sur un papier.

— Tiens.

Elle le prit, le lut, et le glissa dans la poche de son tailleur.

— Tu la crois coupable ? demanda-t-elle en fixant son ami.

— Tu rigoles ? Goodman a dû faire ce que tout bon flic fait dans ce cas, chercher dans le passé de Latimer. Il a découvert que cette Joan Shimutz connaissait Sandra, ça lui a suffi pour démarrer.

— Comment elle est ?

— Qui, Sandra ? Séduisante, intelligente, capable... secrète. Ça fait deux ans qu'on travaille ensemble et je n'aurais jamais pensé...

— Qu'elle était lesbienne ?

— Oui. Je me suis fait éconduire au début quand je l'ai un peu draguée, mais j'ai pensé qu'elle n'était pas libre. Que comptes-tu faire ?

— Je ne sais pas. Elle peut refuser d'y aller.

— Tu vas la conseiller dans ce sens ?

Augusta haussa les épaules.

— Je ne suis pas certaine que ce soit le plus habile. S'il la soupçonne réellement, autant ne pas lui donner d'aliment. Bon, je vais y réfléchir. Tu vas m'excuser, mais j'ai une réunion emmerdante dans cinq minutes.

Elle l'embrassa et l'accompagna dans le vestibule.

— Et toi, ça va ? demanda-t-elle avant qu'il ne sorte.

— Ça va. Je vous ai trouvés tendus, Ron et toi, l'autre soir. C'était rien ?

— C'était rien. On se voit pendant le week-end ?

— Entendu. Merci de ce que tu feras pour Sandra.

Elle lui sourit et repoussa la porte.

— Me Rover vous attend avec son client dans son bureau, maître Magnusson, annonça sa secrétaire.

— Préparez-moi le dossier, j'y vais.

Elle décrocha le téléphone et fit le numéro de Sandra Khan.

— Allô ?

— Sandra Khan ? Je m'appelle Augusta Magnusson. Je suis une amie de Thomas Herman et je suis avocate. On peut se parler ?

— À quel sujet ?

— Thomas est venu me voir pour me dire que vous alliez être convoquée par l'inspecteur chargé du meurtre de Latimer. Il m'a demandé de vous assister, bien sûr si vous êtes d'accord. Vous pouvez légalement refuser d'y aller puisque vous n'êtes pas officiellement inculpée, mais dans ce cas il se fera délivrer un mandat l'autorisant à vous interroger dans le cadre de son enquête. Il a déjà fixé la date ?

— Demain.

— Il vaudrait mieux que vous soyez conseillée, amicalement bien sûr. Thomas s'en fait beaucoup pour vous.

— Il a tort.

— Peut-être. La police veut un résultat dans cette affaire et elle fera tout pour trouver un coupable.

— Ne croyez-vous pas que si je me ramène avec un avocat je ferai figure de coupable ?

— Je ne pense pas, l'affaire est trop sérieuse pour que vous preniez le moindre risque.

— Mais, comme vous l'avez vous-même signalé, cette confrontation est officieuse.

— Il voulait peut-être vous tester, ou peut-être a-t-il agi sur le coup de l'impulsion. Il vous a convoquée ?

— Non, il est venu à mon appartement.

— Comment a-t-il fait le rapprochement avec Joan Shimutz ?

— J'ai cru comprendre qu'il est allé à notre ancienne adresse et qu'une locataire l'a renseigné. Nous nous connaissons, lui et moi.

— Comment a-t-il été avec vous ?

— Tendu. C'est pas facile de dire à quelqu'un qu'il est suspect dans ce genre d'affaire.

— Ne vous y trompez pas, Sandra, Goodman est un excellent flic.

— Vous le connaissez ?

— Nous nous sommes rencontrés. Alors, voulez-vous que je vous accompagne ?

— J'ai rendez-vous demain matin à dix heures au commissariat du neuvième district.

— Je vous attendrai dehors à dix heures moins le quart. Je suis brune et grande.

— J'ai une tignasse rousse et je suis grande aussi.

Je croyais être en avance, mais Augusta Magnusson était déjà là.

Elle était très séduisante, avec cette classe naturelle qui m'a toujours fait rêver.

On la sentait née avec une cuillère en argent dans la bouche. Le genre d'allure qui dure toute votre vie, même s'il vous arrive de tomber dans la dèche.

— Bonjour, Sandra, me dit-elle avec un grand sourire en venant vers moi.

— Bonjour. Vous portez un très joli tailleur.

— Merci.

Elle jeta un coup d'œil rapide sur ma toilette qui consistait ce matin-là en un pantalon noir bouffant avec un poncho de couleurs vives, le tout complété par un bonnet de laine acheté au Pérou.

— Je suis plus classique que vous, dit-elle gentiment. Mais j'aime bien aussi ce que vous portez.

Nous nous éloignâmes de quelques pas, et elle me demanda ce que Goodman avait sur moi.

— Rien, à part que son corniaud de témoin a parlé d'une femme solide qui avait des cheveux frisés.

— Vous devez être à peu près cent mille rien qu'à Boston à correspondre à ce signalement. Je vous demanderai de ne répondre à aucune question tant que je ne vous donne pas le feu vert. À partir de maintenant vous n'ouvrez plus la bouche. C'est moi qui répondrai. Par exemple, s'il vous demande si vous étiez dans la rue cette nuit-là et à cette heure précise, je reprendrai la question en vous avertissant que pour l'instant vous n'êtes pas tenue de répondre. C'est à la fois vrai et faux. Mais il vaut mieux le forcer à se mouiller. Vous avez compris ?

— Oui, je crois. Bon, allons-y, je voudrais déjà que ce soit terminé.

Elle me mit la main sur le bras.

— Il faut que vous restiez calme, Sandra. Même si son foutu témoin vous reconnaît, on peut faire voler son témoignage en éclats. C'était la nuit, de loin, et il ne pourra pas être formel.

— Il a aussi pris un couteau dans ma cuisine.

— Un couteau ? Goodman ? Pourquoi ?

Je secouai la tête.

— J'en sais rien. Il a pris un Swayer. C'est peut-être avec ça que l'autre a été découpé.

— Tout le monde a ce genre de couteau dans sa cuisine.

— Espérons, dis-je en m'élançant vers les escaliers.

Nous arrivâmes devant le flic du guichet et je lui dis que j'étais attendue par l'inspecteur Goodman.

— Je suis au courant. Qui est cette dame ? demanda-t-il en regardant Augusta Magnusson.

— Je suis Me Magnusson, répondit Augusta, je suis le conseiller de Mlle Khan.

— Bon, alors suivez ce couloir, s'il vous plaît, le bureau du lieutenant est le dernier au fond. Il est vitré.

Goodman était plongé dans ses papiers et ne releva la tête que lorsque je frappai.

Il me regarda et parut stupéfait de la présence d'Augusta. Il se leva précipitamment et vint nous ouvrir.

— Heu... dit-il en fixant Augusta.

— Vous vous souvenez de moi, lieutenant, vous êtes venu me voir dans mon bureau au sujet justement de cette affaire Latimer, dit-elle souriante. Je m'appelle Augusta Magnusson.

— Parfaitement... répondit l'inspecteur. Mais... je ne m'attendais pas à vous voir ce matin.

— Je suis très amie avec Thomas Herman, que vous connaissez aussi, et il m'a demandé d'accompagner Mlle Khan... Je le fais à titre amical, bien sûr, puisque Mlle Khan n'est venue que pour aider la justice.

— Évidemment, et je la remercie. (Il se tourna enfin vers moi.) Vous savez comment ça se passe. Notre témoin sera dans un bureau et je lui demanderai de regarder les personnes qui seront de l'autre côté d'un miroir sans tain. Ça n'a pas été facile, savez-vous, de trouver des jeunes femmes qui ressemblent comme vous à Barbra Streisand.

Augusta se tourna vers moi.

— Ma foi, c'est exact, je cherchais depuis tout à l'heure où je vous avais déjà rencontrée.

Je haussai les épaules.

— Pour un coup je préférerais avoir la tête de la ménagère du coin !

— Vous allez voir, ça va très bien se passer, Sandra, dit Goodman en me prenant par le bras. Je vous suis reconnaissant d'avoir accepté de venir. Je vais pouvoir me rendre compte si ce témoin est fiable.

— Comment ça ? demandai-je.

— Ça, ce sont les ficelles du métier, me répondit-il en souriant. Voulez-vous me suivre ? Maître Magnusson, j'imagine que vous voulez être avec nous derrière le miroir ?

— Si vous le permettez.

— Alors c'est par ici, dit-il en sortant du bureau et en ouvrant une porte un peu plus loin. Mon adjoint se trouve avec le témoin. Mademoiselle Khan, voulez-vous venir ?

Pendant que mon avocate entrait dans l'autre pièce, il m'amena dans un bureau où attendaient déjà quatre autres femmes. À part la taille et les cheveux ébouriffés, nous avions peu de chose en commun.

On nous fit enfiler des blouses blanches, puis à la file indienne nous entrâmes dans une autre pièce très éclairée où on nous fit monter sur une estrade en nous distribuant des numéros. J'avais le trois.

Je regardai le miroir en essayant d'imaginer l'homme qui pouvait faire de moi une femme libre ou le contraire, sans jamais être certain d'avoir raison.

J'avais jusque-là à peu près tenu le coup, refusant d'envisager le pire. Mais à présent, confrontée à la réalité, je fus prise d'une véritable terreur.

J'avais l'impression de trembler de la tête aux pieds et je serrais mes bras contre moi de toutes mes forces.

— Voulez-vous s'il vous plaît placer votre numéro devant vous à hauteur de taille ?

La voix sortait d'un haut-parleur et je sursautai.

Je jetai un coup d'œil vers mes compagnes qui me parurent très détendues, ce qui eut pour effet d'augmenter mon angoisse dans d'effrayantes proportions.

Je savais que dans ce genre de confrontation on demandait aux flics de faire de la figuration. Probablement que ces femmes appartenaient à la police.

Un agent féminin vint nous placer à distance les unes des autres. J'avais l'impression d'occuper le plein milieu de l'estrade et d'avoir les projecteurs braqués sur moi.

Je respirai à peine dans un temps qui me parut une éternité.

— Numéro quatre, fit la voix dans le haut-parleur, voulez-vous avancer d'un pas et présenter votre profil gauche ?

La fille à ma gauche se tourna, et je dus m'accrocher de toutes mes forces pour ne pas tourner la tête à mon tour et la regarder.

Surtout ne rien faire qui puisse me distinguer des autres.

Me couler, disparaître, fondre dans le mur gris derrière moi.

Je me serais arraché ces cheveux cuivrés qui jusqu'à ce jour avaient été ma fierté.

— Veuillez vous remettre de face. Numéro quatre, s'il vous plaît.

La fille pivota.

Un fleuve long et tranquille de temps immobile commença.

— Merci. Regagnez votre place. Numéro deux, veuillez avancer d'un pas, s'il vous plaît, dit le haut-parleur.

Le numéro deux se détacha.

À quoi s'amusait-on ? Pourquoi ces simagrées ? Le deux, le quatre, et moi, quand ? À quel moment l'atroce voix métallique allait-elle dire « À part le numéro trois, vous pouvez toutes partir » ?

Je me déchirais les yeux à tenter de percer le miroir terne qui nous faisait face.

Je me voyais avec ceux du témoin cherchant à se souvenir et s'accrochant à de fugaces images.

Magnusson m'avait dit qu'on pouvait facilement remettre en cause un témoignage obtenu si longtemps après.

Mais si ce type me reconnaissait, Goodman serait obligé de m'inculper. À mon avocate ensuite de m'en sortir.

J'étais allée plusieurs fois dans les prisons interroger des suspects et même des condamnés, et chaque fois je m'étais promis de ne pas recommencer.

Le bruit, l'odeur, l'atroce impression de claustrophobie me rendaient folle.

Qui paierait pour moi la caution si par chance le juge l'accordait ? Mes parents ? Je les imaginais apprenant que leur fille était soupçonnée d'avoir égorgé et mutilé un homme ! Bien sûr ils paieraient, et moi je crèverais de honte !

— Numéro trois, s'il vous plaît... S'il vous plaît,

veuillez nous présenter votre profil droit, numéro trois.

Je reçus un coup de coude de ma voisine et je me tournai comme un automate.

Depuis combien de temps me demandait-il de me tourner ?

Le numéro quatre avait un bouton sur la joue, une sorte de nævus, et je crispai les doigts sur ma pancarte pour ne pas avancer la main et le toucher.

Il remplissait tout mon espace visuel. Il clignotait comme un gyrophare, comme les enseignes de Times Square. Comment pouvait-on garder une telle horreur ?

— Merci, numéro trois, veuillez vous tourner à présent vers la gauche.

Je tournai avec souplesse, sur la pointe des pieds, comme pour un pas de danse.

J'étais totalement calme à présent. Détendue comme rarement.

Je me dis que j'aurais dû davantage déjeuner le matin. J'avais une envie folle d'un café fort et chaud. J'en demanderai un en priant qu'on m'ôte mes menottes.

S'ils hésitaient je me moquerais d'eux. « Auriez-vous peur de moi, messieurs les policiers ? »

— Merci, numéro trois, vous pouvez reprendre votre place. C'est tout, mesdames, vous pouvez vous retirer, nous vous remercions de votre collaboration.

Les filles s'ébrouèrent, et l'une d'elles tira la langue au miroir.

— Allez-y, me dit le numéro cinq avec un sourire, c'est terminé.

Terminé ? Pour qui ?

Comme je ne bougeais pas, elle me prit gentiment par le bras.

Elle savait, bien sûr, comme toutes les autres, que cette confrontation avait été faite à mon intention.

Pourquoi était-elle si aimable avec moi ?

Je me laissai emmener et revins dans le bureau. Il y avait des gobelets de café fumant déjà préparés.

Les filles enlevèrent leur blouse et des cigarettes circulèrent dans les bavardages.

La porte s'ouvrit devant Goodman. Il était souriant.

— Merci, mesdames, de votre collaboration. Mademoiselle Khan, c'est fini. Si vous voulez venir avec moi. J'ai aussi du café chez moi. (Et comme je le suivais :) Vous pouvez enlever votre blouse, Sandra.

Je rejoignis Me Magnusson qui nous attendait dans le bureau de Goodman avec un autre inspecteur.

Goodman me fit passer devant lui.

— Je vous en prie. Je vous présente l'inspecteur-sergent Johnson, qui travaille avec moi sur cette affaire et qui a reçu le premier notre fameux témoin.

Le flic me tendit la main en souriant. On aurait dit une caricature. Cheveux ras et clairs, yeux bleus, cravate tenue par une pince contre la chemise, carrure de catcheur.

— Enchanté, dit-il.

Me Magnusson était assise et me souriait vaguement.

Goodman passa derrière son bureau après m'avoir présenté une chaise.

— Bien.

Il avait plaqué ses deux mains à plat sur son bureau dans l'attitude de celui qui n'a pas encore pris la décision de vous foutre au trou ou de vous inviter au restaurant.

— Bien, mademoiselle Khan, vous êtes libre.

Il releva la tête et me regarda en souriant. Seule sa bouche souriait. Ses yeux étaient froids. Comment pouvait-il avoir un regard aussi glacial avec des yeux aussi sombres ?

Je hochai la tête.

— Si je comprends bien votre témoin ne m'a pas reconnue ?

Il ne répondit pas tout de suite.

— Ce n'est pas aussi simple, dit-il en étirant un peu plus son faux sourire, ce qui eut pour effet de le faire ressembler au pire des seconds couteaux dans le plus exécrable des navets.

— Ah ?

— Vous avez, disons, bénéficié à la fois d'un flou artistique et d'une excellente avocate-conseil.

— Parce que vous, vous me croyez coupable, grinçai-je.

Je vis Me Magnusson me lancer un rapide coup d'œil.

— Ce n'est pas si simple... En tout cas je vous félicite pour votre courage.

— Mon courage ?

— Coupable ou innocente ce genre d'épreuve n'est jamais très plaisant, et vous avez accepté sans y être obligée.

— Ça devrait plaider en faveur de mon innocence, rétorquai-je avec un sourire que je m'efforçai de rendre chaleureux.

Il hocha la tête.

— Ce n'est pas si simple.

— Bien.

Me Magnusson s'était levée et venait vers moi.

— Si vous en avez terminé, lieutenant, je crois que je vais emmener Mlle Khan hors de cet endroit délicieux. Vous voudrez bien me faire parvenir votre rapport sur cette séance d'interrogatoire ?

— Mais, naturellement. (Il me regarda.) J'aurais été désolé qu'il vous reconnaisse formellement, dit-il.

— Formellement ?

— Il a beaucoup hésité.

Le portrait-robot de la femme soupçonnée du meurtre de Latimer fut distribué dès le lendemain à tous les journaux.

Le portrait avait été tiré à quelques milliers d'exemplaires et une armée de flics se promena avec dans la ville.

Les élections approchaient et le maire appuyait chaque jour un peu plus sur la gorge des flics.

Le chef de la police invita les capitaines à déjeuner à son club, sur la caisse noire, et évoqua clairement au moment du cognac et des cigares la courbe ascendante que prendrait la carrière de celui qui attraperait la criminelle.

Il y avait des postes à pourvoir à la brigade des inspecteurs. Des postes de chefs de corps et d'inspecteurs généraux.

Thomas Herman reposa le *Chronicle*. Le portrait de la suspecte s'étalait en première page.

On demandait à tous les citoyens susceptibles de la reconnaître de se mettre en rapport avec la police.

Thomas jura et attrapa son téléphone.

— Allô, je voudrais parler au lieutenant Goodman.

Sam Goodman vint en ligne.

— Oui ?

— Herman, à l'appareil. Du *Chronicle*.

Sam leva un sourcil. Le ton du journaliste était très inamical.

— Bonjour.

— Je peux venir vous voir ?

— Si vous voulez.

— J'arrive, dit le journaliste en raccrochant.

Il débarqua une demi-heure plus tard.

— Asseyez-vous, invita Sam quand il fut entré. Je vous présente mon adjoint Johnson.

Les deux hommes se serrèrent la main.

— Je me doute pourquoi vous êtes ici, commença Goodman en désignant le journal qu'Herman tenait à la main.

— Qu'est-ce qui vous a pris de confronter Khan avec votre témoin ? attaqua le journaliste.

— Vous avez la réponse là-dedans, répondit Goodman. Non seulement elle lui ressemble mais elle avait une excellente raison de le supprimer.

Herman pinça les lèvres.

— En quoi elle lui ressemble ? À cause des cheveux ? La preuve, votre foutu témoin a perdu la mémoire !

— Écoutez, Thomas, je comprends votre colère. Ça ne m'a pas fait plaisir non plus d'apprendre que la compagne de Joan Shimutz était Sandra Khan.

— Mais vous étiez prêt à l'embarquer si ce type l'avait reconnue. De l'autre côté de la rue, en pleine nuit et trois mois plus tard !

Sam soupira et jeta un bref coup d'œil vers Johnson qui se taisait et se contentait de regarder le journaliste.

— Évidemment que je l'aurais embarquée. Ça ne nous aurait pas empêchés de chercher des preuves plus tangibles que ce témoignage. Qu'est-ce que vous voulez que je vous dise ?

— On doit drôlement vous emmerder, hein, pour que vous dégottiez un coupable... grinça Herman. (Sam ne répondit pas.) Là, c'est duraille parce que c'est une fille qui sait se défendre... mais une quelconque malheureuse pourrait faire l'affaire.

Sam le fixa.

— Arrêtez de déconner. Ce témoin, je l'ai pas pondu, il existe. Et je vais vous dire quelque chose qui ne va pas vous faire plaisir. Il a rudement hésité sur elle. Si j'avais été pourri ne serait-ce que la moitié de ce que vous vous plaisez à croire, j'aurais fait pression sur lui. Fallait pas grand-chose pour le décider. Et c'est pas parce que vous m'avez filé dans les pattes Augusta Magnusson que je ne l'ai pas fait. Je ne l'ai pas fait parce que je veux croire à l'innocence de cette fille, mais je n'en sais rien.

— C'est à votre tour de déconner.

— Non. Elle n'a pas été foutue de me dire où elle était ce soir-là. Elle a le mobile, et le seul témoin digne de foi qu'on ait depuis le début de cette putain d'affaire est prêt à la reconnaître, ou tout au moins à laisser planer le doute. Je vais vous dire, Herman, ce serait pas un Asiatique toujours un pas en avant, un pas en arrière, l'affaire était dans le sac !

Le journaliste se leva brusquement sans répondre et fixa Johnson.

— C'est aussi votre avis ?

Johnson secoua la tête.

— J'en sais rien. C'est possible.

Herman se tourna de nouveau vers Sam.

— Alors qu'allez-vous faire ?

L'inspecteur haussa les épaules.

— Continuer de chercher. Elle possède un couteau de la marque de celui qui a tué Stockton.

— Vous la soupçonnez aussi pour lui !

— Je vous parle de Stockton parce que c'est sur son cou qu'on a retrouvé des particules d'acier qui provenaient de ce couteau. Attention, c'est top secret. Si mon capitaine savait que j'ai parlé de ça à un fouille-merde comme vous il me ferait sauter la tête. Si je le fais, c'est parce que j'ai confiance en vous. Si vous voulez laver définitivement votre copine de tout soupçon, faut pas nous tirer dans les pattes.

— Vous n'en avez pas trouvé sur le cou de Latimer ?

— Non, peut-être y en avait pas, peut-être on n'a pas bien cherché. Peut-être qu'il a été tué avec autre chose. Je patauge comme tous mes collègues, mon vieux. Si elle me donne un alibi pour Stockton, je décrocherai un peu.

— Vous lui avez demandé ?

— Non.

— Qu'est-ce que vous attendez ?

— Qu'elle m'en donne un pour Latimer. Ce couteau, tout le monde en a. Même moi, j'ai vérifié.

— Si elle n'a pas d'alibi pour Latimer, ça prouve aussi son innocence.

Sam haussa encore les épaules et alluma une cigarette.

— Bon, Herman, vous voulez me faire plaisir ? Rentrez chez vous ou où vous voulez et foutez-moi la paix. J'ai pas besoin qu'on me dise quoi faire... j'ai peur qu'il y ait encore d'autres crimes. Et si j'étais certain de sa culpabilité, qu'elle soit ou non votre copine ou je ne sais quoi, je la coffrerais !

— Faites-le, et vous aurez tous les canards contre vous ! Vous n'avez rien qu'un foutu témoignage qui ne vaut pas un clou et un mobile que vous inventez ! Y avait un tas de gens qui auraient voulu faire la peau de ce salaud... la mère de la petite Sanchez, parce que vous avez pensé qu'au père avec vos théories à la mords-moi-le-doigt ! Sa femme, qui se faisait régulièrement dérouiller et qui, persuadée de sa culpabilité pour la petite Portoricaine, n'encaissait pas d'être cocufiée depuis toujours... vous le saviez, ça ? Et toutes les autres qu'on ne connaît pas. Tiens, Augusta, Fanny, d'accord pour dire qu'un mec pareil faudrait lui couper les couilles !

Johnson se mit à rire silencieusement, interrompant la tirade du journaliste et faisant tourner la tête à son chef.

— Pourquoi vous riez ? demanda celui-ci.

— Quand je songe à toutes ces femmes d'après ce monsieur ici présent qui ne pensent qu'à nous les couper, ça me donne envie de me faire pédé.

Sam prit le journaliste par les épaules et le poussa doucement vers la porte.

— Vous vous rendez compte de ce que vous faites à mon adjoint ? Herman, tirez-vous, soyez gentil. Et soyez encore plus gentil, fermez-la. Si vous voulez l'aider, c'est ce que vous avez de mieux à faire, parce que sinon je vais me mettre après elle comme un chien sur un os.

— Vous êtes un salaud ! souffla le journaliste.

Sam hocha la tête.

— Tirez-vous, Herman, redit-il doucement.

Fanny Mitchell reposa le *Chronicle.* Elle fut tentée d'appeler Thomas pour savoir si les journaux possédaient d'autres détails. Elle était ravie que le témoin ait reconnu une femme. Enfin.

Toutes les femmes devraient vouloir supprimer ce genre d'individus. Ça relevait de la salubrité publique.

Quand donc le comprendraient-elles ? Combien leur fallait-il de viols, d'abandons, d'incestes, de coups pour qu'elles se décident à passer à l'attaque ?

Elles devaient les terroriser comme elles l'avaient été depuis la nuit des temps.

Comme elle était heureuse ! C'était juste ce qu'il fallait, ce témoignage. Les hommes sauraient qu'une femme était capable de se venger.

Ils n'oseraient plus poser leurs sales pattes, crier ces mots orduriers qui la rendaient folle.

Depuis qu'elle habitait là, elle avait dû changer deux fois de numéro d'appel. Et quand le téléphone sonnait, elle appréhendait de décrocher.

Mais à présent il y avait dans la ville une émasculatrice.

Comme ce mot était doux, comme il allait les faire trembler !

Elle se leva et se mit à chantonner en esquissant quelques pas de danse.

Elle valsait lentement, s'enroulant dans ses bras aériens comme des voiles, précipitant soudain ses pas, se relevant dans une révérence ou prenant légèrement appui du bout des doigts contre une barre imaginaire.

Elle était merveilleusement détendue.

Si détendue qu'elle ne se souvenait pas de l'avoir été autant depuis des années.

En souriant elle prit l'urne placée sur la table basse et la leva devant son front.

Elle dansa sans la quitter des yeux, comme on le fait avec un amoureux, ou comme la prêtresse de quelque culte.

Elle ne s'arrêta que quand le souffle lui manqua.

Et elle avait le feu aux joues et les yeux brillants.

Une femme, c'était une femme qui avait tué ce cochon. D'ailleurs elle le savait. Les loups ne se mangent pas entre eux. Est-ce que son beau-père et son complice avaient été punis ?

Non, ELLES avaient été punies.

Mais tout ça était terminé. Jamais elle ne serait séparée de sa mère désormais. Elle la garderait près d'elle et la protégerait de ces monstres aux faces écumantes, aux mains crochues et aux sexes tendus comme des socs.

Elle reposa l'urne sur la table.

Une ère nouvelle s'ouvrait.

Une ère de quiétude.

Elle posa ses lèvres sur l'urne dans un baiser léger.

— Ne t'inquiète pas, maman, je suis là.

Ce fut Joyce Mac Call qui appela Thomas Herman au *Chronicle.*

— Bonjour, monsieur Herman, je suis Joyce Mac Call, la collaboratrice de Fanny Mitchell, vous vous souvenez de moi ?

Thomas mit une dizaine de secondes avant de dire oui.

— Bien sûr, comment allez-vous ?

— Moi, je vais bien.

Et comme elle se taisait, Thomas demanda, ironique :

— Alors qui ne va pas bien ? Ou désirez-vous m'apporter une quelconque information ?

— Je vous téléphone, enchaîna aussitôt la jeune femme, parce que je m'inquiète un peu pour Mlle Mitchell, et comme je sais que vous vous fréquentiez, je me suis dit que ça pourrait vous intéresser.

— Que se passe-t-il ? demanda Thomas d'un ton sérieux cette fois.

— Eh bien... Mlle Mitchell a perdu sa mère récemment, et moi qui sais combien elle l'aimait je suis étonnée de la voir si relax...

Thomas ne comprenait pas où la fille voulait en venir. Fanny se moquait souvent d'elle, autant de son physique légèrement ingrat que d'une candeur qui la faisait tomber dans le moindre piège que lui tendait la vie.

— Eh bien... c'est plutôt bon signe, finit-il par dire. Vous savez, madame Mac Call, il ne faut pas se fier aux apparences. Peut-être Mlle Mitchell ne désire pas étaler sa peine.

— C'est ce que je me suis dit au début... mais c'est pas ça. Quand elle en parle c'est comme si sa mère était toujours vivante... et moi je trouve ça pas sain.

Effectivement, pensa le journaliste.

De parler de Fanny avec cette fille lui donna un petit coup de cafard.

Elle ne l'avait pas rappelé après qu'ils se furent rencontrés dans ce bistrot où il s'était comporté comme un crétin. Et lui n'avait jamais osé le faire.

Sa peine s'était peu à peu estompée, mais elle était toujours vivace, la preuve.

— Bon, je passerai la voir. Je vous remercie de m'avoir prévenu.

— De rien, monsieur Herman, au plaisir.

Thomas resta un moment à réfléchir. Plus loin dans la salle de rédaction il voyait Sandra taper un article qu'elle lui avait montré peu avant.

Quelque chose d'explosif sur un jugement inique rendu par la cour criminelle de Boston, que la jeune femme accusait d'antisémitisme.

Que pouvait-on savoir des gens et de leurs réactions ? Se connaissait-il lui-même ? Il se rappelait dans un malaise s'être surpris deux fois dans des situations ambiguës.

La première fois c'était dans le métro de New York où il avait assisté à une agression contre un Blanc par deux Noirs. Personne n'avait bronché dans la rame, pas plus lui que les autres.

Quand les voyous étaient descendus après avoir balafré le type et piqué sa serviette, et que celui-ci avait regardé les autres voyageurs avec un air d'intense dégoût, Thomas revenu de sa trouille avait dégueulé par terre.

L'autre fois c'était pendant son service militaire. Il s'était battu comme un fou contre un sergent qui avait humilié un gars dont il se foutait complètement. Il savait pourtant ce qu'il risquait, mais la rage devant ce comportement lâche et imbécile l'avait aveuglé.

Il s'était retrouvé trois mois dans un bataillon disciplinaire à en baver comme un dingue.

Thomas se dit que s'il prévenait Fanny de sa visite, elle refuserait de le voir.

Il alla chez elle le lendemain du coup de téléphone de Joyce Mac Call.

Elle ouvrit sans prendre la précaution de s'enquérir de l'identité de son visiteur.

— Bonsoir, Fanny... Je ne vous dérange pas ? (Et comme elle ne répondait rien :) Ce n'est pas prudent d'ouvrir votre porte sans demander qui est derrière.

— Je ne suis pas peureuse, répliqua-t-elle avec un demi-sourire.

— Je peux entrer ?

Elle fit mine d'hésiter puis s'effaça devant lui.

— Merci.

Ils restèrent l'un à côté de l'autre, l'un souriant, l'autre pas.

Elle poussa un petit soupir et le précéda dans son living.

Mal à l'aise, Thomas fourra les mains dans ses poches. Et puis tout à coup il vit l'urne.

Elle était sur la table du salon entourée de quatre cierges allumés, rouges et dorés. À côté, la photo souriante d'une femme d'une quarantaine d'années qui ressemblait vaguement à Fanny.

Il se tourna vers la jeune femme.

— Votre mère ?

Fanny regarda la photo en souriant.

— Oui. C'est chez nous, à Des Moines.

— J'ignorais que vous veniez de là-bas. Elle... y est toujours ?

— Non... elle est venue ici pour se rapprocher. Vous savez, à présent, elle a une soixantaine d'années, elle a besoin de moi. Vous prendrez bien quelque chose ?

— Heu... je ne veux pas vous déranger... mais ce serait avec plaisir.

— Je n'ai pas d'alcool, dit-elle en se dirigeant vers une pièce qui devait être la cuisine, je vous fais un jus de légumes.

— C'est parfait.

Elle ne lui proposa pas de se dévêtir ou de s'asseoir, et il resta planté au milieu de la pièce.

Il entendit vrombir la centrifugeuse et elle revint peu après avec un verre rempli d'un liquide vert.

— Tenez.

— Vous ne buvez pas ?

— Je n'ai pas soif.

Il trempa les lèvres dans le verre et retint une grimace. C'était imbuvable. Il reposa le verre sur la table basse à côté des cierges.

Fanny s'en empara aussitôt et le rapporta à la cuisine.

Thomas s'assit sur une chaise. Fanny revint et resta debout devant lui. Il fit mine de ne pas s'en apercevoir.

— Alors quoi de neuf, Fanny ? demanda-t-il d'un ton léger.

— Oh, rien, la routine. Êtes-vous retourné à votre chalet ?

— Mon chalet ? Heu, non... sinon je vous y aurais invitée.

— Oh, ça m'aurait fait tellement plaisir !

— Réellement ? Eh bien, la prochaine fois... Avez-vous revu Augusta ou Ron ?

— Non, et je le regrette. Ma vie est très calme. Trop, sans doute. Maman me le reproche toujours. Mais vous savez comme le temps file...

Cassure, angoisse, Thomas respira profondément.

— Votre... mère a habité avec vous ?

— De temps en temps. Et vous, Thomas, le journal ?

— Je suis passé chef de l'information, j'ai beaucoup de boulot.

— Oh, mais ça c'est rien. Maman m'a élevée dans le goût de l'effort. Je sais à présent qu'elle a eu raison.

— Vous... heu... ça me ferait plaisir de vous avoir à dîner.

— Vraiment ? Comme c'est gentil. Un de ces soirs je ne dis pas non. Ma mère sera ravie.

Thomas la fixa, complètement éberlué.

— Fanny... les cierges, là, c'est quoi ?

— Rien, j'adore les bougies. Vous savez qu'ils ont découvert que c'est une femme qui a supprimé ces horribles bonshommes ?

Elle s'assit enfin dans un fauteuil en face de Thomas.

— Je peux enlever mon manteau ? demanda celui-ci.

— Oh ! mais bien sûr. Excusez ma distraction. Nous sommes allées voir hier soir un film de Cassavetes, *Shadow*. Fantastique. Vous avez aimé ?

— Je ne l'ai pas vu.

— Oh, il faut.

— Pour en revenir à ce que vous disiez, je sais effectivement que la police soupçonne une femme d'avoir commis au moins un de ces assassinats. Je le sais d'autant plus qu'une journaliste du *Chronicle* avec qui je travaille a été interrogée.

— Ah, oui ? C'est elle ?

— Non. Elle est bien trop équilibrée.

Fanny laissa fuser un rire espiègle.

— Elle avait peut-être une bonne raison.

— Elle a été entendue en qualité de témoin.

— Ah ! c'est donc ça... le procureur en parlait

aujourd'hui. Mais j'ignorais que vous la connaissiez. J'aimerais lui être présentée.

— Je doute qu'elle accepte. Ou alors il ne faudra pas lui parler de cette histoire.

— Pourquoi pas ? Je suis sûre que vous avez peur d'elle, maintenant.

— Peur ? Pour quelle raison aurais-je peur ?

Fanny fit une grimace comique comme quelqu'un qui n'est pas dupe.

— Je voulais vous téléphoner, mais je n'ai jamais trouvé le temps, déclara-t-elle à brûle-pourpoint. Je suis sûre que vous aimerez ma mère.

Frisson avec le cœur qui s'accélère et les mains qui deviennent sèches.

— Fanny... j'aurais pensé que... que ces cierges qui entourent la photo de votre mère...

La jeune femme se leva soudain. Souriante, elle se planta devant Thomas en lui tendant ses deux mains comme pour l'inviter.

— Vous voulez que je vous montre mes dernières toiles ?

— Vous peignez ?

— Oui.

— Volontiers.

Elle lui prit la main et alla vers un coin de la pièce où, recouverts d'une toile, des cadres étaient posés.

Elle souleva la toile et saisit un des cadres.

— Regardez, invita-t-elle joyeusement.

C'était une reproduction d'un Magritte. *L'Homme au chapeau.*

Il la regarda, atterré.

— C'est un Magritte, dit-il la voix blanche.

— Oui, c'est moi qui l'ai peint.

— Fanny...

— Et ça, regardez...

Elle lui présenta une autre toile qu'il ne reconnut

pas. Un magma de couleurs violentes déchirait la toile en tous sens.

— Ça aussi, c'est moi !

Elle reposa le tableau et revint s'asseoir.

— Vous voulez que je vous dise un secret ? Je crois que je vais laisser tomber l'attorney et me consacrer à la peinture.

— Ah, bon, et de quoi vivrez-vous ?

— Maman a promis de m'aider.

Elle était radieuse comme jamais il ne l'avait vue, même quand ils sortaient ensemble et qu'elle lui semblait heureuse.

En ce temps-là il y avait toujours une ombre dans ses yeux. Comme la première fois où il s'était lancé pour l'inviter à cap Cod.

Il se souvenait parfaitement que son visage lui avait paru coupé en deux. La bouche vivante et le regard absent. Pas ce soir.

Ce soir il irradiait de toute sa personne une véritable joie, un feu intérieur qui la faisait rayonner.

Il eut tellement mal d'un coup, la douleur fut si poignante, qu'il faillit se précipiter sur elle pour la serrer contre lui et lui promettre de la protéger toujours.

Elle ne lui avait jamais paru plus séduisante et plus vulnérable. Elle n'avait plus ce regard de bête traquée, cette raideur du corps toujours sur le qui-vive.

Elle était enfin entrée dans sa vie.

Elle était devenue folle.

Goodman poussa la porte du *Coup de Fouet*.

Le bar était vide à part deux représentants de commerce qui remplissaient des bordereaux.

Le barman le regarda s'approcher avec indifférence. Le coup de feu n'allait pas tarder et en attendant il se reposait.

Goodman s'accouda au comptoir.

— Bonjour, je peux vous demander un renseignement ?

Le loufiat haussa les épaules sans répondre avec l'expression de celui à qui le monde a fait une vacherie et qui compte bien le lui rendre.

— Vous avez déjà vu cette femme ?

Le gars jeta un coup d'œil sur le portrait-robot.

— Non, lâcha-t-il d'une voix molle.

— Regardez bien, insista Sam.

— Pourquoi je le ferais ?

— À cause de ça, fit Sam en souriant et en sortant sa plaque de flic.

S'il crut impressionner le bonhomme, il se fourra le doigt dans l'œil.

— J'vous ai dit non.

— Il y a quelques mois un type qui sortait de chez vous s'est fait assassiner. Vous vous souvenez, on est venu vous voir à l'époque ?

— Ouais.

Les représentants s'étaient rapprochés et écoutaient le dialogue.

— Vous aviez parlé d'une femme qu'il aurait suivie. Est-ce qu'elle lui ressemblait ?

Le loufiat consentit à regarder de nouveau le document.

— J'crois pas. Dites donc, y a un moment de c't'histoire.

— Y a un moment, mais c'est pas tous les jours qu'on égorge un de vos clients. Vous nous aviez dit que cette femme était entrée téléphoner, alors rassemblez vos souvenirs et dites-moi si elle lui ressemblait.

— Faites voir, fit un des représentants.

Sam lui tendit le portrait.

— Je la connais pas, dit le type.

— Je m'en doute. C'est pas à vous que je demandais, rétorqua Sam.

Vexé, le type retourna à sa place en haussant les épaules.

— Alors ? demanda Sam au barman.

— Noon... l'autre fille, si je me rappelle vaguement, avait plutôt les cheveux noirs et courts.

— Noirs et courts ? Et la taille ? Elle était grande, petite, grosse ?...

Le type fit une moue.

— Moyenne, pas mal balancée. Elle boitait.

— Elle boitait ? Vous voulez dire qu'elle avait une canne ?

— Noon... pas souple, quoi. Pas aimable non plus.

Sam soupira. Ce n'était pas Sandra. Tant mieux. Ou tant pis. Il ne savait plus. Deux femmes ? Incroyable !

— Qu'est-ce que vous pourriez me dire de plus ?

— Rien, fit l'autre en haussant les épaules.

À ce moment deux types entrèrent dans le bar en parlant fort.

— Salut, Dutch, fit l'un d'eux vers le barman.

— Salut, répondit-il.

Les gars s'installèrent pas loin de Sam à qui ils jetèrent un coup d'œil.

— Bon, s'il vous revient quelque chose, dit Sam, téléphonez-moi à ce numéro. D'accord ?

— D'accord, fit l'autre en prenant la carte et en la posant au hasard derrière lui.

Sam jeta un regard noir aux représentants qui se marraient vaguement et sortit du bar.

Une pluie fine commençait à tomber et Sam chercha en vain un taxi.

Les gens se foutaient tellement de tout qu'ils étaient incapables du moindre effort. Ils exigeaient la sécurité mais ne levaient pas le petit doigt pour aider ceux qui s'en chargeaient.

S'il n'avait tenu qu'à lui il laisserait volontiers courir le découpeur de pines. Les gens ne méritaient vraiment pas qu'on se casse le cul pour eux !

Une voiture l'éclaboussa en passant et il poussa un rugissement de rage.

Si ça faisait plaisir à ces souris de détailler en rondelles ces connards, grand bien leur fasse ! Lui s'en tapait !

Il soliloqua une bonne dizaine de minutes sur ce ton avant de reprendre son calme.

— Bon, je suis fatigué, je suis découragé, mais ce n'est pas une raison pour parler comme un charretier. N'est-ce pas ? dit-il à un vieux monsieur qui le croisait et qui accéléra le pas.

Il s'arrêta devant une cabine téléphonique et fit le numéro d'Augusta.

On lui dit qu'elle était au tribunal et ne rentrerait pas de la journée.

Tant mieux, pensa-t-il encore, décidé à ne pas se laisser entamer. Il composa le numéro du *Chronicle* et demanda Thomas Herman.

On le lui passa.

— Salut, c'est Sam. Vous me feriez des pâtes ce soir ou on va manger un cou farci ?

Il y eut quelques secondes d'hésitation à l'autre bout.

— Des pâtes ? J'ai pas vraiment envie. Qu'est-ce qui se passe ?

— J'ai besoin de parler à quelqu'un que j'aime bien.

Il eut encore un silence à l'autre bout.

— Huit heures, ça va ? Au journal.

— Parfait. À tout à l'heure, dit Sam en raccrochant.

Il sortit de la cabine au moment où un taxi déposait devant lui des clients.

Tout s'arrangeait. Il aurait le temps de se doucher et de téléphoner à sa mère.

Bon, parfois la tartine de *schmalz* tombait du bon côté.

La serveuse en kimono apporta la soupe aux crevettes et le sushi.

— Alors, qu'est-ce qui ne va pas, brigadier ? demanda Thomas en fouillant avec ses baguettes dans son assiette.

— Rien ne va, répondit Sam. Et vous n'avez pas l'air très brillant non plus.

Thomas réussit à porter à la fois les baguettes à sa bouche et à hausser les épaules. Il fixa le lieutenant.

— Vous aimez une fille... elle vous envoie promener... vous vous dites qu'avec le temps ça peut s'arranger... et quand vous la revoyez vous vous apercevez qu'elle bat le dingue. Ça vous rendrait joyeux ?

— De qui parlez-vous ? Fanny Mitchell ?

Thomas reposa ses baguettes.

— J'ai pris deux jours pour aller là où elle est née. La banlieue de Des Moines, vous connaissez ? Un pays de ploucs. Parce que je suis un petit futé, j'ai consulté les journaux des vingt dernières années, histoire de me faire une idée. Tous ceux qui auraient pu me parler d'elle étaient morts ou perdus dans la vaste Amérique.

— Pourquoi cette enquête ?

— Laissez-moi terminer. Il y a un peu plus de dix-huit ans, Fanny vivait avec sa mère et un beau-père dans une baraque assez minable, et un soir, d'après le canard, le beau-père est arrivé avec un copain, a violé sa femme et le copain a violé Fanny. Peut-être bien que le beau-père s'en est mêlé, j'sais pas. L'article n'était pas clair. J'ai voulu voir le journaliste, il avait déménagé des années auparavant et personne pouvait me parler de rien à part un vieux typo à moitié gâteux. Fanny a été, d'après ce qu'il m'a dit, placée à l'Assistance et la mère dans un asile de dingues. Elle vient d'ailleurs d'y mourir.

« Je suis allé à l'Assistance et une des éducatrices qu'était toute jeune à l'époque s'est souvenue de Fanny. Elle m'a dit que Fanny était tellement folle qu'elle foutait la trouille à tout le monde. Après, elle savait qu'elle avait eu une bourse pour étudier. Elle ignorait ce qu'elle était devenue.

Le journaliste se tut et piqua dans son assiette avec ses baguettes. Sam se pencha vers lui.

— Il y avait de quoi perdre la tête, mais pourquoi dites-vous qu'elle est devenue folle maintenant ?

— Le beau-père de Fanny a été retrouvé mort dans un cylindre à ciment deux mois après que Fanny fut sortie de l'institution. Deux mois. Personne n'a compris comment l'accident avait pu arriver. Ils ont quand même classé l'affaire parce qu'ils n'en avaient rien à foutre.

— Mais quel rapport ? À quoi pensez-vous ?

— J'pense à rien. J'pense que la fille que j'aime en a tellement bavé à cause des mecs qu'elle les déteste tous.

— Elle détestait son beau-père, c'est pas tout à fait pareil. Et dans le bâtiment les accidents de travail ne sont pas rares.

— Et la fille qui aurait fait son affaire à Latimer ressemble à mon amie Sandra. Il y a de quoi devenir cinglé, non ?

— Elle ressemble à toutes les grandes filles qui ont des cheveux frisés, un point c'est tout.

Thomas eut enfin un sourire en regardant Sam.

— Vous êtes vraiment un drôle de coco. On se serait

tapés dessus l'autre jour parce que vous souteniez mordicus que celle qui avait buté Latimer était Sandra ; et à présent vous dites tout le contraire.

Sam soupira et repoussa son assiette au moment où la serveuse leur apportait la fondue surmontée de l'inévitable feu d'artifice.

— Allez-y, invita Sam.

— J'ai pas faim.

Ils restèrent à regarder le truc idiot continuer de se consumer en lâchant ses étincelles.

— Vous soupçonnez Fanny Mitchell d'être pour quelque chose dans ces meurtres ? demanda doucement Sam au bout d'un moment.

Thomas releva vivement la tête.

— Vous débloquez ? Pourquoi j'irais penser une chose pareille ?

Sam haussa les épaules.

— Je ne sais pas. Mais vous m'avez l'air salement emmerdé. Pourquoi m'avez-vous raconté tout ça sur votre amie ? Je ne vous demandais rien.

— Mais... mais... parce que... enfin, j'en sais rien pourquoi. Vous aviez envie de parler, eh bien moi aussi, c'est tout.

Sam le fixa.

— Me prenez pas pour un con, Thomas. Vous êtes tout simplement en train de m'offrir la tête de votre amie sur un plateau.

— Non, mais vous êtes loufdingue ! suffoqua le journaliste. Pourquoi je ferais ça ?

Sam le regarda ironiquement et commença de se servir des petits bouts de viande bouillie qui auraient tout aussi bien pu être des morceaux de carton ou de n'importe quoi.

— Je sais jamais ce que je mange chez les chinetoques, murmura-t-il.

Il posa ses baguettes et regarda le journaliste.

— De toute façon ça ne m'avancerait pas à grand-chose. Le labo s'est bien démerdé dernièrement. Et moi aussi. Ils ont repris leurs plaquettes, leurs rapports, et moi j'ai repris les photos. Newman a été égorgé avec un rasoir. C'est pas la même blessure qu'avec un poignard. On vient juste de s'en rendre compte. Et Stockton et Di Maggio par un gaucher ou une gauchère. Et avec un couteau Swayer. Un criminel ne change pas d'outil pour tuer. Ils sont plusieurs.

— Et Latimer ?

— C'est là où ça devient merdique. Latimer a dû se débattre parce que sa gorge porte différents coups de couteau dont un seul a été mortel, le dernier bien sûr. Mais on ne peut pas savoir si les coups ont été portés de gauche à droite ou le contraire. Quant aux mutilations c'est n'importe quoi. Pas une ne ressemble à l'autre.

— Et vous venez seulement de vous en rendre compte ?

— Non, vous le savez bien, mais tous sont partis sur l'idée d'un seul criminel. Même quand je pensais qu'il y en avait plusieurs je n'étais pas suffisamment certain pour en convaincre les autres. Ça nous a fait perdre du temps.

Thomas se renversa sur sa chaise. Il n'avait pas touché à son assiette.

— Vous êtes en train de me dire que vous avez au moins deux ou trois meurtriers potentiels, dit-il enfin sans regarder Sam, dont une femme.

— Deux, deux femmes. Et de vous à moi on n'a pas grande chance de les alpaguer. C'est dingue ! Je suis sûr que c'est la première fois que ça se produit. Vous ne m'avez pas répondu quand je vous ai demandé pourquoi vous pensiez que Fanny devenait vraiment folle.

Thomas laissa errer son regard autour de lui.

— Je lui ai rendu visite un soir de la semaine dernière parce que sa secrétaire m'avait appelé pour me dire qu'elle trouvait son attitude étrange. Elle m'a appris que la mère de Fanny venait de mourir et que celle-ci faisait comme si elle était toujours vivante. J'y suis allé et je l'ai trouvée très enjouée. Sur la table du salon il y avait une urne entourée de bougies allumées et la photo de sa mère. On a parlé et je me suis rendu compte que Fanny faisait comme si sa mère n'était pas morte. C'était la première fois qu'elle me parlait d'elle. J'ai toujours cru qu'elle était orpheline. Puis elle m'a montré des tableaux qu'elle m'a affirmé avoir peints. Il y avait une copie d'un Magritte et un autre complètement dingue qui était peut-être d'elle.

— C'est tout ?

— Ça ne vous suffit pas ?

— Les gens ont parfois d'étranges relations avec la mort des êtres chers. Ma mère m'a parlé d'une de ses tantes restée veuve du côté allemand pendant la guerre de 14. Eh bien toute sa vie elle a mis le couvert de son mari et brossé ses vêtements. Pour tout le reste elle était normale. Heu... au fait... son dos va mieux ?

— Ah, vous avez remarqué ? Un accident de cheval quand elle était jeune. Parfois ça la fait boiter.

— J'ai remarqué. Ça n'enlève rien à son charme. Vous savez ce que je ferais à votre place ? Je tâcherais de gagner sa confiance sinon son affection, et je partirais avec elle à l'autre bout du pays.

— Qu'est-ce que vous me racontez ?

Sam eut un vague geste de la main.

— Oh rien, une idée idiote qui m'était venue. Imaginez un chasseur qui se serait crevé à pister son gibier et qui au moment de l'abattre s'aperçoit qu'il a oublié ses cartouches ou que le calibre ne correspond pas à son fusil. Eh bien j'en suis là.

— Excusez-moi, je pige pas.

Sam se prit la tête dans ses mains. Il resta un bon moment dans cette position, puis parla sans regarder Herman.

— Le bureau de Fanny se trouve tout à côté de la mairie, n'est-ce pas ? Mortimer Newman y travaillait comme éboueur. Ils devaient se connaître. Pour un type comme ce Newman il suffisait qu'il ait dit bonjour une fois à une fille pour penser que c'était arrivé, non ? La fille est restée le temps de téléphoner, avait dit le barman. Johnson avait fait relever à l'époque les appels passés depuis ce bar. À tout hasard.

« À 17 heures 45 ce soir-là quelqu'un a appelé l'Hôpital Grant. Sur le coup bien sûr on n'a pas fait gaffe. On a peut-être eu tort. Il me suffit de faire un saut là-bas et de demander leur registre des appels. Je suis allé voir le barman aujourd'hui avec le portrait-robot qu'on a établi d'après le témoignage du Coréen. Il n'a pas reconnu le portrait. Par contre il m'a dit que la fille que Newman avait suivie était brune, portait les cheveux courts et boitait légèrement. Thomas, Fanny était effectivement dans ce bar, mais personne ne l'a vue tuer Newman.

Sam s'arrêta de parler et regarda vaguement devant lui.

La serveuse arriva pour débarrasser.

— Vous n'avez pas mangé, nasilla-t-elle.

— On n'avait pas faim, répondit Sam avec une espèce de sourire.

— Desserts ?

— Non, ça va, merci.

Thomas s'était figé, et pour dissiper la gêne Sam alluma une cigarette.

— Pourquoi vous me racontez ça maintenant ? demanda le journaliste d'une voix voilée.

— Parce que tout s'est mis en place aujourd'hui. Vous me l'avez confirmé il y a un quart d'heure en me parlant de sa mère.

— Vous n'avez rien contre Fanny. Vous ne savez même pas si c'est une femme qui a fait le coup.

— Non. D'autant que l'abruti qui s'est occupé de

l'affaire au début n'a même pas pensé à vérifier si le macchabée avait de la peau sous les ongles, des cheveux, s'il s'était battu avec son agresseur ou n'importe quoi. Et maintenant il est trop tard.

— Toute cette histoire est directement sortie de votre imagination.

— C'est ce que je dirais si j'étais son avocat. On n'a pas le début d'une foutue preuve.

— Donc vous ne pouvez rien faire.

— Absolument, mais ce n'est pas de gaieté de cœur. Voyez-vous, le plus difficile, c'est de reconnaître un échec. Mais une fois que c'est fait... Je vais demander à être retiré de l'affaire. J'ai même l'intention de quitter la police.

— À cause de Fanny ? demanda Thomas avec un sourire.

— Je ne sais pas à cause de quoi. Ou plutôt si, je sais. Le Coréen n'a pas voulu parler devant Augusta et Johnson l'autre jour, mais après il m'a dit avoir reconnu Sandra Khan. Mais ça non plus ça ne suffit pas. Vous autres les journalistes vous êtes toujours en train de gueuler contre les flics et leurs méthodes, mais les assassins sont malins, on ne les pince pas facilement.

Thomas battit des paupières et Sam eut l'impression qu'il suffoquait.

— Ce genre de témoignage ne tiendrait pas cinq minutes devant un bon avocat, rassurez-vous, ajouta Sam en souriant. Il me faudrait bien d'autres preuves pour convaincre un grand jury.

Thomas était d'une pâleur mortelle et Sam lui servit un verre de vin.

— Ma mère sera rudement ravie que je laisse tomber ce métier. Elle est toujours à trembler pour moi. Elle connaît pourtant ma prudence. À votre santé, dit Sam en levant son verre.

— Ça ne tient pas debout, vos théories, lâcha enfin Thomas dans un murmure.

— C'est vrai, ça fait beaucoup de coïncidences. Un des policiers chargés de l'enquête a deux des meurtrières dans son entourage. Franchement, qui pourrait croire ça ? Mais est-ce que les paratonnerres n'attirent pas la foudre ?

— Vous parlez comme si vous étiez sûr de leur culpabilité, c'est fou. Vous me faites marcher et moi comme un idiot...

— Oh non, vous n'êtes pas idiot, et vous savez que je déteste marcher, je suis toujours fourré dans des taxis.

Thomas se pencha vers Sam.

— Si vous aviez la moindre certitude vous essaieriez de les agrafer et d'en tirer...

— Pour quoi faire ? Vous savez, mon cher Thomas, que j'ai été élevé dans la religion qui a mis au point la loi du talion. Ce monde est misérable et je me fous complètement qu'il coure vers sa perte. J'ai douze ans de police derrière moi et autant d'années de doute. J'ai arrêté des types qui étaient des tocards mais j'ai dû laisser filer de véritables ordures parce que ça n'arrangeait pas les gens en place. Vous allez me rétorquer : pourquoi alors avoir choisi d'être policier ? Et je vous répliquerai que vous vous êtes probablement demandé au moins une fois par semaine pourquoi vous continuiez à exercer ce métier de con !

— Vous n'êtes pas du style à ne pas gagner.

— Mais je ne peux pas gagner ! Et je n'ai pas de morale. Je préfère de loin votre collègue à ce fumier de Latimer. J'adore les westerns, vous savez pourquoi ? Parce que le salaud se fait toujours descendre à la fin et que le héros enlève la fille du pasteur.

Thomas secoua la tête comme s'il venait de prendre un coup.

— Je deviens fou ! Je parle avec un flic qui dit

connaître les coupables de deux meurtres après qui tout le monde cavale, et parce qu'il est démoralisé ne va pas essayer de les arrêter !

— Vous pouvez voir ça comme ça. Bon, je vais confronter Fanny Mitchell et le barman, O.K. ? Par chance il la reconnaît formellement. Et alors ? Deux personnes sortent en même temps d'un bar, est-ce que ça implique que l'une égorge et découpe l'autre ? C'est moi qu'on envoie à l'asile. Secundo, mon Coréen déclare que Sandra Khan a accosté Latimer et qu'il les a vus s'éloigner. Ça veut dire qu'elle l'a tué ? En plus mon merveilleux témoin a 6/10 à l'œil droit et a assisté à la scène en pleine nuit et à plus de trente mètres... Et les deux autres ? Là, *nada* ! Tués par un gaucher qui plus est. Et avec une arme différente.

— Vous êtes d'une totale malhonnêteté. Si vous aviez le moindre doute sur leur culpabilité vous remueriez ciel et terre pour les coincer !

— Vous me connaissez bien mal.

— Vous n'avez pas peur qu'elles recommencent ?

— Qui, Fanny ? Pas si vous vous en occupez. Avec vous elle a une chance de s'en sortir, petite, mais elle existe. Dans un asile elle crèvera lentement, mais pas doucement. Quant à votre collègue, c'est le justicier du western.

— Mais pourquoi bon Dieu vous me racontez tout ça ? C'est trop lourd pour votre conscience ou vous êtes tellement tordu que vous voulez me persuader que la seule fille qui ait jamais compté pour moi est une psychopathe ?

Sam ferma les yeux en soupirant.

— C'est exactement la question que je me pose.

— Laissez-moi répondre, dit Thomas en tapant violemment sur la table : vous êtes un pur salaud !

Les voisins des autres tables tournèrent la tête vers les deux hommes. Sam leur dit aimablement :

— Ne vous tracassez pas, mon ami et moi refaisons le monde.

Les gens sourirent et retournèrent à leurs baguettes.

— Le plus dur n'est pas de trouver la réponse, dit Sam, c'est d'avoir la question. En fin de compte je ne la connais pas, cette question, même si je crois posséder la réponse.

— Arrêtez de m'emmêler avec votre foutu raisonnement de merde !

— C'est parce que vous n'avez pas lu le Talmud. Connaissez-vous l'histoire de ce rabbin qui parcourait la forêt en criant : « Qui me posera la question, j'ai la réponse ? » Les réponses, on nous les a toujours données. Dans ce monde si vous ne répondez pas vous êtes foutu. En revanche, posez les bonnes questions... par exemple : pourquoi Fanny trimballerait-elle un rasoir dans son sac ? Et pourquoi aurait-elle eu envie de tuer un minable comme ce Newman ? Elle qui se nourrit de graines et passe sa violence dans le yoga. Vous croyez qu'elle a le profil ? Non. Et pourtant je suis certain qu'elle l'a tué. Voyez, j'ai la réponse, je n'ai pas la question.

— Vous menez toutes vos enquêtes avec le Talmud à la main ?

— Hélas, non, sinon j'aurais peut-être les réponses à mes questions. Dans un des commentaires du Talmud on compare l'Homme à un Quoi.

Thomas se pencha brusquement.

— Vous savez quoi, Goodman ? Je vais vous donner la question et la réponse en même temps. Primo : le détective Goodman est-il le flic le plus névrosé de toute la police américaine ? La réponse est oui à l'unanimité ! Secundo : est-il dangereux ? Oui à cent pour cent.

Sam fut secoué d'un ricanement silencieux.

— Vous êtes tous pareils, les jeunes loups rationalistes, le doute vous fait peur. Vous ne supportez pas le « peut-être ».

— Ce que je ne supporte pas, c'est qu'un mec me mène en bateau quand il a perdu la boussole ! Vous êtes aussi dingue que ceux que vous êtes chargé d'arrêter !

— Là, vous avez peut-être la bonne réponse, mon cher ami.

Novembre, décembre, janvier, infernale trinité de pluie et de vent glacés, comme le firent les mois d'été de moiteur et touffeur humides.

Mais les tempêtes météo parurent doux zéphyr comparées à celles qui balayèrent la classe dirigeante de la mairie.

L'Âne piétina l'Éléphant et lui cassa les défenses.

Du coup, les priorités changèrent. Scandales et prévarications républicaines remplacèrent à la une les faits divers.

Quand Goodman sonna ce soir du 25 janvier, j'aurais pu jurer avant d'ouvrir que c'était lui.

— Bonsoir, fit-il, comme si l'on s'était quittés la veille.

— Bonsoir, répondis-je sur le même ton.

— Je ne vous dérange pas ?

À ce moment il aperçut Nina appuyée au chambranle de la cuisine.

— Pas si vous partez avant demain matin, répliquai-je. Voici Nina Garcia Marquez, oui, comme l'autre. Nina, je te présente le lieutenant-détective Sam Goodman de la police criminelle de Boston.

— Enchantée, dit Nina dans un sourire vulpin.

— Moi de même, répondit l'inspecteur avec le même genre de sourire.

— Asseyez-vous, lieutenant, proposai-je.

Il ôta son manteau de cachemire véritable comme

l'attestait l'étiquette, et apparut dans un costume si impeccablement coupé que je le considérai avec admiration.

— Merci, dit-il en reprenant sa place sur le coin du canapé et en tirant sur le pli de son pantalon.

— Toujours aussi élégant, remarquai-je.

Il eut un geste de la main.

— Mon talon d'Achille...

— Si je parais m'intéresser à vos atours, inspecteur, c'est parce que depuis que je fréquente les flics je les ai vus pour la plupart ressembler à des clochards ou à des maffiosi... et que mes parents ont fait leur argent dans la confection masculine.

— Je comprends... mais pour vous ôter un doute, mon père nous a laissé à maman et à moi une solide fortune qui me permet de m'habiller et de vivre comme un riche, sans me faire acheter.

Je haussai les épaules.

— Vous ai-je donné l'impression, inspecteur, de douter de votre intégrité ?

Il me sourit sans répondre et je m'installai en face de lui.

— Nina, tu viens t'asseoir, proposai-je en tapotant la place à côté de moi.

— Pas tout de suite, je dois terminer mon *menudo*.

— C'est quoi, un *menudo* ? demanda Goodman.

Nina s'approcha de nous avec cette démarche particulière qui tient davantage de la danse orientale que de la classique déambulation, et me fit la remarquer au milieu d'un aréopage de professeurs d'université hautement qualifiés, venus recevoir un témoignage de gratitude des mains de notre nouveau maire.

Je couvrais l'événement pour mon journal, et je n'ai pas laissé m'échapper cette silhouette latine au visage triangulaire mangé par des yeux cannibales. Je l'ai invitée chez moi, et elle s'est installée un mois plus tard.

— Un *menudo*, expliqua-t-elle, c'est mon frère Alfredo qui m'a appris à le faire. C'est exotique. On prend des tripes, une grosse bassine d'eau, des oignons comme s'il en pleuvait que l'on jette dans l'eau frémissante, des piments, du chorizo et du chili en poudre. Puis on rajoute de l'huile d'olive, une grosse boîte de concentré de tomates, des gousses d'ail, du pain blanc, du sel, un filet de citron et une boîte de maïs.

— Et ça se mange ? s'inquiéta Goodman.

— Ça se dévore, répondit sobrement Nina.

— C'est la première fois qu'elle en fait, dis-je, si ça vous tente, ne vous gênez pas.

Il hocha la tête.

— Ce serait avec plaisir, mais outre que je ne veux pas m'incruster, les tripes ne sont pas ma tasse de thé.

— Je comprends, dis-je, vous ne voulez pas mélanger le plaisir et le métier. Prendrez-vous un scotch ?

Il accepta et je servis trois verres.

— Vous ne vous demandez pas pourquoi je suis là ? s'étonna Goodman après avoir bu.

Je hochai la tête.

— Vous allez bien finir par me le dire.

Nina sortit de la cuisine et vint lamper une bonne gorgée de scotch. Goodman semblait fasciné.

Il faut dire que Nina est un cas. Professeur de droit constitutionnel au M.I.T., elle ressemble davantage par ses coups de reins à une femme torero qu'à une juriste renommée.

Cela tient sans doute à ses origines argentines.

— Je suis content de voir que vous n'êtes plus seule, commença-t-il. Mais je m'en serais douté, je ne serais pas venu.

— Aucune importance, inspecteur, Nina connaît l'histoire de Joan et les suites que vous avez cru devoir lui donner.

Il vida son verre et alluma une de ses cigarettes de

foin. Il considéra sans rien dire son bout rougeoyant et releva brusquement la tête.

— Xiang le Coréen vous a reconnue, fit-il.

— Ah ! je croyais...

— Il est revenu sur ses hésitations un peu plus tard.

Nina s'approcha de nous, et à son attitude j'aurais juré qu'elle dissimulait un poignard derrière son dos. Les Latines peuvent défendre leur bien de cette façon.

— Bien... dis-je, ça suffit pour la chaise électrique ce genre de témoignage ?

— Vous savez bien que non. Si je vous en parle, c'est par coquetterie de flic. Je veux que vous sachiez que je sais.

Nina se laissa tomber à mes côtés.

— Vous avez un magnétophone sur vous, inspecteur ? demanda-t-elle suavement.

Je n'y avais pas pensé et je sursautai.

— Merde, lâchai-je.

Goodman écarta sa veste dans un geste apaisant.

— J'adorerais me faire fouiller par l'une ou l'autre, dit-il en souriant, mais je peux vous certifier que je n'ai rien sur moi.

Nina se mit à me parler rapidement en espagnol. Je n'y comprenais rien, mais c'était sa façon à elle de me dire de me méfier. Je lui tapotai la main.

— L'inspecteur adore plaisanter, lui dis-je, rassure-toi. Il n'est pas venu pour m'arrêter.

Elle hocha la tête, pas convaincue.

— C'est très grave d'accuser quelqu'un sans preuve, dit-elle.

— Aussi je n'accuse pas, répondit-il. Je passe une information sur mon intelligence et mon sens de la déduction. Voyez-vous, mademoiselle, j'ai été un enfant extrêmement valorisé par sa mère, et j'en ai gardé une sorte de vanité qui parfois, je le reconnais, peut me jouer des tours. Mlle Khan sait très bien de quoi je parle. Nos racines à tous deux poussent dans nos têtes.

Nina le regarda férocement. Elle détestait qu'il nous lie en complicité. Je lui pris la main.

— *Querida mía*, l'inspecteur veut simplement que j'aie une bonne opinion de son cerveau. Tu sais que certains pour un bon mot n'hésiteraient pas à tuer... (Je me tournai vers Goodman.) Que faites-vous, inspecteur, vous restez manger le plat de Nina ?

Il se leva avec un soupir et referma sa veste.

— Non, j'étais venu vous dire au revoir. Peut-être nous reverrons-nous ici ou là, mais pour moi cette histoire est terminée.

— Si vous passez à San Francisco, nous serons contentes de vous recevoir, dis-je.

— San Francisco ?

— Le médecin m'a conseillé un climat plus doux pour mes bronches. Nina a accepté un poste à Berkeley, et j'ai une proposition de travail au *Frisco News*.

Il alla enfiler son beau manteau. Nous le suivîmes. Il nous regarda tour à tour, puis s'arrêta sur moi.

— Notre rencontre a été très curieuse, Sandra, commença-t-il, vous m'avez fait toucher les épaules en même temps que mes limites ; pourtant je garderai un bon souvenir de vous... une sorte de regret aussi. Comme un rivage entrevu et que l'on n'atteint pas. Je vous souhaite d'être heureuse.

— Vous remercierez votre mère pour moi de vous avoir fait comme vous êtes, dis-je. Tâchez aussi d'être heureux si vous le pouvez.

Il ouvrit la porte et disparut de ma vie.

Sam repoussa l'assiette à laquelle il avait à peine touché.

Sa mère leva aussitôt un sourcil inquiet.

— Tu as mal quelque part, Samêlè ?

— Non, j'ai déjeuné tard. Je vais me sauver, j'ai encore des choses à faire, dit-il en se levant.

— Déjà ? Tu ferais mieux de te coucher de bonne heure, tu as une mine à faire peur. Mme Zloty me disait...

— Excuse-moi, maman, tu me diras plus tard ce que t'a raconté cette fascinante créature. Je passerai dimanche. Bonne nuit, dit-il en l'embrassant.

Il avait une telle habitude de ces retraites stratégiques qu'il était déjà à la porte avant que sa mère ne réagisse.

Il agita la main et referma derrière lui.

La neige fondue amortissait le bruit de ses pas. Les rues vides et glacées le firent frissonner.

Il se demanda s'il ne couvait pas une grippe, pourtant il savait que son mal-être avait une autre cause.

Il héla un taxi et se fit conduire chez Archie.

Contrairement à d'habitude l'endroit était presque vide.

Derrière son bar, Archie écoutait d'un air patient deux clients lui raconter leurs exploits à la Bourse.

Il adressa un signe de la main à Sam qui se réfugia dans son coin.

Rose était déjà partie. Archie se délivra de ses clients avec un sourire dodeliné et s'approcha de Sam.

— Comment vas-tu, mon grand ? demanda-t-il. Et comment va ta mère ?

— Ma mère va bien, répondit Sam.

— Ça veut dire que c'est pas ton cas ?

Sam haussa les épaules.

— Archie, tu peux me faire une verveine ?

— Je peux. Tu es grippé ?

Sam secoua la tête.

— Du cerveau seulement.

— Alors c'est grave, répliqua Archie en mettant de l'eau bouillante dans une théière et en glissant dedans un sachet de tisane. Tiens, bois. Je ne sais pas si c'est bon pour le cerveau, mais ça ne devrait pas te faire de mal. Je t'en prends une tasse, si tu permets.

Ils burent ensemble.

Le bar ronronnait doucement sans pour autant apaiser Sam.

Il était comme un alpiniste qui à deux mètres du sommet n'a plus envie de se hisser.

— Archie, t'est-il déjà arrivé de savoir la vérité et de te taire parce que cette vérité te fait peur ?

Archie considéra le plafond en réfléchissant.

— À peu près dix fois par jour, répondit-il au bout d'un moment.

— Et qu'est-ce que tu fais ?

— J'attends le jour suivant.

— Archie, qu'est-ce que tu penserais d'un type dont c'est le boulot d'arrêter les criminels, qui est payé pour ça, et qui les laisserait filer par manque de... de je ne sais pas quoi ?

— De preuves ?

— Pas seulement.

— De conviction ?

Sam hocha la tête.

— Tu brûles peut-être. Autre chose aussi.

Archie haussa les épaules.
— Tu en reveux ? dit-il en tendant la théière.
— Merci, oui.
— Tu sais, lui dit Archie, mon oncle a été déporté pendant la guerre. Il s'est tapé Treblinka et Auschwitz. Dans son dernier club de vacances il y avait un kapo si féroce que chaque déporté rêvait de le manger vivant. Quand les Russes les ont délivrés, mon oncle s'est trouvé tout seul avec le type. C'était un gars de son village, un brave mec avant. Mon oncle pesait à peu près trente-cinq kilos pour un mètre soixante-quinze, l'autre était encore costaud. Mon oncle l'a attrapé et, au moment de l'achever avec une pierre, l'autre lui a dit : « Tue-moi, s'il te plaît, je sais ce que je vous ai fait subir. Mais j'ai évité le bordel des Ukrainiens à ma fille et à ma femme. Elles sont mortes quand même, mais pour les sauver des Ukrainiens je vous aurais tous tués de mes mains. »
— Qu'est-ce qu'a fait ton oncle ?
— Il l'a tué, parce qu'il a eu pitié de lui.
Archie se tut et ils restèrent sans parler.
— Ce n'est pas tout à fait mon histoire, dit Sam au bout d'un moment.
— Je me doute. Il n'y a pas deux histoires qui se ressemblent au premier abord. Après, peut-être...
— Mon histoire, c'est celle d'un type qui ne peut pas réunir de preuves suffisantes pour arrêter deux criminelles et qui en est plutôt content.
— Parce qu'il sait que le véritable crime était en amont ?
— Et s'il se trompait ?
Archie eut un vague geste de la main.
— Alors il devra attendre le jour suivant.
— Qui lui apportera la réponse ?
— Non, bien sûr. Mais pour que les nouveaux soucis effacent les précédents.

— Un homme a-t-il le droit de juger ? demanda fiévreusement Sam.

Archie haussa les épaules et finit de vider la théière dans sa tasse.

— Tu en veux encore ?

— Non, donne-moi un Ballantine's.

Archie se tourna vers les bouteilles et en prit une. Un consommateur vint le régler et ils échangèrent trois mots et une poignée de main.

Les gens se levaient en regardant leur montre, et au travers des vitres la neige qui s'était remise à tomber.

Le bar se vida dans un léger brouhaha. Archie servit Sam et éteignit quelques lumières.

La porte se referma sur le dernier client. Archie ne laissa allumées que les lampes du bar.

Il revint s'accouder auprès de Sam et se servit un verre de whisky.

— Tu vois, l'exemple est contagieux. Je t'en prie, ne me commande pas de strychnine, je serais capable d'en prendre aussi.

Sam regarda les tables dans la pénombre. En quelques minutes la vie les avait désertées.

Le halo de la lampe surplombait leurs têtes, faisant briller le crâne dégarni d'Archie. Il fit le tour du comptoir et vint s'asseoir sur un tabouret près de Sam.

Qui observa à la dérobée le visage de son ami.

Il était paisible comme ce lieu qu'il avait su créer. Seule la lassitude du regard trahissait les souvenirs qu'il charriait.

— Archie, que penses-tu d'un homme qu'une passion a dévoré, et qui ne conserve de cette passion qu'un goût de cendres froides dans la bouche ?

Archie se tourna vers lui avec un gentil sourire.

— Ton père est mort trop tôt, mon garçon, pour t'expliquer ce qu'est la passion et ce qu'est l'amour. La passion est un feu de forêt qui consume tout ce qu'il trouve et laisse derrière lui un paysage calciné, tandis que l'amour se nourrit des aliments que tu lui donnes.

— Tu parles comme un patriarche.

— Je suis un patriarche. Tout homme au crépuscule de sa vie en devient un. Ou alors il a raté sa vie.

Le poids qui étouffait sa poitrine était-il la preuve qu'il était encore loin d'en être un ? À partir de quel âge accepte-t-on de ne pas être sûr ? se demanda Sam.

— Reconnaître ses torts est très confortable, dit-il, ça évite l'obstination.

— Détrompe-toi, mon garçon, même Dieu en est incapable.

— Tu crois en Dieu ? s'étonna Sam.

— Non, bien sûr. Qu'est-ce qui te hante dans ton histoire ? J'ai lu quelque part qu'il n'y avait pas la moitié des crimes élucidés. Ça veut dire que cinquante pour cent des criminels restent impunis, ou je me trompe ?

Sam secoua la tête.

— Ce qui me hante n'est pas le châtiment. Ou alors il faudrait remonter au premier crime de l'Histoire, celui de Caïn contre Abel. Ce qui me hante, c'est moi. Archie, laisse-moi t'expliquer : nous avons eu dans cette ville quatre crimes particuliers. Quatre hommes sont morts, mutilés sexuellement. C'est rare, et les fois où cela s'est produit les assassins étaient de vrais psychopathes ou d'authentiques sadiques. Dans mon cas, je soupçonne, sans pouvoir en apporter la preuve, que pour au moins deux d'entre eux les assassins sont des femmes. Et ces femmes, tiens-toi bien, Archie, je les connais et je peux comprendre leur motivation.

Archie haussa les épaules.

— Ton problème, c'est que tu ne peux t'empêcher d'être un homme. Si tu étais Dieu tu ne te soucierais pas de qui a tort ou raison, tu punirais au hasard.

— Tu es très iconoclaste.

— Pour une fois qu'un exécutant ne se réfugie pas

derrière le sempiternel « j'ai suivi les ordres », n'attends pas de moi que je réprouve et que je te dise : « Tue-les tous, Dieu reconnaîtra les siens. » As-tu remarqué que Dieu n'est pas physionomiste ? Si tu hésites entre ton devoir et ton sentiment d'homme, suis le second.

— Te rends-tu compte où peut nous mener cette philosophie ?

Le vieil homme haussa encore une fois les épaules.

— À devenir des hommes, dit-il.

— Ne me flatte pas, Archie. Si j'avais la moindre preuve pour les inculper, je le ferais sûrement. Tout le reste est du pipeau, je ne suis pas différent des autres ! Je me goberge, et ça je ne le supporte pas ! Qui me dira seulement le vrai motif de mes tourments ?

— Personne. Pas plus toi que quiconque. Accepte de mourir sans savoir, comme on ignore pourquoi on est venu au monde. Le plus dur est de vivre. Reste modeste et bois un verre !

Sam assena un grand coup de poing sur le bar.

— Arrête, Archie ! Un homme sans devoir est un homme sans droits !

— Qui a dit ça ?

— C'est le fondement de toute société.

— Les sociétés qui ont permis Guernica, Auschwitz et Sarajevo ? Que savent-elles des droits et des devoirs ? En autorisant le massacre des innocents elles ont renvoyé dos à dos victimes et bourreaux. Ne me demande pas de rentrer dans ce jeu. Et puis fous-moi la paix, Sam, je ne peux rien pour toi.

Sam fixa férocement Archie qui passa derrière son bar éteindre la machine à café.

— Tu n'as aucune conscience, Archie.

Archie ne répondit pas et commença à faire sa caisse.

— Comment se fait-il que tu sois resté un honnête homme avec une telle mentalité ?

Archie demeura muet et empila les pièces de monnaie selon leur valeur.

— ... Ou alors... ou alors... est-ce la seule façon de le devenir ? murmura Sam.

Augusta reposa doucement le combiné et laissa son regard errer au-delà de la baie vitrée.

Les bateaux traçaient des sillons moirés dans l'eau grasse de l'estuaire. Les arbres les plus précoces — comme les amandiers — commençaient de se couvrir de bourgeons fleuris. Les autres continuaient d'étirer leurs branches faussement mortes. Dans moins d'un mois toute la rive du fleuve se chargerait de vie et le nouveau printemps serait là.

Nouveau printemps, nouvelle vie ? On a tort de croire, pensa Augusta, que les années se suivent et se ressemblent. Chaque année est grosse de la précédente mais son accouchement est imprévisible.

La voix affolée de Thomas résonnait encore à ses oreilles.

— Augusta, Fanny vient d'être arrêtée ! On a retrouvé dissimulé dans son bureau le rasoir qui aurait, paraît-il, servi à tuer Newman !

— Pourquoi ont-ils fouillé son bureau ?

— Ils avaient un ordre de perquisition.

— Mais pourquoi elle ?

— Je ne sais pas ! Goodman la soupçonnait, c'est sûrement lui !

— Mais pourquoi la soupçonnait-il ?

— Le barman l'a reconnue sur une photo. C'est elle, d'après lui, qu'aurait suivie Newman.

— Qu'est-ce que ça prouve ?

— Mais bon Dieu, Augusta, le rasoir ! Ils sont partis exhumer le cadavre de Newman au Kansas. Sur le rasoir il y avait du sang. Ils vont prélever un bout de peau sur le corps et comparer.

— Ne t'affole pas, elle s'est peut-être coupée avec le rasoir. Qu'est-ce qu'elle dit ?

— Rien, elle est prostrée. Elle a juste déclaré que c'était le rasoir de son beau-père et qu'elle ne savait pas ce qu'il faisait dans ce classeur. C'est comme si elle ne se rendait pas compte de la gravité de la situation ! Augusta, je suis sûr que c'est elle.

Il lui avait ensuite fait promettre de s'occuper de la défense de Fanny.

Elle avait appelé le bureau de Goodman.

— Sam, c'est Augusta.

— Bonjour, Augusta, répondit le détective d'une voix lasse.

— Tu sais pourquoi j'appelle ? Je viens d'avoir Thomas au téléphone.

— Je me doute. Je te dis tout de suite que je n'y suis pour rien. C'est mon adjoint Johnson qui a repris l'enquête.

— Toi, tu savais ?

Elle l'imagina hochant la tête.

— Disons que j'imaginais. J'aurais dû faire procéder à une fouille. J'ai fait une très grosse faute.

— La soupçonne-t-on des autres crimes ?

— On n'a pas retrouvé chez elle les armes correspondant aux autres meurtres. C'est le seul qui a été exécuté avec un rasoir. Si elle était coupable des autres on aurait probablement retrouvé le couteau. Pour le meurtre de Latimer elle ne correspond pas à la description qu'a faite le Coréen. D'ailleurs ce soir-là il semblerait qu'elle ait un alibi. Une séance de sophrologie, un truc dans ce genre. On vérifie. Et les deux autres crimes ont été exécutés par un gaucher ou une gauchère. C'est très net.

— Il vous reste donc trois mystères ?

Elle l'entendit rire.

— Deux mystères et demi.

— Je ne comprends pas.

— Ça ne fait rien.

— Qu'est-ce qui va se passer pour toi ?

— Au mieux je serai muté en dégringolant d'un ou deux échelons, au pire je serai sacqué.

— Sam, si tu avais réellement des soupçons, je ne peux pas imaginer que tu n'aies pas pensé à cette fouille.

— Personne ne le croit. J'hésite entre passer pour un con ou un ripou.

— Et c'est ?

— Ni l'un ni l'autre. Mais t'es pas forcée de me faire confiance. Tu vas la défendre ?

— Bien sûr. Je plaiderai l'irresponsabilité. Thomas m'avait raconté son histoire. Elle est folle, Sam.

— Sûrement. Et toi, comment ça va avec ton mari ?

— Comme d'habitude. On se fait à tout, tu sais. Ce qu'il faut, c'est de temps en temps lâcher la vapeur. Qu'est-ce que tu vas faire ?

— J'attends la sanction. On m'a parlé d'un poste d'inspecteur aux mœurs à New York, peut-être vais-je accepter.

— Tu n'es pas obligé. J'ai cru comprendre que tu n'as pas besoin de ce salaire de policier.

— Non, je pourrais m'occuper des placements familiaux, ça me ferait gagner les honoraires du cabinet-conseil qui s'engraisse avec.

— Pourquoi ne le fais-tu pas ?

Il y eut un silence au bout du fil.

— Parce que j'aurais juste à me poser des questions sur l'avantage des obligations par rapport aux actions, les pourcentages réels ou supposés, les risques en Bourse, les liquidations et autres prises de bénéfices, alors là, vois-tu, ne pas pouvoir rester éveillé avec le cœur écrasé d'angoisses et de doutes des nuits durant, je ne le supporterais pas.

Elle suivit un moment des yeux le remorquage d'un tanker jusqu'au quai numéro huit.

Ce quai numéro huit avait une légende. C'est ici qu'avait commencé le débarquement de l'alcool de contrebande dans les années de la prohibition. Il y avait même une plaque qui rendait hommage à cinq policiers qui s'y étaient fait descendre par des membres de la bande à Frank Nitty.

Elle jeta un coup d'œil sur son semainier. Jeudi prochain elle pourrait prendre contact avec Fanny. Elle devrait se renseigner sur la maison d'arrêt où la jeune femme serait incarcérée.

Elle imaginait la pression qu'elle allait subir. Il lui faudrait très vite présenter un dossier au grand jury. Elle ne doutait pas un seul instant de l'inculpation de Fanny par celui-ci. Ils avaient trop besoin d'un coupable pour faire la fine bouche.

Pour cela, il fallait absolument que le groupe sanguin de Newman soit le même que celui trouvé sur le rasoir que possédait Fanny. Toute l'accusation reposait là-dessus.

Mais elle était optimiste. Cette fille possédait le profil idéal. Ce n'était pas tous les jours qu'un avocat pouvait espérer une affaire aussi populaire. Même si Fanny était condamnée, et honnêtement elle ne voyait pas d'alternative, on n'oublierait pas de sitôt son défenseur.

Elle tirerait les larmes au jury. L'histoire de Fanny ne laisserait personne insensible.

Pour cette affaire elle reprendrait son nom de jeune fille. Me Lodge-Magnusson. Ça ferait plaisir à son père.

Elle pouvait raisonnablement espérer que Fanny

serait condamnée à passer sa peine dans un asile-prison.

Oui, c'est ce qui serait le mieux pour elle. Une quinzaine d'années et ensuite une libération surveillée.

Ce Johnson allait-il continuer ses investigations ? Elle en doutait. Sandra Khan paraissait définitivement hors d'affaire. Rien ne la rattachait plus à Latimer. Le Coréen n'était pas crédible. Dommage, elle se serait fait un point d'honneur à la faire acquitter sous les acclamations du jury. Quant aux autres crimes...

Elle pensa à Sam. Elle regrettait que leur histoire se soit passée de cette façon, mais là non plus il n'y avait pas d'autre fin possible. Elle n'aurait pas pu continuer à faire souffrir Ron, il était trop fragile.

Elle l'avait serré contre elle toute la nuit après lui avoir ôté ses vêtements trempés et l'avoir frotté et réchauffé. Elle l'avait aidé à boire un thé brûlant pendant qu'elle le berçait de mots tendres comme elle l'aurait fait à son enfant. Elle lui avait dit l'aimer toujours, quoi qu'il fasse, parce que tout était sa faute à elle. C'était elle la seule coupable.

Elle l'avait laissé pleurer tout son saoul pendant qu'il racontait. L'avait caressé et embrassé jusqu'à ce que ses baisers étouffent ses aveux. Il avait tremblé, tremblé si longtemps... et ils étaient restés enlacés à se murmurer des mots à eux, bouche contre bouche.

Elle ne quitterait jamais Ron.

Le téléphone sonna.

— Oui ?

— Augusta, c'est moi, chérie.

— Oh, bonjour, Ron.

— Thomas t'a appelée ?

— Oui, je viens de l'avoir.

— C'est moche pour Fanny, hein ? Tu vas la défendre ?

— Bien sûr, ne serait-ce que pour Thomas.

— Elle a une chance ?

— Je plaiderai la folie.

— Oui. Es-tu prête ? Je passe te chercher dans un quart d'heure.

— Ah bon, pourquoi ?

— Tu ne te souviens pas ? On doit faire un double avec les Harrisson. On a rendez-vous au club à six heures.

— Oh, j'avais complètement oublié. Mais je n'ai pas mon équipement. J'ai cassé une corde de ma raquette et je ne l'ai pas fait réparer.

— Tu en prendras une au club. J'apporte tes chaussures et ta tenue. À tout de suite, chérie. On restera sûrement dîner ensemble avec eux après. C'est pas le moment de négliger l'attorney, tu ne crois pas ? Tu auras toutes les informations possibles sur l'affaire Fanny Mitchell.

— Tu penses à tout, Ron. Tu vas bien ?

— Au poil. Je suis bien content que tu t'occupes de cette affaire. Je suis certain que tu vas être très brillante. Ça ne t'ennuie pas au moins de l'avoir connue avant ?

— Pas vraiment, puisque je vais la défendre.

— Parfait. Tu sais, chérie, j'ai l'impression qu'une nouvelle bonne période commence pour nous.

— J'espère aussi, Ron.

— Je t'embrasse, à tout de suite.

Elle raccrocha, pensive. Il y avait longtemps que Ron n'avait pas paru aussi bien. On ne connaît vraiment pas les gens avec qui l'on passe sa vie, songea-t-elle. Mais c'était valable aussi pour elle.

Elle ramassa ses affaires, laissa un mot à sa secrétaire, lui demandant de rechercher l'adresse de Fanny et de prendre rendez-vous. Sur la rivière Charles un ferry passa en actionnant joyeusement sa corne.

Elle jeta un dernier coup d'œil sur son bureau et referma la porte.

La standardiste la salua aimablement.

La vie lui apparut belle d'un coup. Comme quelqu'un qui vient d'échapper aux sables mouvants et s'accroche à la terre ferme.

Elle songea aux Harrisson et à la partie de tennis qu'ils allaient disputer ensemble.

Ni elle ni Ron ne manquaient jamais d'adversaires.

Ils étaient difficiles à jouer et recherchés pour cette raison.

Tous deux étaient gauchers.

5483

Composition Nord Compo
Achevé d'imprimer en Europe (France)
par Maury-Eurolivres - 45300 Manchecourt
le 16 février 2000.
Dépôt légal février 2000. ISBN 2-290-30216-3

Éditions J'ai lu
84, rue de Grenelle, 75007 Paris
Diffusion France et étranger : Flammarion